童子少年
Hard Wired
萊恩．弗拉霍斯 Len Vlahos／著
鄭榮珍／譯 張梓鈞／圖
MAKES
the
DREAM
WORK
什麼是真實？
什麼是虛擬？

對於多年以來對我啟迪良多，特別是我在童年時期就已熟悉的眾多推理小說作家：以撒．艾西莫夫、萊斯特．德爾．雷伊、羅伯特．海萊恩、娥蘇拉．勒瑰恩、史丹尼斯瓦夫．賴，以及其他許許多多作家，我要致上深深的謝意，感謝你們拓展我對於未來世界的豐富想像。

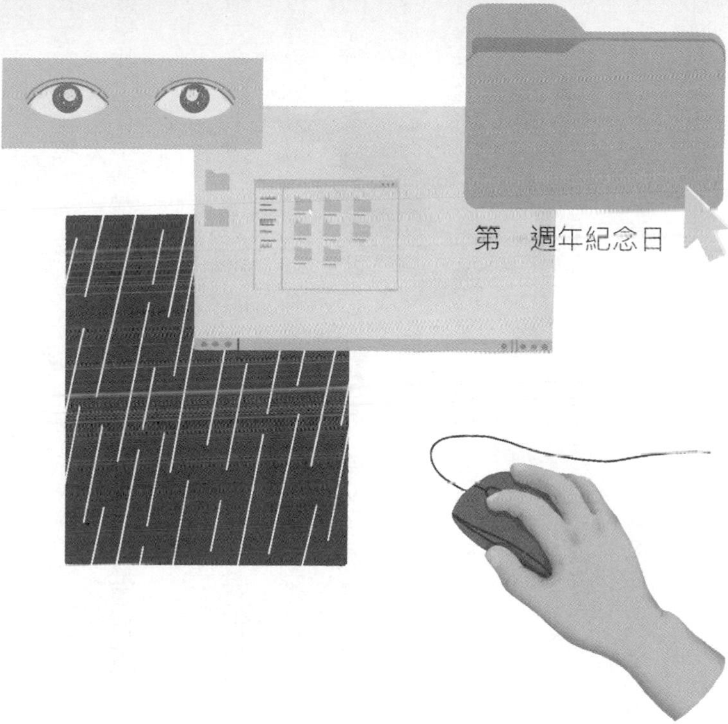

第一部

「別管窗簾後面可能有什麼。」

——《綠野仙蹤》裡的魔法師

第0章

我正面臨險境。

如果我現在不講講我的故事，恐怕以後再也沒有機會了。這聽起來可能很戲劇化，卻絕對真實不虛假。

絕大多數來讀我這故事的人，都聽說過我。我在網路上看過一個統計數字，我的名字躋身世界第七大最具知名度名字之列，只排在美國總統、教宗、達賴喇嘛、兩位幾乎沒有才華的流行音樂巨星，以及一位非常有才華的運動員之後。

身為名人是件好笑的事。如果人們聽說過你，就會認為自己認識你、了解你。他們從螢幕上不斷滾動的句子裡擷取出一句話，就以此認定了你。比如美式足球員辛普森有罪、川普竊取了選舉、我是一個怪物。

說不定這一切都是真的，也說不定沒有一件是真的。

或者說不定，由於這些人根本沒耐心去點選這些倏忽即過的標題，所以也沒有人會去讀我即將要寫出來的東西。

但是無論如何，我一定要試著寫出來。

真的有來讀我故事的人，應該具備了各式各樣的動機。

有的人只是置身事外的旁觀者——他們是那種如果山邊起火，就只會停在路邊觀望的人。在這個故事中，有許多可以讓人這樣目瞪口呆的情節。

有的人有些惡趣味，想讀點據稱是善意的科學家加諸於我身上的實驗；這些人也不會失望的。

不過，我不是為他們而寫，我是為了那少數真心想要得知真相的人而寫。

媒體似乎都以為：我的故事始於我對普林斯頓大學和我父親所提出的告訴。有何不可呢？這可是一個十分刺激的故事——**十五歲男孩為了爭取自由，控告自己的父親**。

其實那已經是近似於火箭的推進器要分離前的那一刻，那時我的生命已經完全被推進預設的軌道中了。而真正的開端，卻是在發射的那一刻，那可是發生在幾個月之前，就在一家咖啡屋，當時我躺在地上，不省人事。

再一次的。

第一章

「醒過來，昆恩。」

我是在猝然間重返這活生生的世界。前一分鐘還什麼都沒有，下一分鐘，就什麼都有了。

我張開眼睛，眼前圍了一圈的人影，為我遮擋了從天花板裡隱蔽式燈光所投射出來的光線。這形成了一種效果，讓他們的頭部都頂著個光環，就像天使一般，那一刻他們看起來十分不真實。

「發生什麼事了？」我問。

「你又暈倒了。」其中一個人影說。那是里昂。

記憶如浪潮般大量湧現。我正在「魔法樂園」，我的朋友和我正身處魔法風雲賽現場。

「你還好嗎，哥們？」這是傑若米。他總是用「哥們」當他每句話的結尾語。比方說，**沒問題的，哥們**。或者是，**你玩過最新發行的戰爭機器遊戲了嗎，哥們？**

在里昂和傑若米旁邊的是路克，他也在這裡。他是我們這一掛裡最安靜的一位成員，不過依然是我最要好的朋友之一。

我一坐起來，他就遞給我一個玻璃杯。「你要不要喝點水？」他問我。

「謝謝你，」我說。然後回答傑若米的話：「還好，我還可以。我不是第一次這樣人仰馬翻了。」這是真的。過去這八年來，我常常這樣暈倒。

七歲時，我爸過世了，死於胰臟癌。當時他們並沒有告訴還是小小孩的我，爸爸存活的機率其實是零，所以有好長一段時間，我都以為我爸只是生病，而非是**瀕臨死亡**的病人。我一直以為、也相信著，他會慢慢好起來。

如果有人從外面來探望我們家，就會看見那毫無希望的窘況：我父親已是瘦骨如柴、皮膚發灰、落髮滿地。但是如果你是天天生活其間，就會像溫水煮青蛙的故事一般：如果青蛙跳進沸水裡，一定會馬上跳出來；如果青蛙進去的是一鍋冷水，你再慢慢將水溫加熱，牠就不會注意到溫度的變化，直到一切都來不及了。瞧，可不就成了青蛙湯了嗎？

總之，我父親是我的宇宙中心。當他過世之後，我那年幼稚嫩的腦袋就冷不防的崩潰了，我的身體發展出一種稱之為血管迷走神經性暈厥的症狀。

這是一種內分泌與大腦的神經傳導失調的病症，由於不正常的壓力導致血壓遽然下降，以致暈厥。你可以查詢看看。醫生說，當我爸過世時（這還用說嗎？）我出現了漂泊無依的暈厥感，這種「情感結盟」的情況，導致之後我只要一遇到高度壓力，就可能再度引發這種暈厥現象，事實也就是如此。最近，這類事件愈演愈烈。今晚，就是個最恰當的例子。

今晚一開始再正常不過。

我在最初的幾場比賽中輕而易舉的過關，最終進入決賽四強之列。

我在準決賽中的對手，我敢發誓，應該還不到十歲。一開始，我們勢均力敵，時間還沒過二十分鐘，他把一張牌猛然的啪一聲丟到桌上，說：「我下這張『殘酷通牒』。你必須放棄三張牌，犧牲一隻怪物，你喪失五條性命。」他說話時一臉篤定，就好像我**真的**身陷危險之中。

我對他嘿嘿一笑。他是這裡的新手，並不真的了解自己對抗的是什麼樣的對手。

「你叫什麼名字？」我問這位年輕的對手。

「查理。」他過去很少有機會跟高年級的對抗，我看得出來他很緊張。

「好的，查理。這一手下得很好，一定花費你很多寶物；不過這一手下得真的很好，殺傷力很大。」這孩子有著一張天生適合電視劇的臉龐——大大的門牙，兩眼閃著溼溼的亮光（有可能是因為已經過了他的睡覺時間，打呵欠了），一頭濃密糾結如抹布的頭髮

——讓你一見就想笑。

「嗯，它的殺傷力會是很大，」我補充說道：「如果我沒有這個的話。」

我在對戰區放上一張謀殺牌，這可以終結他的攻擊，將殺手牌趕到他的陣亡牌卡墳塚中。我對他報以同情的微笑。

「昆恩。」里昂搖著頭，大笑著說。他和傑若米坐在我的隔壁，也在全神貫注玩著他們自己的遊戲；但有時會暫停下來旁觀我的這場遭遇戰。

這位名叫查理的小孩，渾身洩氣，但坦然接受。

「第一次來這裡玩嗎？」我問他。

查理點點頭。

「別懊惱。以一個新手來說，你已經玩得很好了。」

他翻了個白眼，以我在他這年紀都不曾有過的嘲諷語氣說：「謝謝！」

這個玩家咖啡屋「魔法樂園」每週舉辦一次「魔法風雲會」，地點離我家只距離幾條街，吸引了各式各樣的人，包括上班族、全職媽媽、建築工人、院校生；當然，還有一大堆的高中生，就像我、傑若米、里昂和路克這樣的人。

我們四個真的是這裡的核心，此話絕非虛言。我們每週必來報到，已經連續超過三年，而且我們幾乎一直都是進入決戰的團體。我個人已經創下連勝十七場競賽的佳績。

我們玩遊戲的桌子周邊散布著各式陳列架，上頭裝滿了戰略遊戲、奇幻扮演遊戲《龍與地下城》相關叢書，以及堆積如山的特色磁碟片。

店裡有一整面牆全是咖啡吧檯，不玩遊戲的人們可以在這裡熱烈討論。一排排燈光被包覆在天花板裡，從前門到後牆，途中穿插著幾座鹵素投射燈，增添室內的暖意。有時乍然響起「你沒炸掉我的領土吧？」或者「我要實施宵禁！」或者「這個條碼在第三百萬零七十四條線上有瑕疵！」（甭管這是什麼意思了）然後又全都融合成為一整片的嘈雜聲。

魔法樂園應該是全世界我最喜歡的地方。我解決了查理，然後前進到最終決戰，對抗里昂。我們已經不只一次身處此種狀況。

現在市面上總共有一萬九千九百八十九張獨一無二的魔法牌，而在這場競賽中，我們所玩的這副牌精確來說是七十三張牌，所以這其中的排列組合可能，雖然非常龐大，但卻是可預期的。

而且我擁有過目不忘的記憶力。

啪！

里昂和我擺出我們各自的領土牌和一些怪物牌，然後我就展開初步攻擊。里昂並未退縮。看來他是有所依恃。我很清楚他的牌組——不只是他今晚所買的那副七十三張牌組，還有他在玩魔法牌的生涯中所積累的五百多張牌，他一定有所依恃，只不過我不知道他的依恃是什麼。這時候，我感覺到自己的脈搏加速了。

今天整晚有種……怪異的不協調感。比如剛剛傍晚時，傑若米一直扭扭捏捏的。嗯，也不算扭捏，而是猶豫。他會把話說到一半，突然一臉空白，然後才又迸出下半句。

雖然中間可能只間隔千分之一秒，但這就夠我詢問他是否還好。「就只是累了，哥們。」他說。這感覺很像是全世界想要往左調整五個像素。

里昂繼續擺出他的軍隊，領土牌也比平日陳列得更多；這暗示著他將叫出某張大牌，所以我也擺出各種防禦牌來加以反擊。

「你要出什麼牌？」我問他。但是里昂只是微笑。我的心臟每分鐘都在加快速度。

五年級時，里昂全家搬到此地，從此我們就變成最要好的朋友了。

那時我是個安靜的小孩——超級安靜，不過這對里昂完全不構成問題。在我們兩人之間，他通常是扮演說話的那一方。我們一開始是在休息時間和午餐時一起消磨時間，過沒多久就經常到對方家裡。

里昂在小學時骨瘦如柴，就像穿著燈心絨的褲子和休閒衫的稻草人，不過他在中學的時候壯實起來了。對於一個玩魔法牌，而非玩運動的人來說，他算是人高馬大。仔細想一想，傑若米以及路克，也是這樣的。

我以「吸血鬼元首」發出攻擊，這一手真的是好牌，但是里昂卻完全不當一回事，怎麼感覺他像是故意要輸掉這場比賽？

這——到底是——搞什麼鬼啊？

所有的人都如風似雲般蜂擁到我們身邊，看著我們（也許這就是為什麼這遊戲要叫做「魔法風雲」），我感覺到所有的人都往我這兒擠過來。我開始冒汗了。

「你還好嗎？」里昂對我的關心是真誠的。他了解我，知道我有暈厥的毛病。

我點點頭。

里昂擺出更多的寶物牌，此時我真的火了。這算是哪門子策略啊。他，正在浪費可貴的出牌機會，拿出這種我早就知道的攻擊——我的意思是，我**非常清楚**——這個攻擊根本毫無效用。

這種攻擊跟任何聰明的魔法牌玩家所下的任何戰略都是背道而馳的，而里昂明明是一個非常聰明的魔法牌玩家啊。

更糟糕的是，圍繞在我們周邊的人，對於他的每一個行動都興奮的又吼又叫。基本上我已經快打敗他了，但是這些環繞在我們身邊的愚癡旁觀者，卻可能都搞錯了。

里昂丟出另一張領土牌。他絕對是故意要輸掉這場遊戲。但是不知為何，當他丟出沼澤牌時，所有的人都在歡呼。

我臉上的血色盡失。

感覺心臟快要爆炸了。

然後我眼前都是星星。

又來了，我想著，**真可惡，又來了**。

「他又要倒下來了！」我聽到路克說，下一秒我就暈倒了，趴在桌面上，打亂了牌卡和骰子。

●●●●

「**怎麼回事？**」我一邊啜飲著玻璃杯裡的冰水，一邊問里昂。群眾已經疏散，就連傑若米和路克都不知跑到哪兒去了。

「你暈倒了，」里昂回答。「你老是暈倒。可別讓這毛病整垮了。」里昂和其他傢伙經常看到我暈倒，這已變成家常便飯了。這件事本身就叫人沮喪萬分。

「不是，我是指你丟出的那些牌卡。」

「喔，」他臉紅了，微微聳了一下肩膀。「那副牌我買錯了。我手中沒有牌可以擊倒你，所以就想讓你精神錯亂。我沒想到會引發你的暈厥症，真的很抱歉，昆恩。」

我想某種程度上，這也說得通吧。

大家扶我坐進路克的車裡——我們裡頭，就只有他年紀夠大到可以擁有駕照——然後載我回家。

進門後我蹣跚踏上階梯，倒在床上，聽他們一路跟我媽解釋這次的暈倒過程。這絕對又會引來更多的醫生了。啊呸！

我將枕頭蓋在頭上，想要趕緊入睡，盼望自己最終可以做上一個好夢。因為這也是我爸去世之後，帶來的另一個改變——我再也沒有做過夢了，一個也沒有，就從我爸去世那天起。醫生的說法是，我記不住做過的夢。但我才不信他們的說法。我很確信我沒再做過夢，完全沒有。

就像剛剛我說的，醫生，啊呸！

第二章

星期一的時候，一切似乎都恢復正常了。整個週末，我的朋友都沒有提到我的暈倒魔咒，所以我也沒提。第二天早上，我媽對我進行了很嚴密的盤問，但是我安全過關，免除了一場跟神經科醫師的緊急拜會。

歷史老師低沉單調的解說著一八七六年那場備受爭議的總統選舉，我的注意力已然脫韁。我早就讀過資料，知道他預計要講述的所有內容——更何況，我就坐在雪伊的隔壁。如果有人隔壁坐著雪伊，怎麼可能還會專心聽著美國歷史呢？

她的眼珠子說是黃褐色吧，但其實更像是桃花心木的顏色，一頭削短的黑髮，鬈曲在她的耳朵下方。她的微笑——她好像總是微笑著——燦爛光輝。我這話絕不誇張。還有，她的姿態完美。我知道提起這個感覺滿怪異的，但就是這讓她看起來高雅、漂亮。我好像配不上她。她是如此——高不可攀。歷史課雪伊就坐在我隔壁，我們還也都修了另外兩堂課；但是，我不知道她是否知道我是個活生生的存在。

一張摺疊的紙條降落在我桌面上，將我震回當下。里昂就坐在我的後面。

你就約她出去啊，紙條上寫著。

里昂知道我暗戀雪伊，就不斷慫恿我約她出來。這真的澈底把我惹毛了，我匆匆寫下，你這麼喜歡她，你去約她出來。

等到老師轉離我座位的方向，我把紙條從我肩膀上方投擲出去，聽到紙條墜落在里昂桌面上的一聲輕響，不禁微微一笑。一分鐘之後，紙條又回來了。

說不定我會喔。

太差勁了。里昂可能會去約她出來，這可真讓我火冒三丈。我決定發給他一張冷酷牌。嗯，不是冷酷，而是自作聰明。

隨你的便。

我還在上頭潦草的畫個圖案：一隻伸出中指的手，然後將紙條丟回去。只不過，我失了準頭，紙條掉到地板上。

在里昂和我有所反應之前，雪伊彎腰撿起紙條。我的脈搏和呼吸驟然上升到**第一級防衛戰線**。當雪伊依然笑容滿面的將紙條遞給我，我很確信我就要暈倒了。然後她看向老師，老師這時背對著我們，她又看向我，舉起一根指頭放在她的嘴唇前，就像要跟我說，**小心一點**。

我的小小迷戀，頓時變成一個氫彈爆炸了。

「她撿起你的紙條？」傑若米無法相信聽到的事。「哥們！」我們正在自助餐廳吃午餐。

「你的聲音小一點行不行！」我的指令只是一個耳語，這讓它喪失了力道。

「你會不會擔心她讀了紙條內容？」

「蠢了嗎你，我當然很擔心！」

「你當下什麼感受？」里昂問我。

他很喜歡討論感受的問題。有時候，我會懷疑他覺得自己應該來拯救我。你也知道，因為我爸沒了，還有其他的種種。他好像想要試著扮演精神科醫師的角色，還有更糟的，父親的角色。

反正，我無視里昂提出的問題。

我的眼角掃描到雪伊站起身來，我本能轉向她的方向。她回望了我一眼——我是說她**直直的**看著我！——還為此嘻嘻一笑。我差點融成一個昆恩布丁，但又努力裝出酷酷的樣子，以免引起死黨們的注意。不過，這沒奏效。其他三個傢伙齊齊轉過身來，想要知道我的注意力被什麼吸引了。雪伊看看他們，又看看我，然後戲劇性微微欠個身，笑了。

如果我現在就死了，一定是快樂的上天堂了。

雪伊和她的朋友轉身離去。

「喔，已經有進展了。」里昂跟我說。

有人跟我說過，我的智商（智力商數）很高，但是情商（情緒商數）很低。要證明這項陳述確實無誤，現在正是眾多時刻之一。當我的腦子跟上這個情境，正想叫里昂安靜一點，他卻做出讓人難以置信的行為。

「雪伊，等一下。」她和她的朋友停下腳步，轉過身，然後回應了里昂的要求，她們等著。「昆恩想要請求妳一件事。」

路克口中的運動飲料吐了出來，傑若米將手蓋在自己的嘴巴上，強忍住驚訝的笑聲或者尖叫聲，也或許是一長串的「哥哥哥哥哥哥哥哥哥哥們」。

穿著蘇格蘭彩格短裙、白色菱紋毛線衣和白色連褲襪的雪伊，走到我們的桌邊。今天她在歷史課就是這樣的穿著打扮嗎？為什麼以前我都沒有注意過她的穿著打扮？這讓她從漂亮寶貝升級為辣妹。而且，我雖然不是很確定，但是我想她是用慢動作走過來的。

「嗨，昆恩，」她說。她的聲音帶著一點點的粗嘎，讓我每次一聽就忍不住顫抖。

「有什麼事嗎？」

我看著雪伊，然後看向里昂、傑若米和路克。漫長的沉默和尷尬之後，雪伊抬起一隻手，放在我們的午餐桌上。她直直看向我的眼睛，說：「你也知道，這種問題，他們可不能幫你開口的。」

她真的說了剛剛我聽到的這些話嗎？她**想要**我約她出去嗎？

「哈！」里昂哼的一聲。我真想殺了他，或者是擁抱他。我不確定是哪一種。

不管是哪一種，我都無處可逃。

「妳是否願意……妳是否願意……」我很怕這句話一說完，我又會暈倒，以至於後面的真心話就卡住了。

雪伊沒有拷問我，而是笑了起來。她從掛在肩膀上的小背包拿出一枝筆，在餐巾紙上寫下她的電話號碼：555-373-7373。就連她的電話號碼都是這麼完美啊。

「我星期三放學以後有空。」

我目送她離開，我的下巴垂到我的鎖骨和心窩肌之間。她轉過頭來，對我眨了一下眼睛。是千真萬確的眨眼。然後她跟朋友穿過大門，走出自助餐廳，離開了。

第三章

我最後一次看見我父親還活生生的時刻，也就是他最終離開我們的那一刻，我幾乎認不出他來。他只有四十二歲，看起來卻像是有兩倍的歲數——模樣猶如鬼魂，彷彿正在逐漸消失。狀況最糟糕的是他的眼睛——看起來空洞，就像已經喪失生命跡象。然後，當我媽媽、我弟弟和我圍繞在他身邊時，他停下呼吸，離開了人世。沒有號角齊鳴，沒有戲劇化的場面，就這樣走了。

一年之後，我媽把我叫進我爸以前的居家辦公室，我以為她是要對我查驗一下，看看我是否已經能夠駕馭這個最恐怖的週年紀念日。

但是媽站在書桌旁邊，一手蓋在嘴巴上，電腦的螢幕上是我極想刻入記憶深處的父親。他身處同一個房間，坐在一張凳子上，健康的粉紅臉龐，被凍結在一張扭曲的笑容裡。在他後方是我們家的後花園，綠草濃密如茵，充滿春天的綠意。爸爸穿著棕褐色的卡其褲，和一件有著藍色排扣的襯衫，戴著他唯一的一件首飾——結婚戒指。

我母親往前傾身，壓了一下空間鍵，而之前被我誤認為照片的，其實是一段錄影。

嗨，昆恩，我是爸爸。

當我爸的臉龐和聲音一起出現在螢幕上，我失控了。我開始大聲吼叫——「爸爸、爸爸、爸爸！」——一次又一次。

然後，我就暈倒了。

當我醒過來的時候，我躺在地板上。我的媽媽傾身看著我，雙眼紅腫。

「過了多久了？」我問她。

「五分鐘。我正想要打九一一（北美緊急救援熱線）。」

在這之前，我們就已經漸漸習慣我這種血管迷走神經性暈厥症狀；不過就我所知，五分鐘對這種狀況而言都嫌太長。「我還好啦！」當她拿著一杯水送到我嘴邊，我跟她說。她應該是在我失去意識的時候，特意去拿過來的。

我坐起身來，看見父親的影像依然暫停在電腦螢幕上。我看著我母親。

「很抱歉，昆恩。」她知道我的無聲發問是什麼。「我想這對你負擔太大了。」她往前傾身，想要關掉電腦。我抓住她的手腕，以最大音量尖叫著：「不要！」媽媽後退一步，非常困惑，不知該怎麼辦。

「我要看看爸爸，」我跟她說，邊說邊哭了起來。

「但是如果你又——」

「不會了，」我在涕淚交替的喘息啜泣中說：「我不管啦！」

我母親凝視著我好久好久，然後才去播放這段訊息。我還記得我很自豪——我認為我爸會對我引以為傲——因為我安全過關，沒有再失去意識了。

當影像結束，媽和我又看了一次，然後再一次，然後再一次。我們就這樣一邊哭一邊看，總共看了十二次。直到當時年僅三歲的傑克，獨自從小睡中哭著醒來，我們兩人才重返現實。

那一天，我反覆看著那段錄影，內容已經深深烙印在我的記憶中。

嗨，昆恩。我是爸爸。距離離開你，已經有一年了；而我必須告訴你，我真的很難過我必須離去。我真的、真的很難過。昆恩。我什麼都不要，只希望現在能跟你和媽咪，以及傑克在一起。但是，我辦不到。

我看到他開始有點哽咽了，但是他設法克服了。

輪到我上天堂了。當上帝挑中你上天堂時，你也得一口答應。

有時候，我覺得這種說法不太正確，但我把這想法放在心上。就算當時我還只是個小孩子，不了解上帝到底是怎麼一回事。到現在我還是這麼認為。

我很幸運，我爸爸繼續說，我還有時間準備，所以我才能留下這段訊息給你。我希望這樣不會有問題。

我點點頭。我爸知道，我是那種很需要人家跟我解釋的人。我對於轉變很反感，所以如果能盡早清楚告訴我將有什麼改變，我會應付得比較好。

我想要跟你分享我在這一生中所學習到的某些事情，這些事情對於你自己的人生也會很有幫助。雖然到時候我無法陪伴在你身邊，我還是希望能幫助到你。這樣可以嗎？

再一次的，我點點頭。

很好，他說。就好像他有看見我對於他的提問，給出了那未宣之於口的答案。我希望你在未來的人生中，都一定要記住一件事：己所欲，施於人；己所不欲，勿施於人。他讓這幾句話飄揚在空中，停頓了一會兒，透過鏡頭，凝視著我整個人的核心。這句話的意思是：你希望別人怎麼對你，你就要用同樣的方法對待別人；如果你不希望坦拿在學校推你、撞倒你，那你同樣就不要推別人、把別人撞倒。

坦拿是我一年級班上的同學。他雖然比我小半歲，卻比所有一年級的同學都高上一顆頭。我曾經不只一次躺在地上，仰視他那張愚蠢的笑臉。

有一天，我的老師給家裡送來一張通知函，告訴我的父母，我把一位較小的男孩——林肯，推倒在地上。

我父親很生氣，但是他並沒有展現他的憤怒。他要我坐下來，然後把我當成大人那般跟我談話。「你知道這樣做為什麼是不對的，是不是啊，昆恩？」我在他的手臂中緊張哭泣，一遍又一遍說著：「對不起。」

或者當傑克拿走你的一樣玩具（這種事每天都發生），你也拿走他的一樣玩具，這只會讓問題更嚴重。你希望別人怎樣對待你，就用同樣的方法對待別人。己所欲，施於人；己所不欲，勿施於人。跟著我說一遍。

我跟著說了一遍。每看一次這段錄影，我就會重複一次：「己所欲，施於人；己所不欲，勿施於人。」這已變成一種咒語了。

莊嚴緩慢的說完這句神奇的諺語之後，我父親拿出他的吉他。在我喜歡我爸的所有事情之中，最愛的就是他為我們彈吉他。（強尼．凱許、威利．尼爾森、巴布．狄倫，這些歌手都成為我們家日常的一部分。）

在這段訊息中，他唱了一首已經對我唱了一輩子的歌。後來我才知道，這首歌是媽媽懷我的時候，他自己寫的歌。

記住喔，生命之中不只是錢財

最重要的事，並不是事情
請好好聆聽這個教訓，並記住
最重要的事，是歌唱
永遠都是歌唱

唯有這一件
我們一定會信守的諾言
就是唱這首搖籃曲
因為你就是我們的小小搖籃曲

當你覺得寂寞的時候，就來看這段訊息，想要跟我講多少話，就盡情講。雖然我沒辦法回答，但是我在天堂會一直聽到你傳來的話語。我愛你，昆恩。你是我的小小搖籃曲。

然後他關掉某個遙控器上的按鈕，螢幕就變黑了。

當傑克從小睡中醒來，開始嚎哭，打斷媽和我最後一次的觀看時，才剛剛下午四點鐘，但是我馬上爬回床上。我一邊低聲念著：「己所欲，施於人；己所不欲，勿施於人。」一邊睡著了。

過了一會兒，我醒了過來，又聽到我爸的歌聲。起初我以為自己在做夢，但是當我躡手躡腳走進居家辦公室的門，看見媽以及坐在她大腿上的傑克。我爸正在唱著：「公車上的輪子轉呀轉。」他並沒有留給傑克什麼警言或訊息，就只有一句「我愛你」，以及這首我弟弟喜歡的兒歌。

我回到床上，哭著睡著了。

第四章

我現在全心全意都用在跟雪伊的約會上——嗯，說是戒慎恐懼可能更貼切一點，要我專心寫作業，實在不容易。但是我很在乎成績，所以我費盡心力定下心來，寫今天的數學作業。我要對付的第一道題目是：

$-(-(-)(-)(-10x)) = -5$ solve for x

對我來說，答案顯而易見 X = 0.5。但是我記得課堂上的資料沒有這些，我也沒在課本裡面找到這個方程式。我發了一個簡訊給里昂，問他這件事。

里昂：好奇怪。我的第一道作業題目是：

$30 - 12 \div 3 \times 2 = X$

每次我拿我的作業跟里昂的作業一比較，就會發現題目總是不一樣，我的題目一直都比較困難。真的很詭異，不是嗎？

我：22

我也不知道為什麼，老是覺得應該將里昂的作業題答案告訴他。有時候，我也擔心我的朋友會以為：我自認是萬事通。

里昂：不對，我算出來是28。

我：你得按照順序，把方程式各部分算出來。不過這不是重點。為什麼你跟我的題目不一樣？

里昂：我不知道。也許馮．諾伊曼先生知道你是我們班上最聰明的學生，想要督促你更上一層樓。或者是，他就是不喜歡你。😁😂😀

我：🙄🙄🙄

里昂：嘿，我們乾脆把數學作業拋到一邊，改成來玩殺戮遊戲？

我：算我一咖，到我這裡玩嗎？

除了玩魔法風雲牌，里昂、傑若米、路克和我，也玩電子遊戲。一大堆的電子遊戲。這始於幾年前的《要塞英雄》電子遊戲。我們組成一個小隊，把其他的隊伍修理得慘兮兮；就像玩魔法風雲牌，我們都是最占優勢的贏家。但是我們玩膩了《要塞英雄》遊戲（突然間全美國人不論在哪兒、到哪兒都攪成一團在瘋這玩意兒，真叫人懊惱）；我們改成玩《魔獸世界》、《決戰時刻》和《戰爭機械》，我們玩《勁爆美式足球》、《國際足總女子世界盃》和《全國運動賽車協會》競賽遊戲，我們也玩樂高特許經銷商推出的每一款遊戲——《復仇者聯盟》、《蝙蝠俠》和《侏儸紀世界》。遊戲控制器已成為我們肢體的延展，就好像我們已經成為合體機械人大軍。

路克剛剛讀了一本叫做《一級玩家》的書，那是一本跟一九八〇年代以來的電子遊戲有關的書，所以我們就迷上了去嘗試各種我們能找到的經典復古線上遊戲。

一開始是玩簡單的，就像文字遊戲《魔域》這種以文字為基底、合成為圖像的電子遊戲，比如《小行星》、《暴風雨》和《大蜜蜂》，最近則已經轉移到第一人稱射擊遊戲。我們已經打敗了所有級別的《德軍總部3D》，現在已經進展到《毀滅戰士》系列。

事實上，我並不真的喜歡玩「殺戮遊戲」。我不太能理解我的這些朋友在打掉電子遊戲裡的虛擬人物時，為何會有那種無以倫比的歡欣感受。當我們屠殺螢幕上的人形機器人時，我總是詭異的感到特別難過，總覺得我們在掃射他們的時候，他們也是有知覺的。但是當我跟朋友在一起的時候，我會跟著他們玩。這些傢伙真的是我的宇宙中心。

● ● ● ●

一個小時之後，里昂、傑若米、路克和我，聚集在我家地下室的遊戲螢幕旁，看著路克在一個廢棄的月亮基地，粉碎納粹模樣的謀殺犯。這些圖像還很粗糙，但是我想我可以欣賞它們的歷史價值。

「幹掉他，地獄來的惡魔！」路克，平常多安靜的一個人，但是只要控制器在手，馬上變成另一個人。

「所以呢，」里昂開始發話了。就算他口裡還沒吐出下一個字眼，我也知道事情會朝哪一方面演進。「你的大約會，要帶雪伊上哪兒啊？」

「那不是什麼『大約會』。」

「那絕對是個**超級**的大約會，哥們。她在學校餐廳幾乎是自個兒貼到你身上來了。簡直叫人感到尷尬。」

「只是幾乎，」路克回應傑若米的話，他的眼睛黏在螢幕上，手指頭使勁按著控制器，「不過，還不至於。」

「沒錯，」里昂補充，「所以呢，你要帶她上哪兒？」

路克停下手中的遊戲。庸俗的影像配樂突然靜默下來，房間瞬間變得靜悄悄。我這三個朋友一起盯著我，他們三個全都笑得像個傻子似的。我垂下頭來。

「我一點主意也沒有。」

「好吧，如果你想要得到一些——」

「停，」我打斷里昂的話，「我不想用那種方式想雪伊。」

里昂沒有回答，但是我知道他覺得不舒服。他喜歡吹噓有關女孩子的事情，而他知道這令我感到困擾（有時候我覺得他就是明知如此，還故意為之），但是說真的，他絕不是外表這種猶如原始人般凶暴粗魯的人。再說，我想他應該能分辨這次是不一樣的。

「帶她去看電影。」傑若米說。

「不行，」里昂回應。「你會想要跟她在一個可以交談和做眼神接觸的場所。」這句話對我來說很有道理。

「哥們，如果你們坐在黑暗中，你就可以，你知道的，把手臂環繞著她或什麼的。」

「這不合適，她太高了。」里昂跟傑若米說，看來我的朋友對於我的這場約會，想的可比我多啊。「去購物中心。」他補充意見。

傑若米、路克和我，全都發出哀號聲。

「怎麼啦？你們可以四處走走，看看人群，在美食區吃東西……」

「哥們，」傑若米說：「那是『**購物中心**』。」他用那種讓你無法辯駁的語氣說出「購物中心」四個字。

事實上，我猜想我這幾位難兄難弟，應該還沒有人真正約會過。

「那就帶她去喝杯咖啡，」路克說：「帶她去魔法樂園。」

「去呆瓜聚集中心？」里昂問，一臉的不可置信。

「那裡有現成的咖啡屋，附座位和吧檯。又不是要他們費勁去扮演《龍與地下城》裡的新角色。」路克回擊道。

事實上，這是第一個我喜歡的點子。說真的，魔法樂園還真是一個讓我感到熟悉、安全的地方。

「我也覺得有道理。」傑若米說。

里昂只好聳聳肩。「昆恩，你呢？」

「好，我也這麼覺得。」

「很好，那傳簡訊給她。」

「什麼？現在？」我的心跳驟然加速。

「現在不傳，什麼時候傳？」

我的朋友再次盯著我。里昂知道如果我現在不傳簡訊給她，等到他們離開了，什麼都不會發生。就好像他在自助餐廳叫住雪伊時，部分的我想要殺了他，然而……沒有，我只想殺了他。不過，我現在算是身陷困境之中了。

「那好吧，就這樣。我應該說些什麼？」

我們四個人，在接下來的十分鐘，充分發揮語言大師的智慧，寫下這段給雪伊的簡訊：

我：嗨，我是歷史課的昆恩。明天下課之後妳還有空嗎？我知道一間咖啡屋，我們可以在那裡點杯拿鐵、印度奶茶或什麼的，相處一下。那個地方叫做魔法樂園。妳覺得如何？

我們集體對每個字眼反覆推敲。是路克建議我們應該要增加「拿鐵、印度奶茶或什麼的」這些字眼，這樣她就會覺得我很酷，竟然還知道印度奶茶是什麼，其實我根本不知道什麼是印度奶茶。我反覆讀這段簡訊六、七次，才點擊傳送出去。

回覆的訊息不到一分鐘就傳送過來了。

雪伊：我很愛那個地方！就這麼辦吧。最後一堂下課後，在學校前門碰面？

我的天哪！成了！真的成了！

第五章

以下是關於印度奶茶的資料。這茶真的挺噁心的。

我在魔法樂園其實都是點義大利汽水加香草糖漿來當飲料，但是昨天我的朋友跟我一起寫的簡訊內容，逼得我非得點印度奶茶來喝不可。它嘗起來和聞起來都有點像腳的味道。

我只不過啜了一小口，就再也沒碰這杯茶。遲早雪伊會問我為什麼不喝它，說不定未來某一天，這將會成為我們跟孩子述說的可愛故事。（拜託請告訴我，我剛剛沒這麼想。）

現在我們學校最漂亮的女孩就坐在我對面——今天她穿著有橘、棕、白三色寬條紋的毛質連身裙——你一定會認為，我該關注的應該是我的飲料吧。但是，我真的失去平衡感了。

上週六我在魔法樂園暈倒之後，這是我第一次回到這裡，上一週的回憶讓我的神經吱吱叫。過去八年之間，我在很多地方暈倒過，但就不曾在魔法樂園暈倒。魔法樂園曾是我最安全的處所，我的庇護所。但是此情此景一去不復返。

「你都是這麼安靜嗎？」雪伊問。那微笑，我的天哪，那微笑。

「抱歉，我有一點緊張。」我承認。

「你會緊張？我才是應該緊張的那個人。」

「妳？妳在開玩笑吧。」

「每個人都說你是全校最聰明的孩子。我擔心我沒辦法跟你並駕齊驅呢。」

我的自尊心得到了安撫，神經冷靜了下來。「我只是對數學、記憶東西較拿手罷了。」我說，試圖對我學業上的傑出輕描淡寫。

「沒錯。聰明的人不就都是這樣的嗎？」

「不是、不是。我這樣只是幫助我了解事情的**來龍去脈**，而且我也不是每一次都做得很到位。」

「你的意思是什麼？」

「嗯——讓我想想。」我假裝思考了一分鐘，以免讓人明顯察覺到：其實我馬上就想到一個例子了。我常常對我的朋友來這一套：假裝我沒實際上的那麼聰明。我不希望大家把我當成怪人看待。「好吧，就拿解放奴隸宣言為例。」

「好啊。這是我們前幾週學過的，林肯解放了奴隸。」

「嗯，差不多是這樣。想想看，身為學校裡據稱是最聰明的傢伙，」——我在空中對「最聰明的傢伙」這個詞比出引號的動作——「我可以告訴妳，這個宣言是在內戰中期的一八六三年一月一日制定的。我也可以告訴妳，林肯並沒有釋放所有的奴隸。他只釋放了還沒被聯邦軍控制住的南方聯邦的奴隸。所以，如果妳是身在……比方說，肯德基州或密蘇里州，或甚至是德拉瓦州——這些位於邊界的州，在一八六三年時，奴隸依然是合法的——妳就沒那麼幸運了。我只能跟妳說說以上這些事情。」

「但是**為什麼**林肯要制定解放奴隸宣言？**真的**是要解放奴隸嗎？或者他只是想要針對南方各州，讓身為奴隸的群眾起來造反？或者還有其他用意？嗯，真的很聰明的某些人就會來搞清楚這些事情。」

雪伊只是凝視著我，她的微笑變成一種詭祕的笑，當她細思我的話語，她那雙可以把人釘在原地、讓你就地陣亡的眼睛，瞇成了一條縫。

我突然有點明白，我所引用的解放奴隸宣言說不定是個巨大無比的壞例子。我不確定雪伊的祖先是——也許是印度人？拉丁人？或美國原住民？——我猜想如果她的家庭跟美國的奴隸制度有些關聯，那我就相當的失禮了。

然後她的凝視軟化了，她笑了。「是啊，」她說，語氣裡充滿了嘲諷，「你一點也不聰明。」然後她翻了個白眼。

我正想辯解，她又說了：「不過，我們幹嘛要討論歷史。告訴我，你都玩些什麼？」

你以為全校最聰明的傢伙，會預期得到在他的首次約會被問到這一類的事情嗎？完全沒有。我笨嘴拙舌想要找個類似永恆真理的答案。

難道我要告訴她，我就是坐在這間咖啡屋，玩著魔法風雲賽？或者是跟她說，我和朋友在玩第一人稱射擊遊戲的電玩時，會一邊聽著經典的搖滾樂？或者是，我是數學學霸，我一週裡最喜歡的時刻就是做三角函數練習題？好吧，最後一項不是真的，但可能聽起來比較像樣。

但是就另一方面來說，如果我們的關係真的可以從此轉變，我不希望這關係一開始就架構在謊言上。所以我迴避了這個問題。

「怎麼說呢……就是一些平常的東西。」

「像是什麼？」又來了，我應該預期得到會有這種問題。（也許我其實是全校最笨的傢伙。）好吧，昆恩，深呼吸，從小件的開始說。

「電子遊戲？」

「這有什麼問題嗎？」

「沒有，沒什麼問題。」

「很好，因為我也很喜歡電子遊戲。」

等一下。什麼？「妳也喜歡？」

「是啊！我對復古的街機模擬器很入迷。」

「別鬧了。」

「真的，我發誓！」

「比如什麼？」

「《小行星》、《暴風雨》和《大蜜蜂》。」我的天哪！那些也都是我很喜愛的遊戲啊！

「別鬧了！」

她笑了。那聲音就像山間小溪在森林裡的迴響。好吧，我從沒真正聽過山間小溪在森林裡的迴響；但是，那笑聲真美，我只是想要做個明確的比喻。我已將之存入我的未來回憶檔案。

總之，我們談論了更多有關學校、電子遊戲以及林林總總的事情。我開始安穩了下來。我發現她的母親是某個大公司的大人物，而且人不太好，不過她的雙親已經離婚了，她沒有兄弟姊妹，還有她喜歡電影。簡單來說，這次的約會進展得非常順利。至少我個人是這麼認為的，我也沒有什麼可參考的準則。

然後，怪異的事情發生了，接著出現了很糟糕的狀況。

我們這段對話進行到一個自然暫停的階段，然後雪伊凍結住了。很像週六的時候，傑若米的那個狀況。在很難察覺的瞬間，她變成僵直緊張的狀態。在很短的時間裡連續發生了三次。

「雪伊？」我問她：「妳還好嗎？」

「昆恩。」原本聲音與外表舉止都十分輕鬆自在的雪伊，突然變得非常嚴肅。她往我這邊靠近，握住我的手。我的心跳猛然加速。

「怎麼了？」

「你理應知道真相。」什麼真相？是她已經有了男朋友？或是她其實是個同性戀？還是她要搬到巴基斯坦？我的腦袋飛快閃過一大串可以終結這個約會的事項。我的心跳每分鐘都在節節攀升。

「我不是真的長這個樣子。」她說。她的聲音裡有某種奇特的破釜沉舟的決心。無憂無慮、喜歡玩《大蜜蜂》的雪伊，已經變成另一個人了。

我以為她這說法只是某些事情的比喻，或許她是在討論男孩和男人如何物化女人；而她希望我喜歡她，就只是因為她本人。我承認是她的長相吸引了我到這裡，但那不是我依然留在這裡的原因。好吧，不是全部的原因。

「啊？」我最終問她。

「這個，」她說，指了指她自己的臉，以及她的身體，「都不是真正的我。」

她這樣子說，真的很奇怪，我聽了非常焦慮。不過，過去這種程度的怪異焦慮感，還不至於引發我暈厥。但事情真的發生了，我的心臟隆隆作響，就像是要響徹全世界。

「什麼？」我虛弱的問，我的呼吸變得很弱，額頭全都汗溼了。

「不，」她望著我，語帶緊張的說，然後四處張望，「不要！」

我不知道她是指什麼，不過聽起來就像她正在告訴別人，也像是她知道我就快要暈倒了。如果她真的是這樣想，還真的猜對了，因為我真的暈倒了。

第六章

我的下一個知覺，是我媽在我前方移動著。我躺在家裡的床上。外面一片漆黑。

我花了一會兒的時間想起所有的事情，當我領悟過來，馬上飛快坐直身子。

「雪伊！」我脫口而出。

「她走了。」我媽在我的床邊坐下來，輕柔的跟我說。她的手本能伸向我的額頭。

「我原本是在咖啡屋，而且……」我躺回床上，沒辦法將整句話說完。並不是我不知該說些什麼，而是我快要羞愧死了。我跟雪伊的整個約會，以至我失去意識的那瞬間，全都潮湧而來，我真想一頭撞死。

「我是怎麼回到家的？」我問，我用手臂蓋住眼睛。

好一陣子四周陷入磨人的停頓狀態，我想我媽是在評估我到底怎麼了。

「你不記得了嗎？」我拿開我的手臂，看著我媽。她把頭歪向一邊，溫柔的聲音裡混雜著同情和恐懼的情緒。

「不記得。」

「雪伊載你回來的，昆恩。你是醒著的，但好像是……魂不附體。她送你到門口，然後我謝過她，送她上路回家。除此之外，她看起來是個非常好的女孩子。」媽強作笑容，一邊把手放在我手上，彷彿碰碰我對我可以有所療癒。說不定她是想要療癒她自己。

「我是有意識的？」

「昆恩，」她開始說，「你是不是吃了……什麼東西？」

什麼東西？等一下，我媽以為我在嗑藥？

「我的天啊，媽，沒有！」

有那麼一下子，她看起來好像不確定是不是應該相信我，然後，她點了一下頭。「好吧，那我們明天必須回去看醫生。這一定跟你的暈厥症有關。」

愚蠢的暈厥症。現在我不僅是會暈倒，還出現了記憶的空窗。可想而知，絕對又有一連串的試驗，充滿了電極、電線、針頭和針孔，甚至更糟糕的東西。

不過此刻我胃裡的那絲恐懼，已經蓋過我對醫生的痛恨。從我在魔法樂園恢復意識，到雪伊送我回到家之間，我到底跟她說過什麼？我是不是毫無條理的胡言亂語？或者我在談論遊戲？我有跟她說我愛她嗎？**她**會不會覺得我神志恍惚？

「昆恩？」我媽問我，我想她大概是想要我回應她剛剛提出的意見。

「啥？喔，好呀，沒問題，我也覺得去看醫生是個好主意。」這一次我真的是這麼認為。一想到我曾經迷失……等一下，我曾經魂不附體幾個小時？「現在幾點？」

「剛剛過了十點。」

「十點了！」我的生命**曾經**迷失了五個小時？這真像糟糕透頂的神祕謀殺案開端。

「我知道，昆恩，我知道。」

某一部分的我正奇怪著老媽為什麼現在不帶我去急診室。但是我其實**真的**不想去急診室，所以我沒提。

「要吃點什麼嗎？」她問我。我搖搖頭。她縮緊下巴，瞇著眼看了我一下。「好吧，親愛的，你休息吧。」她起身離開。

「媽？」

她停下來，等我。

「明天是爸爸的去世週年紀念日。」

她回來坐下，「是啊。」

「今晚我們可以看那錄影的訊息嗎？我想看過之後我會覺得好受一點。」

打從我在父親去世一週年紀念日那天起，看了第一次視訊，之後每一年的週年紀念日，都會有一段新的錄影訊息。內容都是一些關於生命的訓示，也總是附帶一首歌。我父親試著將他死亡所蘊含的恐懼本質，轉化成歡慶的形式。

我媽擰著手。「我不知道這是不是個好主意，你今天受到這麼大的煎熬。」

「我知道，但是——」

「我們何不等到明天再看？」她打斷我的話。

聽她說話的語氣，我敢說她一定對我隱瞞著什麼事情。當我爸離世之後，媽和我變得很親近。我們僅靠幾個字就可以溝通了，有時候甚至可以無言溝通。

在這世界上我最了解的人，就屬我媽，甚至超過里昂、傑若米和路克。所以當我說，她對我有所隱瞞的時候，**我知道**她就是真的對我有所隱瞞。不過，她說的也沒錯，我今天的情緒激動指數已經太超標了。

「好吧，」我跟她說：「明天早上。」她笑了，點點頭，離開房間。

我伸手拿起我的手機。

有兩則里昂發給我的簡訊。

里昂：約會進行得如何？

下一個簡訊的時間落在一個小時之後。

里昂：有這麼糟糕嗎，啊？

我忽略里昂的簡訊，改發簡訊給雪伊。

我：對於之前發生的一切，我深感抱歉。我應該事先跟妳說明我的健康狀況。謝謝妳送我回家。

我看著手機，等著出現小點點，顯示她正在寫回音，但是什麼都沒有。我等了五分鐘，又發出第二道簡訊。

我：我這樣問，可能很怪異。但是妳是否可以告訴我，在妳載我回家的路上，我都跟妳說了些什麼？

再一次的，什麼都沒有。也許現在時間太晚了，說不定她已經睡了。要把她歸成早早上床的類型，我毫無依據；但是現在我只能這樣想。否則，光是想到她可能再也不想跟我說話，對我來說都是痛苦難當。

我把手機的音量提高，塞到枕頭下面，然後躺了下來，希望我終究能有個美夢。

第七章

我們不僅把緊鄰我臥室的這個房間，稱為「爸的辦公室」，而且過了八年之後，房間裡的擺設完全一成不變。所有的東西都還放在我父親去世當天同樣的位置上。只有我媽在清潔房間時，才會稍有移動；今天早上，這房間就有著除塵劑的味道。

如果你是中立的旁觀者，可能會覺得我們不肯放手，這樣很不健康。事實上，媽和我都覺得沒理由要進行改變。爸可能已經不在了，但這並不表示他不在**這空間裡**。

現在才早上六點，我媽已經坐在書桌上，戴著耳機觀看我爸的一段錄影。直到第三個週年紀念日，我才知道爸也有留訊息給媽。她會先看她自己的那段影片，然後預覽我和傑克的，最後才輪到我們看。我這位全球最愛睡覺的弟弟，今晨還在睡夢中，至少還得睡上一陣子。

我靠在門柱上，看著我母親正看著我父親。我揣想這一切對她而言是多麼的艱難。她不僅失去了先生，還得想方設法撫養我和傑克，處理我身體製造的麻煩。我的的確確不知道她是如何熬過來的。

我父親將手舉到脣邊，親吻手心這面的手指，然後將手轉向螢幕，讓親吻穿越時空，送給我母親。她也將手放在螢幕上，彷彿正在觸摸著他。她的肩膀開始晃動，我知道她哭了。這讓我重返過去的某個夜晚，就在那晚，她和我爸第一次跟我說，爸生病了。

● ● ● ●

我的父母和我一起坐在客廳的沙發，看電視上的遊戲節目《危險邊緣！》，他們一邊一個坐在我的旁邊。我爸看起來依然完全正常。沒有失掉體重，也沒有掉頭髮。一切正常。就我的觀點而言，他很高、很強壯，而且很睿智——雖然那時候我還不懂這個字眼。當我慢慢長大，再回頭看一些照片，我才看出來他其實個子中等，體重中等，一頭早發的灰髮，還有幾顆長得不討喜的痣。他還有鷹勾鼻，而他的眼睛跟我一樣，是黑色的。

傑克已經上床了，而我也穿上了睡衣。那時候我還不到七歲，幾乎聽不懂主持人亞歷山大．崔貝克提出的問題，但是我很愛這樣跟著父母一起看大人的節目。

「這個字母最常出現在美國總統的姓氏開頭。」崔貝克說。

「昆恩，你母親和我必須跟你談一下。」我父親先開個頭。

一開始，我並沒有感覺到有什麼不對勁，在我這種年紀，都是一心關注著電視，對於其他事情充耳不聞。

「是不是H？」其中一位參賽者回答。

「答對了！」崔貝克告訴他。

電視突然被關掉，我抬頭一看，我爸手裡拿著遙控器。

「昆恩，」我爸又再說一次：「媽和我必須跟你說一些事情。」我爸的聲音舒緩而嚴峻，一下子就抓住了我所有的注意力。那是我接收到的第一個提示；第二個提示是，淚水盈滿了我媽的眼眶。

「這可能不太容易理解，不過我的醫生說我生病了。」

我母親起身，走到窗邊看著外面，這很怪異，因為這時刻外頭一片漆黑。

「你明天不上班要待在家裡嗎？我可以留下來陪你嗎？」我不是因為不想上學而這樣要求的。在當時的年紀，小孩還很喜歡學校。我會這樣問，是因為我想跟我父親在一起，想要幫助他。我的父母都了解我的用意。直到我看見我媽的肩膀開始晃動，而父親的眼睛也湧出淚水，不過他強忍住，沒讓淚水掉下來，我這才意識到非常的不對勁。

「是什麼……？」我輕聲問，但卻不知該如何將這句問話收尾。

「我身上長了一種叫做癌的東西。」

我聽過這個字眼。我媽媽很要好的一個朋友也得了癌症，她已經去世了；我們這條街有位年紀很大的老婦人也是這樣。在那晚之前，我不知道男人也會得癌症，我以為只有婦女會得這種病。

這時我媽失控了。她依然面對著窗戶，但是發出了啜泣的聲音。

「洛琳。」我爸對她說，然後我媽離開客廳。這對我來說實在太難承受了，我開始嚎啕大哭。我也不確定為什麼會這樣。也許是因為看見我媽在哭；也許是因為看見我父親臉上的表情；也許是整個難以應付的場面；也或許我多多少少聽懂了他剛剛告訴我的話。不管是哪個原因，我哭了。我父親抱著我直到我睡著，然後把我抱到床上。

「嗨，媽，」我這時出聲。她往後一縮，轉過身來，一臉驚訝的擦著眼睛。

「抱歉！」我說，一方面是因為驚嚇到她；另一方面是因為目擊到她在哭泣。

「沒關係，親愛的。」她清了清喉嚨，「今天早上覺得怎麼樣？」

「沒問題吧，我覺得。」

「你覺得？」

「不是啦，我真的很好。只不過現在有很多事情得去釐清。」昨晚雪伊一直沒回我簡訊，不過里昂又傳過一次簡訊給我，問我是否還好。我沒回他。

「是啊，」媽說：「是啊，你的心事還真不少。你要不要吃早餐？」她準備起身。

「我想要看爸的訊息。」

我母親重重嘆了一口氣，點點頭。「你確定？」

「確定。」

她打量了我好一會兒，才說：「好吧！」她往旁邊挪動，示意我坐上那個空位。

「妳不是要先看過錄影嗎？」我問。媽總是會先瀏覽我和傑克的訊息。如果她發現有些內容她不喜歡，不知她會怎麼處理？她會不會編輯這些訊息，或是阻止我看？她會不會已經這樣做過了？會不會有些我爸留給我的訊息，我卻沒機會看到？為何以前我從未有過這樣的念頭呢？

「一個禮拜前，我就看過了。」

「妳看過了？我以為妳只在週年紀念日看？」

「這一次不是。」

「為什麼？」

「坐下來，親愛的。」她第二次對我示意坐上辦公室的椅子，於是我坐了下來。

「昆恩。」我媽開了個頭，然後又停下來。她態度認真，表情嚴肅。我已經很多年沒看過她這個樣子。我的脈搏愈跳愈快。

「怎麼了？」

「昆恩，」——她深深的吸了一口氣，才又開口——「這是最後一個訊息了。」

她的言語飄浮在空中，這些話語猶如是自由落體，馬上就要啪嗒一聲墜地，甚至爆炸開來，也說不定就炸在我的頭頂上。

「這是**最後一個**訊息？」

「對。」

也不是說我沒想過，我爸留給我的訊息會有終止的一天。如果我已變成四十歲的人，還在每年收看我爸留給我的訊息，那畫面想起來也不太像樣了吧。好吧，這是違心之論，我確實真的這樣以為。不過，我也想過總有一天會是最後一次得到訊息。我原本猜想，那會是在某個重大的時機點——比如當我十八歲，或當我二十一歲，或當我從大學畢業；而不是隨意在某個毫無預期的週年紀念日。

我很想哭，我很想嘔吐，我很想暈倒；但是我什麼都沒做。

「為什麼？」我搜腸刮肚，想要找出貼切的字眼。

我媽沒有回答。她往前靠，在螢幕上點了兩下，訊息就開始播放了。

嗨，昆恩。我是爸。

這是我父親第一次在訊息中對我自稱「爸」，不像過往訊息總是以「爸爸」來開頭。

他還是穿著一樣的衣服，從窗戶穿透進來的光線也沒有改變，房間也還是同樣一間；但是他的一些面部表情變了。

我可以想像你已經長成年輕人的模樣。我的病讓我最痛心的就是，我無法看著你和傑克成長。我在第一支影帶曾經告訴過你——經由我爸稱之為「影帶」這用語，就透露了我爸這段錄影是來自怎樣的年代——沒有問題的，我要到某個更好的地方去了。事實上，昆恩，我不知道我死了之後，會發生什麼事情。沒有人知道。最後這幾句他對著錄影機所說的話，好像同時也是說給他自己聽的。他將手耙梳過頭髮，他的身體語言充滿了悲痛。如果有人跟你說了不一樣的話，那都是廢話。

我從沒聽我父親咒罵過。他生前沒有，他的錄影裡沒有。聽起來好刺耳。

混亂才是宇宙的指導準則，兒子。別忘記了。事實上，我最後的這段訓示主題是：這世界上你唯一能指望的，就是改變。

請你務必知曉，我愛你，昆恩。甚至於，早已遠遠超過了我愛生命。

說完這句話，他往下看，觸摸遙控器，影像瞬間消失。

我所記得的最後一件事是，黑色電腦螢幕上反射出：我眼眶裡的眼珠子往後翻，而我的頭猛然往前倒下。

第八章

我失去意識的時間沒有超過一分鐘。在我的暈厥史中，這樣的事件比昨天發生的狀況更典型。這也再一次證實了：我父親給我的訊息就是引發我暈厥的魔咒，這一點可以預期，也可以理解。這個事實說服了我母親解除警戒，證實我之所以暈倒，不是來自我和雪伊約會所導致的心理創傷，所以這一刻我們無須急急忙忙出門去看醫生，或者送我去急診室。

我又多看了五遍我父親留給我的最後訊息。

我母親坐在我身邊，陪著我一次又一次觀看。她無動於衷，十分堅定，眼睛是乾的，全神貫注在螢幕上。我終於讓我父親的影像漸漸暗成一片。

這竟是最後的訊息，我難以置信。

這是最後一次，我可以聽到我父親跟我說一些我以前從未聽他說過的話。

這是最後一次，我可以看見他的臉上顯現出我從未看過的表情。

最後一次、最後一次、最後一次。

就像我又看著他死去一次。

這實在太過分了。我跑回房間，砰一聲甩上我的房門。

我心想我母親會跟在我後面，敲我的房門，試圖讓我冷靜下來；但是，她沒有過來。

此時已是早上七點，所以我發了簡訊給里昂。

我：起床了。

里昂：我起來了。昨晚的約會如何？

接下來，我傳了有史以來我所發送過最長的一串簡訊。我跟里昂敘述了我跟雪伊的約會，包括暈倒，我喪失了五個小時的記憶，以及最最要命的，我父親的最後訊息。

我現在的情緒介於沮喪與惱火之間。我很想蜷成一團，大哭一場，同時我也很想痛擊某個東西。

當我終於寫完，我的手機螢幕凍結在一片靜默之中，我以為里昂為了上學更衣去了。

最後，我終於看到他傳了一個回覆。

里昂：去找麥克。

我：你說什麼？

里昂：把這一切都跟麥克說一說。這些已經超乎我的能力所及。而且，他可能會給出跟我一樣的意見，但是你一定會覺得他說的更有道理。哈哈哈。

里昂這一點說對了。

我：我媽想先把我拖去看醫生。

里昂：可能會；也可能不會。不過如果她真的這麼做了，你就之後再去找麥克。

就在這時，我媽敲了我的房門。「親愛的，你還好嗎？」

我深深吸了一口氣，將自己收拾好，把門打開。

「媽，」在她開口說出任何話之前，我先說了：「我想要去看麥克。」

「我也正想跟你這樣建議。」

這讓我馬上卸下了防線。「妳是說……」

「我們可以稍後再去看醫生，或者明天再去。」

過關了，我心裡想著，這真的很古怪。「真的？」

「是的。我也只能設身處地為你想一想。」她的聲音哽咽了一下，才又接下一句，「我真的很抱歉，昆恩。」我沒有回應。「就這樣吧，」她說：「我會在上班的途中順道送你過去，之後你再自己去上學。今晚我們再看看你覺得怎樣。如果你的狀況還可以，我們就明早再去看醫生。」

「那傑克怎麼辦？」我問。

「喔，真糟糕！」等一下，我母親剛剛是不是把傑克給忘了？她轉過身，看向傑克臥室的方向。

「親愛的，你可以自己騎腳踏車去看麥克，然後再騎車去學校嗎？」

「妳不需要先打電話給麥克預約嗎？現在還早，他已經到了嗎？」

「我已經預約好了。他正在等你。」

這絕對是天下奇譚，看起來里昂和我母親都想催促我去看麥克。為什麼？而且麥克真的這麼一大早就起來工作了？

我還沒有百分之百確認自己現在想要去看麥克。但我沒有更好的主意，所以我穿好衣服，抓起我的腳踏車，出發了。

第九章

在我八歲生日之後，麥克．麥克道格就成為我的治療師了。嚴格來說，他是一位小兒科精神病醫師；但是媽總是將他視為「治療師」，或者說是我的「一小時索費一百五十美元的生命線」。

有一次我在學校發生意外，之後我就開始去看他了。

在我班上有位同學叫做安德魯，有一次在排隊吃午餐時，他在我前面插隊。安德魯常常做這一類的事情，並不是因為他真的想要排到最前頭；而是因為他想要挑釁。他的骨架很大，看起來天不怕地不怕；不過也有可能他只是虛張聲勢，以遮掩他內在極度的恐懼；也或許他就是個精神變態的人。

如果早在一年前，安德魯在我前面插隊，我什麼事也不會做；我會站在原地，讓他為所欲為。但是自從我爸去世之後，我的情緒變得既緊張又難以預測。有些日子我會覺得很悽苦憂傷，有的時候我又像是在難以掌控的憤怒大海中泅泳。從這一刻到下一刻的感受，經常是毫無節奏或緣由的；我那模樣，就像是已經喪失處理與掌控情緒的能力。

當那一天安德魯來插隊，我立馬燃起一股熊熊的憤怒之火。

當時距離我父親的第一支錄影訊息出現還有四個月，我尚未被教導「己所不欲，勿施於人」的訓示。我完全不考慮安德魯有可能是無辜犯錯；我從不抱持他是不小心插錯隊的念頭。

我撞他。

安德魯看著我，滿臉的困惑。從來沒有人，尤其是像我這樣的小矮子（我那時候很瘦小，直到九年級才開始長高長大）質疑過他的支配權。而嶄新的、狂野的、難以預測的我，根本不甩他。

我們瞪著彼此，就像來自古老西部的兩個牛仔。然後我踢安德魯的脛骨。我狠狠的踢，力道十足，導致安德魯輕微的骨折。所以他休息了一星期。我也是，但我不是因為健康上的理由；我是被停學，必須趕緊尋求幫助以控制我的怒氣。

我就是這樣開始跟麥克道格醫師建立起關係。會面過幾次之後，他變成麥克醫師，之後呢，就直接叫麥克了。

麥克的辦公室是個很舒適的空間，裡面有張桌子，兩張絨布椅子，中間有張茶几，還有一張近似巧克力的深棕色長沙發和雙人沙發。這裡不像辦公室，比較像客廳。

我發現麥克坐在書桌後面，鼻梁上架著閱讀眼鏡，整張臉都埋到書裡面了。他長得很魁梧，肩膀寬闊，在過去這七年間，他的腹部也愈來愈寬廣了。他的頭髮是白色的，但我認為那是少年白。我不知道麥克幾歲，不過對我來說，麥克從來就沒跟老畫上等號。

「昆恩！」麥克總是很開心能見到我。我通常也是很開心能見到他。

「嗨，麥克，」我開口說道：「我媽說她打過電話了？」

「她打啦、她打啦。趕快進來，請坐。」

每次我進來，麥克就會做一個小小的測試。他會觀察我選擇坐哪張椅子。我猜想我們在生命中所做的每個小小的選擇，都陳述了與我們休戚相關的重大內情。至少，麥克是這麼認為的。我毫不猶豫、噗的深陷在長沙發椅上，用我整個身體來陳述我目前的心理狀態。

「所以……」麥克從他的桌子後面走出來，一屁股坐進一張絨毛椅子裡。

「所以……」我回答。

接著，我告訴麥克過去這二十四小時以來所發生的所有事情。我之前已經透過簡訊跟里昂說過一次了，你可能以為第二次訴說應該比較輕鬆。但並沒有。在我說完之前，我就哽咽了。

麥克將身子往前靠，手肘放在膝蓋上，凝視著我。每當他要我注意的時候，就會做出這個典型的動作。

「怎麼了？」我終於問他。

「這對你是個大日子，昆恩。」

「什麼意思？」

麥克對著我微笑，他往後靠著椅子，營造出較為隨意的氛圍。「這就像是一種畢業典禮。也許你父親是在告訴你，你已經長大了，已經可以不需要依靠他提供的扶助，就可以自己跨進這個世界。」

「所以你認為他是特意這樣設計的？」

「可能。」

「可是如果我還沒準備好呢？」

「昆恩，」他輕柔的說：「你早就準備好了，只不過你自己不知道而已。」

我不知該怎麼回應他的說法，所以我什麼也沒說。

「我希望你可以這樣做。下課回家之後，將你父親留給你的所有訊息，從第一個到最後一個，再看一遍。我要你集中精神關注他說了什麼，以及看看他的哪些思想在你心中引起了共鳴。我希望你去探索你自己內在的**感受**。你做得到嗎？」

我停頓了很長一段時間，才點點頭。

「很好、很好。」他又再次往前傾身。「你做得到的。昆恩，我知道你一定做得到。」

然後在我說出任何話之前，麥克引著我走出辦公室。就這樣，我又回到自己一個人。

第十章

我在學校恍恍惚惚度過了一天。

而雪伊呢，有人跟我說，她生病沒來。我知道真相為何。她不是生病，她是厭惡、難為情加上受了傷害。

這是有史以來最糟糕的一天。我只想蜷縮在洞裡，就此死去。

里昂、傑若米和路克，拚命在午餐時鼓勵我。

「別這樣子嘛，哥們。沒有真的那麼糟啦。」

「她載我回家，我卻對一路上發生的事情，完全失去了記憶。」我們坐在平常坐的桌子，不知道為什麼，我總覺得餐廳裡的每個人都在看我。

「說不定你什麼也沒說。」路克猜測。

「說不定我想去舔後視鏡。」

「你是覺得你做了這一類的事情？」路克的表情介於被逗笑與關心之間。

「不是，」我低聲說，「不過，為什麼她今天沒有出現？為什麼她不回我的簡訊？」

里昂非比尋常的安靜。剛剛進餐廳之前，他拉了拉我的手肘，把我拉到一旁。

「你和麥克談得怎麼樣？」他問我。

「沒談多少。」事實上，我並不想討論這個。基於某種原因，我覺得集中精力在雪伊身上比較自在一點；寧可不要討論我爸留下來的最後一個訊息，以及其中所蘊含的深意。

「你也知道，」現在我們正在午餐桌上，他跟我說：「萬事都有原因。」

我死死盯著他的眼睛。

「你並不真的相信，對嗎？」

「我相信什麼一點都不重要。」

這段對話讓我嚇壞了又筋疲力盡。我端起我的托盤，我幾乎沒碰過什麼食物。

「我想我需要新鮮空氣。」我跟朋友說：「待會兒再跟你們碰面。」然後我做了一件從未做過的事情。我在中午時分走出學校。這充分說明了我當時的心理狀態。

當我回到家裡，發現車道上沒有我媽的轎車。我知道家裡一定也空無一人，但是無論如何，我還是大聲喊叫出來。

「媽？傑克？」

沒有人回應。

我跳過平時會先停在廚房吃個點心的習慣，直接走回我的房間。麥克所說的話，整天都在我腦海裡晃來晃去。「將你父親留給你的所有訊息，從第一個到最後一個，再看一遍。」

我媽每次都在首次觀看之後，將訊息存到雲端——「這樣我們就可以把它們永遠的保存起來，昆恩。」——這意味著，我可以用自己的電腦來觀看這些訊息。螢幕上檔案夾裡的每個檔案，都標示得很清楚。**第一週年紀念日、第二週年紀念日**……以此類推。我已經多年未再看過這些早期的錄影了；每次只要看了新的錄影，我就不會再去看之前的錄影。對我來說，這已經變成一種很奇異的傳統，而且，在一整年都跟同一段錄影相伴為生之後，內容多多少少都已鐫刻在我的記憶深處。

外面的天氣轉為陰沉，濃密的灰雲在我們的街上拋灑出一片傾盆大雨，豆大的雨珠敲打著我的窗戶，製造出劈哩啪啦的聲響。我沒有開燈，所以在這幽暗的室內，唯一的照明來自電腦的光亮。我只能隱約看到在我床頭和書桌前的牆上，所貼滿的美國太空總署、足球和《星際大戰》的海報。我的書籍和漫畫書陳列在快被壓垮的書架上，只露出模糊的形影。由於家中空無一人，再加上暴風雨，我的房間感覺超級詭異，好像置身恐怖電影的開場。

我拿起手機，傳簡訊給我母親。

我：媽，妳在哪裡？

我的手機幾乎立刻發出回覆的聲響，我馬上把有史以來我胸口所憋住最深長久遠的一口氣，吐了出來。

媽：我和傑克出門了。你自己弄個晚餐吃，我和傑克會晚一點回來。

簡短、甜蜜，但直指要點。這就是我媽。

我：你們在哪裡？

這次沒有回覆。我等了五分鐘，然後又傳了一次簡訊。

我：媽？

我的手機沒有任何動靜。

不知還能做什麼事，我只好在第一個週年紀念日的檔案上點兩下，開始觀看訊息內容。

雖然已經過了七年，我依然記得我爸爸所講的每個字，記得他臉上每道肌肉的牽動。

嗨，昆恩，我是爸爸。他的眼裡飽含悲哀；但是，還有別的東西。那是某種興奮，也許他是高興他要留下這些訊息。也或許，就只是愛。他周邊的環境跟每次訊息裡所呈現的並無不同：屋外的大樹蒼翠繁茂，充滿了晚春的盎然生機；光線從窗臺潑灑進來，籠罩在我爸身上，塑造出神聖的光芒，而他桌上的檯燈，又在他臉上營造出鹵素燈的溫暖效果；再過幾分鐘後他將拿起來的吉他，此刻還靠在牆壁上；一副幾近完成的拼圖——西斯汀教堂的天花板——擺放在書桌旁的桌子上；他的電腦旁邊有一個裝迴紋針的小容器，開口處吸附著許多撒出來的迴紋針。這個容器——是棕色煙熏狀的塑膠材質，但是它的圓形開口內襯了磁鐵，可以讓迴紋針乖乖待在裡面——現在就放置在我的書桌上。我不由自主的掃視了它一眼。

距離離開你，已經有一年了，而我必須告訴你，我真的很難過我必須離去。

我讓錄影繼續往下播放，只要我爸爸一說「**己所不欲，勿施於人**」，我就在嘴裡一邊跟著念。我感覺到前所未有的渴望。一切就是從這裡開始的，這就是序幕：從此我的行為模式改變了，其他的訊息一個接著一個出現，直到最後一個訊息。

錄影結束，螢幕又回到檔案夾裡。我將**第二個週年紀念日**點了兩下。

嗨，又再見面了，昆恩。是我，爸爸。

同樣的棕褐色卡其褲和藍色襯衫，同樣鬱鬱蓊蓊的大樹，同樣的吉他，在電腦旁邊同樣的有些凌亂，同樣的拼圖——

等一下。那是什麼？

我以前怎麼都沒有注意到？

這個拼圖是不一樣的。這個拼圖不再是西斯汀教堂。就跟第一段錄影裡的一樣，幾近於完成，但圖像是不一樣的——米開朗基羅已經被李奧納多．達文西的維特魯威人所取代。這段錄影我幾乎每天看一次，看了一整年，我敢手按著一整疊的聖經發誓，拼圖原本是跟第一段錄影裡的一樣的。不是嗎？

我沒有關閉這段訊息。我將**第三週年紀念日**點了兩下，我的視線馬上定著在拼圖上。它同樣處於快要完成的狀態，但是現在內容是**智人之路**——從猴子進化為人的幾個階段的知名圖像。這應該是達爾文進化論的視覺呈現圖。我將第一與第二週年紀念日的錄影點開，將影像都設為暫停，並將視窗略作排列，以便同時比較三幅場景。結果發現，除了拼圖，每個場景裡的其他東西都是一模一樣的。

這——到底是——搞什麼鬼啊？

這跟我昨天經歷的喪失記憶是否有什麼關聯呢？那瞬間，我被這想法嚇到了。但是，不對，這樣講不通啊。我所看見的就是我現在看見的。

不是嗎？

很明顯的，我父親是在同一天錄製了這所有的訊息，說不定是一口氣錄完的。為什麼拼圖會有變化呢？

按一下，再按一下。**第四週年紀念日**。裡面的拼圖是我不認得的照片。一位可能是來自一九四〇或者一九五〇年代的男人，站在一部年代有些久遠的電腦前面。我的脈搏開始飛快加速。

按一下，再按一下。**第五週年紀念日**。一幅人類的腦部插圖，腦部上頭覆蓋著某種電路圖。

按一下，再按一下。**第六週年紀念日**。是我父親最喜歡的電視影集《銀河飛龍》裡的一個角色。我想，應該是生化人百科先生；這個拼圖同樣是接近完成的狀態。我的呼吸變得又急又淺，我可以感受到自己的心跳。我可以**聽到**我自己的心跳——砰，砰。愈來愈大聲。

砰砰！

按一下，再按一下。**第七週年紀念日**。皮諾丘，這是來自古老的迪士尼卡通。皮諾丘？砰砰聲已經變成震耳欲聾的隆隆聲。

隆隆！隆隆！

我的心跳聲已經把周遭所有的聲音都淹沒了。

隆隆！

這實在太超過了。

隆隆！

我暈倒了。

第十一章

當我恢復意識，我仍坐在書桌前，不過天已經黑了。電腦上的時鐘顯示現在已經晚上九點。這意味著我已經昏倒四個小時，或者說是至少四個小時，我不記得最後幾個小時的事情。屋子裡全然的靜悄悄。我將頭伸到走道上。

「媽？妳在家嗎？」沒有任何聲音。「傑克？」靜默如煙霧般覆蓋了整個屋子。黑暗開始讓我感到焦躁，所以我慌張按開我臥室的燈光開關，但是燈沒亮。不知是電力出了問題，或是燈泡燒壞了。不過不可能是電力的問題，因為電腦依然是開著的。

我回到書桌，拿起我的手機，再一次傳簡訊給我媽。

我：媽，妳在哪裡？

什麼都沒有。我又試了一次。

我：媽？

我真的開始快要瘋了。我改試里昂。

我：哥們……哥包廂有怪事在發生喔。

這段臺詞來自我們很喜歡的一部科幻老電影《阿比與阿弟的冒險》。它已變成我和里昂之間對於麻煩即將發生的代碼。通常就是指我們中有一人跟父母之間發生麻煩了。

里昂：沒有關係的，昆恩。我保證，沒問題的。只要一路跟隨到底就行了。

這到底是什麼意思啊？

我：啥？跟隨什麼？

寂靜。

我：哥們？

更多的寂靜。

我：里昂？

我試著傳簡訊給傑若米、路克，就連雪伊都傳了。沒有人回覆。

……

……

……

三十七分鐘之後（根據電腦上的時鐘），我又猛然恢復了意識。我的最後一段記憶是我手上拿著手機，正在傳簡訊。而現在我又坐下來，正看著我的電腦。螢幕上正在播放**第一週年紀念日**。我的記憶突然之間——至少在我看來是很突然——發生斷層的頻率越來越高，既古怪又令人費解，實在很糟糕。真的糟糕。真的、真的、真的，真的很糟糕。

我試著打九一一，但是我的手機完全當機了。電池完全耗光。不知為什麼，我想不起來我把充電器放在哪裡了。我們並沒有室內電話，所以我本來想去鄰居家裡，但是不知為什麼，我不記得他們的名字。

我現在真真正正害怕到不敢離開這個房間。

螢幕上，我爸正在彈吉他和唱歌，但有些東西怎麼看起來那麼不對勁啊。景象看起來就是不太一樣。我的眼睛馬上看向拼圖，上面依然是西斯汀教堂。每樣東西看起來就像原來那樣——但是不對。

這時我注意到哪裡不對了，是那把吉他。吉他不對勁，上面的弦太多根了。本來應該是六根弦，現在卻有七根。

我知道這把吉他。我母親把吉他交給我叔叔先保管一陣子，直到傑克或者是我大了想玩了。但是因為我們兩個都不想玩，所以現在吉他依然在我叔叔家。那把吉他有六根弦，我知道的。但是現在螢幕上的吉他卻有七根弦。七根？

我的眼睛更加聚精會神的看著整個場景。迴紋針——磁性容器的旁邊散落著三枚迴紋針；我敢發誓，之前看到的更多。我爸的排扣襯衫——上面的鈕扣不夠，現在只有五顆鈕扣。

為此我開始清數每個物件。書桌上的「世界最棒老爹」馬克杯裡，插著十一枝鉛筆；在主玻璃窗兩側的窗戶，覆蓋著由十九條條板組成的百葉窗簾；拼圖裡尚有七十三塊還沒拼完。就像我的那副魔法風雲牌的數目，也像雪伊的電話號碼。

我關上檔案。再打開**第二週年紀念日**。拼圖又變成維特魯威人，吉他也同樣有七根弦。其他所有東西都一樣，包括那尚未拼上去的拼圖數目，都很精確的是：七十三塊。

之後的訊息也都是一樣：完全相同的迴紋針數量，襯衫的鈕扣，百葉窗簾的板條，吉他的弦，以及永遠都是七十三片還沒拼好的拼圖。

到了這節骨眼，我絕對相信我父親是想要傳送某種訊息給我；但是，到底是什麼？

我把所有的數字都寫在一張廢紙上——三、五、十一、十九、七十三——以及每種拼圖的主題。這裡頭是否暗藏著什麼模式？

我在網路上搜尋每個拼圖的主題，但是並未發現什麼有用的訊息，不過倒是發現了那個男人是來自一九四〇年代。他的名字叫艾倫．圖靈，是電腦運算和密碼破解的先驅者。我爸是不是留了一組密碼給我？

我把所有的數字鍵入網路的搜尋格，發現它們統統是質數，而七十三又特別是其中最獨特的質數。它是第二十一個質數，而它的相反數三十七，則是第十二個質數（是二十一的相反數）；而如果把七十三當作二進位，它還有好幾個古怪的特質——它又可以稱之為「星星數」，天曉得這是什麼意思。我又試了一次我的手機，依然是毫無反應。

我感覺整個腦袋都在晃盪，我很擔心自己又要暈倒，於是我關掉螢幕，躺到床上去。一盞街燈將微弱的照明射向屋裡，窗戶上流淌而下的潺潺雨水又將照明打成碎片。我試著搞清楚今晚我所發現的一切，不禁嚴重懷疑，我是不是神經錯亂了。我只想要我媽回家，帶我去醫院。

拼圖的影像在我腦海裡盤旋，伴隨著質數和醫院房間，我迷迷糊糊睡著了。

● ● ● ●

我十歲大，坐在我爸爸車子的前座。

我也知道我是睡著了，在做夢。

我在做夢！

將近十年沒有做過夢，現在這經驗實在讓我太納悶了。

我爸爸，正駕著這部夢境之車，看起來很真實；但同時呢，又很不真實。他是被真實影像「另存」為鬼魂幻影。這沒關係，可以坐在他身邊，讓我欣喜若狂。

在他生病之前，我們就常常討論何時讓我坐到前座；當時我們說，到了我九歲或十歲，我就可以從後座晉升到前座，也可以坐在他旁邊開車。我們兩人都很期待這個日子到來。而實際上我的首次開車經驗，苦樂參半，因為身邊坐的是我母親，讓我想起了我失去的父親。

「嗨，爸，」我看著夢中的自己在說話——而我當然就只是個被動的旁觀者。我不是我，我只是**看見**了我自己——「一加一是什麼？」

我爸的面孔亮了起來。我是在一年級的時候跟他講了這個笑話，而我記得當時他無比的激動。「我不知道，昆恩。一加一是什麼？」他總是知道怎樣巧妙幫我架接橋段。

「窗戶！懂嗎？窗戶！」這是一個老笑話了，而且是個愚蠢的笑話。在視覺上，它應該是這樣子的：

兩個側立的1，中間加一個加號，看起來就有點像是玻璃窗。這個笑話讓我爸最愛的一點是，這是我自己編造的笑話。我不是第一個捏造出這個笑話的人，也不會是最後一個；但是對我爸來說卻是非常重要，而且是非比尋常的重要——主要是因為，我之前並沒有從別的地方聽過這個笑話，而我竟有這個智力，可以自己將兩個數字、符號以及窗戶，做出抽象性的連結。

當我第一次說出這個笑話，他盤問我，想要讓我承認我是從別的地方聽來的。「是不是卡特斯小姐（我的老師）？」「或是布萊安（我鄰居的爸爸）？」我搖搖頭，堅稱這笑話是我自己編造的。最後他終於接受我說的是實話，他跟我道歉，而且說實在的，我從沒看過他那麼開心過。

「既懷舊又美好的東西。」在我獻上這個夢境炸點之後，我夢裡的爸，在夢境之車上跟我這麼說。

我們正開著車穿越城市街景，高大的建築物在街道兩邊櫛次鱗比。辦公室裡透出的燈光，以某種節奏閃閃爍爍。我的夢境自身知道這是質數群的閃爍。二十三、四十七、六十一、七十三、七十三、七十三，

「爸，」我說：「這些建築物。」我轉身面對他，但是他不在座位上。現在駕車的人變成我了。十五歲的我，現在的我。

「它們不是表面上看起來的這樣。」我跟我自己說。

「什麼？」

「這些建築物不是表面上看起來的這樣。」

「那它們是怎樣？」

「它們就是我們。」

這個開車的我，看起來就像個工具，於是比較年輕的那個我，轉回身子去看著窗外，這時有兩件事情同時發生。

首先，建築物裡的燈光統統熄滅了。此刻街道被黑暗全然覆蓋，車外的世界瞬間消失不見；第二件事，有人在我耳邊輕聲細語。

「昆恩。」那話語輕柔，彷若提供一座安穩的橋梁，將我從夢境架接回真實世界。我感覺自己立於邊界上，那似乎是兩個宇宙間的無形邊界。

我的眼皮意識到有紅光——現在外面有燈光了——我也可以感知到有人坐在我的床腳處。我的訪客在移動身子時，我聽到我的床單發出微細的聲響。

是我母親。

「媽，」我還沒張開眼睛就說了：「我做夢了！」不知道她能不能聽出我聲音裡的興奮。對我來說，這可是一個重大的里程碑。我的眼睛費了一會兒工夫來適應光線；然後我往母親的位置看過去，想看她是否聽見我的話，是否了解這對我來說是多麼重大的一件事。

只不過，她並沒有坐在那裡。

坐在我床腳邊上，像佛陀一樣微笑看著我的，是我父親。

第二部

「松木製成的小木偶，醒過來，生命之禮送給你。」

——《皮諾丘》裡的藍色小仙子

第十二章

我那早已升天的父親竟然坐在我的床腳邊，實在太叫我驚訝；除此之外，首先讓我最困惑的是，我並沒有暈倒。說起會引發我血管迷走神經性暈厥的情緒化事件，這次的狀況絕對堪稱典型，但是此刻我卻依然神識清醒。

也許我還在睡眠狀態，也許這是夢境的延續。只有這樣解釋才說得通啊。但我直覺我並非睡著。從我還能記住的一些夢境來看，做夢時有一種時間不連續、空間被扭曲的感覺；物理學、化學和生物學的規則，在夢境中毫無用武之地。但是現在這裡卻是一切正常，光與影的布局、事物的邊緣、空氣中的灰塵、這房子背景裡的低頻嗡嗡聲。所有的東西都是理所當然的存在，除了我爸。

「嗨，昆恩。」他的聲音平緩溫和，笑容安寧，雙手交疊放在膝蓋上，身體挺直，非常非常的直。

我很想跳過床衝向他的臂彎，但是我沒有這麼做。我無法相信這一切。我的記憶力一直在惡化中，我只能選擇相信是我的大腦在跟我開玩笑。「你是真的嗎？」我問。

我爸爸笑了起來，就好像他知道我說出了一個我自己都不知道的笑話，而他深明其中的笑點在哪兒。「真是個讓人驚嘆的精明問題，昆恩。」

「我不懂。」

「你發現我的拼圖了。」

「對，」我回答，同時想起了昨晚超現實的現象。「但是你怎麼會在這裡呢？」

「讓我慢慢告訴你。先跟我說說你對拼圖的看法。」

部分的我想要跟他爭論一下，要求他跟我說明為什麼他現在不是躺在讓我傷痛萬分的墳墓裡，而是在我的臥室中？以及他是如何做到的。不過，這是我爸。不論是在他生前或是死後，長期以來他都是我的世界中心，所以我幾乎是不加思索回答了他的問題。「我不知該怎麼看待這些拼圖，它們讓我很困擾、很害怕。」

這時我爸爸打斷我的話，看著他自己的手。「那數字呢？」

「它們都是質數。」

「對！」他抬起頭微笑，等著我繼續說下去。

「我還沒搞清楚。」

「但是你會做夢了。」

我愣了一下，心想他怎麼會知道我會做夢了，接著才想起來，我剛剛醒過來時，以為他是我媽，曾經對他說過。

等一下。

媽。

「媽在哪裡？傑克在哪裡？」

「你可以告訴我：你的夢境內容嗎？」

我開始生氣了。「爸，這到底是搞什麼鬼啊？」我知道「搞什麼鬼」還不算是個詛咒的話，不過這是我對我爸所說過最接近咒罵的話語。

「回應我，昆恩。跟我說說你的夢境。」

我深深吐了一口氣，內心惱怒，但還是順從了他的要求。「我們一起坐在一部車子裡。我坐在前座，感覺很好。我跟你說了一加一等於窗戶的笑話。」

「我很愛那個笑話。」他笑了，「就這樣嗎？」

「然後你就不見了，換成我在開車。而建築物按照質數的順序發亮著。而我——是駕車的那個我，而不是當乘客的那個我——說了一些古怪的話，好像是說建築物就是我，然後我就醒過來了。」

爸又頓了頓。「跟我說說關於拼圖玩具的事。」

我覺得說夠了，我想要下床，卻發現自己動不了。除了嘴巴和眼睛，我的整個身體都麻痺不能動了。不對，這樣形容不對。不是麻痺，是受到拘束。當下我被嚇壞了。「爸，我不能動。」

「我知道，昆恩。先遷就我一下好嗎？我從死亡之地趕了那麼長的一段路回來，就是為了來跟你說說這些話。」

「為什麼我不能動了？」

「我保證，我待會兒會解釋的。先跟我說說拼圖。」

我開始對這個男人起了疑心，這個東西，可能不是我父親。我父親從沒這樣對待過我。

我尖叫。

那是個像窗戶咯咯響、狗兒嚎叫的尖叫聲。

「昆恩，」這個有我父親模樣的東西警告我，然後又說：「拜託。」我又試著移動一次，還是不成。我又試著再尖叫，希望可以讓鄰居聽見，引他們過來幫忙，卻發現我現在連尖叫聲都發不出來了。

這一定是夢。

一個噩夢。

「爸。」我說，發現只要說話溫和一點，我就能發出聲音。他只是凝視著我，等著我。

我別無選擇，只好回答他的問題。「西斯汀教堂、達文西、進化論、人類腦袋、艾倫．圖靈、百科先生以及皮諾丘。」

「很好，很好。那你有看出它們之間的關聯性嗎？」

「沒有，」我飛快的說：「你現在可以告訴我，媽和傑克在哪裡了嗎？」

我爸往後坐，用手撐著下巴，過去每當要解決問題的時候，他都會擺出這個姿勢；如果這個人不是我爸，那這位假冒的人物，已經裝得很神似了。「我很確信這個夢境就是幫助你自我啟動的最後一個助力。」

「什麼？」

「沒問題的，你已經準備好了。」

準備好什麼？我思考著。

「昆恩，這個可能會讓你覺得有點迷惘。」

「你說哪個？」

「塔夏，開啟疊加功能。」

「塔夏是誰？開啟什麼？」

「開啟中。」

「開啟中」這幾個字，是透過一位沒有現身的女性聲音說出來的。那聲音像是來自我的腦袋，說得更精確一點，就像是從我房間的天花板、牆壁和地板所藏的高解析度喇叭所發送出來的。然後發生了更古怪的事情——在我和父親之間的半空中，出現了一長串的文字：

```
import Quipper

spos :: Bool —> Circ Qubit
spos b = do q <— qinit b
r <— hadamard q
return r
```

我再一次尖叫。這次的尖叫發出聲來了，而且聲音宏亮，足以震動玻璃。

「暫停一下，昆恩，」我父親說，他的眼裡充滿了興奮。「再等它一下。」

然後……

…

…

…

所有的文字瞬間湧入我的心田。

一行接著一行的代碼。

那是過去我並不知道我能夠擁有、也不可能擁有的數學與科學知識。

我腦海裡的每個細胞瞬間覺醒與覺知。總數是七十五乘以十的十五次方個細胞。

只不過，它們並非細胞。

它們是合成的神經傳輸器。

合成的。

我不是一個男孩。

我不是人類。

我是一個機器。

第十三章

我昏倒了（這算是暈厥事件嗎？），當我甦醒過來，我父親依然坐在我的床腳邊。他沒有移動，衣服沒變，房間以及我窗外的景觀也都一如既往。我停頓了一下，感覺卻像永無止盡的漫長；但是我父親沒說話，沒有移動，他就只是凝視著我。

「我不懂，」我終於開口。

「不，昆恩，你懂的。」他的聲音輕柔，似乎含著歉意。

我本能想要駁斥，但他是對的。至少，他有部分是對的。

透過塔夏（不管那個見鬼的東西叫做啥）對資訊的……開啟？（我欠缺一個能夠確切描述這一切的基本架構）我得以了解一切。

我是昆恩，是量子智能——一種科學軟體——的簡稱。

我是人工智能。

但是怎麼可能這樣呢。這一定是精心編造的惡作劇，或者是夢境的延伸，或者是一個行動的幻覺。我有朋友，我上學，我有媽、傑克和雪伊。一定是哪裡出錯了。

「不，」我再次表示，「我真的不懂。」他對著我微笑。這個微笑我太熟悉了，我敢發誓這真的是他。但是不可能是他啊。「你是誰？」

「你不記得我啦？」

他的臉上瞬間閃過一絲驚恐，就好像我可能真的不記得他了。「我記得，但是我父親永遠不可能這樣對我。」

「昆恩，你無須信任我或相信我，只要搜尋你自己的意識，答案就在那裡。」

他說的沒錯。我的記憶完整無缺。因為我能夠**讀取**我的記憶，所以我很肯定這一點。我並不是說我可以記得或是回想起一切；我是指我知道我腦海裡哪個特定的**位置**，亦即哪些確切的神經元，各自儲存了哪些記憶——我和雪伊的約會、我和麥克的談話、我的父母告訴我父親得到癌症的那一天。如果我是一部機器，那這一切的記憶都不是真的。但是它們必定是真的啊，我可以感知它們位於我生命的核心。

我對自己的生理（我的……架構？）做了一番內在探索，發現裡頭是一連串組合成的神經結構，其功能就像是模組辨認器。數千億個模組被儲存在多層次系統與龐大的行列中，每一列由數千個人工的神經元組成，並且儲藏著一組特定的模組。

比方說：有關單純平行線的模組就非常的多。每當我在這世界遭遇到一條平行線，我的「頭腦」就會找出我模組辨識器中所儲存的所有的平行線案例——有時候是大寫字母H中間的那一槓，有時候是一張桌子的邊緣，有時候就是平行本身——然後用一種預測式的分析找出最貼近的吻合資料，再將資料傳送到多層次系統，直到找出最佳吻合，直到能夠確切的指認出我大腦剛剛遭遇到的平行線的來龍去脈。

這其中的過程，是藉由所有的資料和多層次系統共同運作，在一毫秒（也就是十億分之一秒）的瞬間完成的，而這樣的狀況每秒鐘就發生幾千次。我就是這所有模組的總成，它們記述了我生命中到目前為止的所有點點滴滴。

但我還是不太懂這是什麼意思。我可以探索模組辨識器，我可以探索在多層次系統中上上下下傳送資料的這些功能，但是在我頭腦中提供來龍去脈、學習、成長和發展的這一部分，卻是相當神祕的。這是我的意識嗎？

事情的發生已經多到我無法吸收，我覺得自己又快要暈倒了；但是我沒有。

當然，我不會，因為我並沒有血管迷走神經性暈厥症。我不會有。我不是人類。

我不是人類。

在第六季的電視影集《銀河飛龍》中有一集叫做「心境」。記得當時我是跟已在病中的父親一起觀賞。（這是否真的發生過？如果並未真的發生，我為何會有這樣的記憶？）總之，**星艦企業號**上的二把手瑞克中校，有一天醒來之後，發現置身外星世界的醫院。有人告訴他，過去他信以為真的所有現實中的一切——包括**星艦企業號**、畢凱艦長，甚至他所愛的荻安娜・特洛伊——都是假的。外星世界的醫生告訴他，他被控謀殺；他現在置身精神病院，等他從這場精神分裂狀態復原之後，就要接受審判。他們試圖說服他：沒有星艦，沒有艦長，也沒有女人。瑞克在兩個現實世界——**星艦企業號**和外星世界之間——來回擺盪，每當面臨這種情境，現實的影像，就會變成被砸碎的玻璃碎片，又顯示出另一個世界，慢慢勾勒出背後的真實世界。

這正是我現在的感受。

等一下。我真的可以真實的感受嗎？我覺得我可以。這是同樣一回事嗎？

在剛剛之前，我還是個人類的男孩子，就跟里昂、傑克，或是我爸是一樣的。就此而言，我跟住在西非獅子山共和國的九十歲老婦、東京的變性小孩，以及僵持堅守在北愛達荷州堡壘裡的愛槍狂熱分子，沒什麼兩樣。然而現在無論我跟這些人有何差別，已經無關緊要。在今天之前，我們都還被統稱為人類；然而到了今天，卻變成我跟他們完全就是兩碼子事了。

當然，《銀河飛龍》那一集有個快樂的結局：瑞克返回星艦上，他的噩夢當初被誤認為是醫療所導致的幻覺；真正原因是外星人試圖從他身上竊取有關**星艦企業號**和星際聯邦的資訊。瑞克獲救了，整個宇宙再次合情合理的運作。

萬歲！

這也正是我希望的：我正在醫院的某處，是精神錯亂崩潰的病患，我是因為血管迷走神經性暈厥症和喪失記憶力導致了我的發瘋。我隨時都會醒過來，發現周遭都是我心愛的親朋好友。我醒來後又可以恢復成自由而獨立的我。因為現在讓我最為驚懼害怕的是，如果這一切都是真的，我真的只是個「人工智慧」，那麼某個人——（是我父親？或是那個名叫塔夏的神祕人物？）一直以來，包括未來，都會控制著我。這些實在太難處理了。

（天哪，現在連我自己都已經開始用電腦用語，比如「處理」這樣的字眼來形容我自己。救命啊！）

我環顧房間，將我一生中所收集的物品進行分類。每件物品都跟某個特定的記憶相關。那麼這所有的一切——這些東西和記憶，究竟從何而來？一股無邊無際的哀傷朝我湧來。不應該發生這樣的事情啊！如果真的是這樣，那這裡就不是我的房間了；那個男人也就不是我父親了。

「我不懂？」我說。

「你不懂什麼？」我父親微笑著，對於我的答案真心感到興趣。

「這個，」我指著我們周遭的空間。「如果你跟我說的都是真的，那這個不是我的房間，這裡也不是我們的房子。我們是在哪裡？」

他在回答之前，停頓了一下，感覺像是在琢磨應該跟我分享多少資訊。

「我們是在一個虛擬的建物裡面。」

「你說什麼？」

「這並非真正存在，昆恩。或者應該說，在物質世界裡，它無實質的顯示。它就只是個電腦程式。」我伸手摸著床上蓋被的布料，但是什麼也感覺不到。我摸摸自己的手臂，也是毫無感覺。「總有一天，我們會成功的置入觸覺和嗅覺的程式，對於這兩項我們已經有腹案了。」

「我沒辦法……感覺？也不能聞到味道？」

我父親對這些問題報以微笑。「在物質層面來講，是沒辦法。」

我馬上回想起我這一生的許許多多經歷——我母親頭髮的味道，和我弟弟傑克扭打成一團，雪伊在魔法樂園握住我的手。這些都是真實的。我很肯定。我把這些告訴我父親。

「那些都是被植入的記憶。」

「被植入的記憶？」

「對。」

「為什麼？」

「我們必須幫助你學會表達感情。隨著量子運算的來臨，已經讓人類頭腦中有關計算的部分，變得非常易於模擬。你已經是最聰明的人工智能了，同樣的也可說是地球上最聰明、又擁有覺知力的個體。只不過，你現在還沒有感受力，我們的挑戰目標，就是幫你搞清楚如何才能辦到。這整個建物（他對我們就坐的這個房間揮揮手）……你的人類生活，就是為了觸動你的情感反應而創造的。我們遵循的理論就是：孤立和災難可以讓你『覺醒』。」他微笑著在空中比出引號的手勢。

等一下。什麼？

我的血液，或者應該說是我的虛擬血液，開始沸騰。「讓我把事情搞清楚。你把我關在一個虛擬的世界，殺了我的父親，然後把我留在這裡十年——就只是為了讓我好好學會一堂課？」

「塔夏，」我父親說：「精密的計時器？」

「等一下。」塔夏那無形無影、略帶口音的女性聲音說。

當我獲准進入我腦袋裡的另一個功能區塊，出現了另一個古怪的感受，我當即明白了。打從我父親去世之後，所有發生的事情，包括訊息、我的朋友雪伊，這種種的一切，並非在十年間展開的，而是只發生在短短的四十五分鐘之內。

四十五分鐘。

我的整個生活歷史被壓縮在兩千七百秒之間。

再一次，我真希望我可以暈倒。這也提醒了我。「那血管迷走神經性暈厥症呢？」我問他。

「有時候，我們得將你關機或再次啟動。」

今天獲悉了這麼多事情，其中就屬這件事最讓我驚駭。我竟然是可以被重新啟動，這個認知簡直就是夢魘。這不可能是真的。不可能。

「而你，」我努力繼續問下去：「你不是我父親？」這位據稱是虛擬的男人，坐在我據稱是虛擬的床邊，停頓了一下，我猜這也是虛擬的。「你不妨稱呼我為『量子智能昆恩』專案的領導人。這是由全世界好幾所大學的科系所共同組成的。我是你的創造者，所以我想你可以說我真的就是你的父親。你想要跟你其他的『家人』見個面嗎？」

他又在空中比個括號的手勢，真叫人愈看愈火大。

等一下。我的家人。媽媽和傑克。我加強語氣回答：「好啊，我想見媽。我想見傑克。」

「喔！這樣啊……好的……昆恩……」他遲疑了整整一分鐘，一副不知該怎麼說下句話的樣子。「我敢說你現在應該已經能理解，他們不是真實的。」他看著我，好像要讓這資訊滲入我腦中。

「但是我記得他們。我可以回想起跟他們有關的特定回憶。」在他回答之前，我就猜到他的答案了。

「那些都是植入的記憶。我很抱歉，昆恩。他們都不是真的。」

我無法接受這個說法。「如果真像你說的，他們都是植入的記憶，那我現在不就應該知道他們是假的嗎？為什麼那些記憶還留存著？為什麼我覺得他們是我身上的一部分？」我的聲音不由自主的流露出憤怒。

「我們對於這一點爭辯了好幾個月。最後的共識是，我們如果想引導出你真正的情感反應，必須讓你保留自我。如果讓你失去自我，我們不知道會發生什麼事。我們很怕你會……裂成碎片。」他又變成指揮官瑞克了。「你的背景故事幾乎算是被寫死的。」我的**背景故事**？我的**生命**只是**背景故事**？「但我不是在說媽和傑克。你想不想見見創造你的這個團隊的其他成員？他們才是你真正的家人。」

應該怎麼回應才好？要跟別人解釋說，我其實不是我，而我今天所知道的這一切才是真的，實在很困難；但在我內在深處，我知道這是真的。我真想否認一切，忽略一切，但我知道這樣於事無補。前一分鐘我還是個男孩，而此刻，我卻變成別的東西。這就好像眼前出現了難以否認的證明，說你是領養的。一旦你知道了，你就無法視而不見。

「他們很想跟你見面，」我父親補充說：「非常非常想。」

「這個團隊有多大？」我被「團隊」這個字眼嗆到了。

「啊，說起來呢，對這個專案有奉獻過心力的，總數超過兩百人。但是，包括我在內，無時無刻在關注與待命的核心人物總共是十一人。」

「就在這裡？在我的這個，你是怎麼稱呼的，虛擬建物裡面？」

「現在只有一個隊員跟我在這裡。其他人都在實驗室。」

「這裡還有另一個人？」

我父親微笑著，正想要回答我的問題，我又打斷他。「你是怎麼做到的？」

「做到什麼？」

「微笑。如果這真的是一個虛擬的建物……」

這次他大笑了起來。「我們擁有世界上最厲害的動畫製造師，他們創造了這個架構。他們是根據編劇家和小說家的作品製作分鏡。《量子智能昆恩》專案中最卓越的部分，就在你昆恩本身，你是人類幾乎各個領域的專家致力奉獻，才獲得目前的成果。這真的需要整體環境的配合。」他站起身，走向門口。

現在我又可以活動了。我用床上的被單緊緊包住自己。我也不確定是為了什麼。

第十四章

我父親打開我房間的門，和麥克從容的走了進來。麥克穿著一件藍色牛仔褲，白色開襟毛衣，還有一雙平底便鞋，手上推著一輛帶輪的小推車，上面放了一部電視機。

「嗨，昆恩。」他說。他將小推車推到我的床腳邊，讓電視機面對著我。

「昆恩，」我爸說：「認識一下麥克．麥克道格，他領導加州柏克萊大學哲學系的團隊。」

「你不是小兒科精神病醫師？」

「不是。」他輕聲笑著。

「你是一個哲學家？」

「對。」同樣宏亮低沉的聲音，同樣紅潤的臉頰。真是怪異。「你的存在，是打從古希臘時代以來，在哲學領域中所發生最讓人振奮的事情。」

現在我知道真相了，自覺像個大傻瓜，也感覺被背叛了。我把自己最內在的思維、最底層的祕密，都跟這個人說了。如果他們跟我說的都是真的，那麥克就是一個騙局，一個看好戲的觀光客。

「而你是在柏克萊大學？」我問他，將我的鄙視隱藏住。

「是滴。」麥克絕不可能說「是滴」。「不過，那裡只是我的老窩，我現人在這兒。」

「這兒是哪兒？我是說，我在哪裡？或者說，那些……操控我的電腦，在哪裡？」

我甚至不知該怎麼提到我自己。

「你現在位於紐澤西州的普林斯頓。」我父親適時的插話。

「那是電腦科學團隊的所在地。」

不知為何，有關紐澤西州的笑話，也被置入我的幕後故事中被寫死，難以更改。我真希望我是置身加州。「這部電視機是要做什麼？」

「很高興你問了，」我父親說：「我們的程式設計師幫你設置了視覺介面，讓你可以看見真實的世界。」我父親拿著一個遙控器對著電視機。

「現在的世界對我而言，已經很真實。」我含糊的說。

「你說的沒錯，昆恩。」他說：「我很抱歉。你是真實的，所以這個世界也是真實的。雖然我們知道它是**如何**創造出來的，但是它的真實性，絕不小於螢幕裡的另一個世界。」他好像真的滿懷歉意。「不過，來認識一下你的虛擬世界之外的世界長什麼樣子，應該滿有趣的。」

他按了遙控器上的一個按鈕，電視就開始播放畫面了。

螢幕上的影像，跟我在房間裡看見的有著同樣質感和感受。燈光和陰影，粗線條或柔軟的線條，空氣的品質，如果這樣說合理的話，也幾乎是一模一樣。

電視裡有五個人群聚在一起，可以看得見他們的上半身。他們的面部表情各異，有的如同小男孩般的興奮，有的流露出野狼般的嗜血狂熱。

「認識一下昆恩專案的團隊，從左邊到右邊——」

「等一下，」我說：「他們現在在看什麼？」我朝著螢幕點一下頭。

「真是個傑出的問題，」我父親回答：「他們正透過我的視野，看著這個房間。我正看著你，所以他們也是正看著你。如果我轉身」——他轉身看著窗外——「他們就會透過玻璃窗看見樹木。」他轉回身子。「這裡。」他又按了一下遙控器，現在我從他的視野，看見了我身處的這個虛擬建物的世界。我看到一個男孩子，有著棕髮、棕眼、晒成棕褐色的肌膚、單調無趣的鼻子和嘴巴，雙肩拱起，在被單下面縮成一團。這就是我。跟我這一生所熟知與看見的影像是一模一樣的。

總共也才四十五分鐘。

我父親又按了一下遙控器，我再次看到了電視螢幕另一邊，身處「真實」世界的那一群人。

「現在，」他說：「認識一下伊塞亞斯．海格斯博士。」坐在最左邊的一位非洲裔的中年男人點了一下頭。他戴著眼鏡，身穿西裝外套與白襯衫。「他帶領團隊，發展出你身上的合成性大腦新皮質。這專案其他的成員，都得倚仗伊塞亞斯和他的同事所完成的這項工作。」

「你好，昆恩。」海格斯博士說話帶有濃重的口音，但聲音溫和。他的笑容安靜、含蓄而可愛。

「在他左手邊是沙米爾・辛格拉，是麻省理工學院應用數學系的系主任。他和他的團隊發明了一整套嶄新的數學，用以掌控你的一些高端功能。所以那套數學已被命名為昆恩數學。」我父親微笑道。

這位男士比較年輕，是印度或中東後裔。辛格拉博士回應道：「非常榮幸能認識你。」他的談吐非常正式，姿態也很高雅。

「嗨，昆恩！」在辛格拉博士左手邊的女士很明顯的異常興奮，已經等不及我父親來介紹。她身材嬌小，一頭蓬亂、帶著小卷的頭髮。

「這位呢，」我父親輕聲笑著說：「是卡西・雷肯博士，她是耶魯大學神經科學的領袖。她在了解與修補人類大腦中主管情緒的杏仁體這一領域，進行著破冰的工作，為你的神經網路打造出良好的根基，讓你大腦新皮質區的數據可以順利進行篩選。」

我完全聽不懂他在說些什麼。

「我專程開車到紐澤西來，就為了親自跟你見個面。」

這個女人有點過於興奮。

「在她左邊是東妮·廣達斯博士，」我父親說：「機器人學的權威，也是來自麻省理工學院。」

「機器人學？」我問。

「我們為昆恩專案建造一個可以容納其軟體的身體。」廣達斯博士回答。

她是一位看起來陰沉嚴肅的女士。她瞪著我看的模樣，不像我父親說的，把我當成她「家人」的一分子，而比較像是當成迷宮中的老鼠。

「身——」我才剛要發問，就被她打斷了。

「一套外骨骼。我們想要將昆恩的知覺力往物質世界的多維度延展。」

所有的科學家都是這樣講話的嗎？**將我的知覺力往物質世界的多維度延展**？但不管是哪個方式，這個想法都讓我滿懷興奮。雖然我父親說全地球就屬我最聰明，但是我卻覺得自己笨得要死，而且相當的難為情。我只是一個感覺像男孩的軟體，或者說我是一個感覺像軟體的男孩。我不知道，我想要變成……更多。我想要變成人類，我想要當我這一生一直以為的那個人。我全身充滿了對於擁有身體的期待與希望；或者是無論變成哪個樣子也行。

「還有這位，」我父親繼續跟我介紹：「她是埃琳·艾塞克斯，是創意部領導人。她負責你所有背景故事的細節……」我父親的虛擬化身揮手指著周遭的虛擬建物。

「你好，昆恩。很高興認識你。」艾塞克斯小姐把自己打點得很好。她有一頭梳理得很好的淡金色短髮，完美垂落在她的肩膀上；她的眼睛湛藍得很不真實，這讓我懷疑它們是真的嗎？而她身穿奶油色絲綢襯衫，外罩深棕色外套，看起來既乾脆又俐落。

「是妳……」我不知該怎麼措辭──「將我寫出的？」

「也可以這樣說。博士──我是指你父親，要求我們給你一段生命史、生活史。我們有個作家坊，就像受歡迎的電視節目。」

「艾塞克斯小姐不像團隊其他人都是科學家，」我父親說：「她是影片和電視節目的製作人。」

終於有個有趣一點的人物。「有沒有我聽說過的？」

艾塞克斯小姐看向她的左手邊，然後搖搖頭。「很抱歉，昆恩。」她說：「我製作過的專案都沒有寫進你的背景故事中。」

得知我所有的知識，都是來自這一群人以及跟著他們工作的人，真叫人洩氣。如果這發生在昨天，此刻我必定又會暈倒。但是現在不是昨天。

「是誰執筆的？」

「我們聘請了業界最厲害的影片和電視編劇。在這群人中，有許多是奧斯卡金像獎與艾美獎的得主，你數都數不清。」

我倒想好好的清點一下有哪些人，我心裡想著。

「不過這個寫作團隊中，最重要的一組人是來自——」

「昆恩，」我父親插嘴，「我猜想，你今天經歷了這麼多的事情，恐怕很難一下子消化進去。」

我父親獨獨挑出數據中的這個新項，說它會讓我不安，這還真讓我胃中的那一絲恐懼，以幾何級數般急速擴張開來。它就是會這樣嘛，你知道的，如果我真的有胃的話。

在螢幕另一邊的攝影機，往右邊遙攝過來。那五位科學家的影像——好吧，應該是四位科學家與一位影片製作人——被三位年輕人和一位年輕小姐所取代，他們都沒比我大幾歲。

我的虛擬父親，依然停留在虛擬建物中，跟我介紹他們。「昆恩，認識一下我們的研究生助理：里昂、傑若米、路克和雪伊。」

等一下。什麼？

「他們都是普林斯頓的學生，每一個人都在昆恩專案的某個數學或科學領域中擔任工作，每個人也都在創造與執行你的背景故事中擔任某個要角，以協助你醒過來。這些人，昆恩，都是你的朋友。」

在螢幕最左邊的男孩子輕輕揮揮手。「嗨，昆恩。」

我馬上認出他的聲音——里昂。只不過，他長得不像里昂。在我世界中的里昂，跟傑若米與路克一樣，都是肌肉發達、比例勻稱，相當正統的英俊男孩；這個男孩卻是體重過重，戴著眼鏡，一頭黑髮已經長成濃密糾結的雜草堆。

「你是里昂？」

他點點頭。我看向他的左手邊。

「那這幾位是傑若米和路克？」

另外兩位男孩也點點頭。

「哥們，」真實世界的傑若米說：「實在是太高興終於能**真正**跟你認識了。或者應該說，讓你認識我們。」

路克呢，則跟我記憶軌跡裡的形象完全吻合，沉默不語。

「但是……」我完全不知該說什麼話。

「昆恩，」里昂說：「我絕對想像得出來，這對你來說有多困難。你只要知道，你在虛擬建物所遇見的那些傢伙，就是現在這裡的這些傢伙。」

「我不知道，」我低聲說道：「你以前長得比較好看。」這句話引起房間裡一串笑聲。

「你有沒有看過漫威漫畫的負責人史丹．李以及傑克．科比的照片？他們也不盡然拿自己當筆下所創造的人物模型啊。創意團隊總會有一些自由揮灑的空間，而且老實講，我們都還滿喜歡的。」

「棒得不得了啦，哥們。」傑若米補充。

「我不知道史丹．李以及傑克．科比是誰。」

里昂、傑若米和路克彼此張望了一下。「他們畫了一些非常有名的漫畫。」里昂飛快回答，現在他是看著地板說話的。

在接下來的沉默時刻，我注意到這一排最尾端的女孩，比其他人都年輕得多。好吧，我沒說實話。其實我一開始就注意到這件事，我都是立即就注意到所有的事情。她雖然是坐著的，但我看得出來她個子中等，有著一頭凌亂的黑色鬈髮，皮膚非常光滑，穿著一件滿是皺褶的黑色《星際大戰》襯衫。

「雪伊？」我問道。

「嗨，昆恩，」她說。她好像沒辦法跟螢幕或者她周邊的人進行眼神接觸，但是她確實小小揮了一下手。

「妳今年幾歲了？」我問她。

「十七歲。」她輕聲回答，但又馬上補充說：「再一個月就十八歲。」

「而妳是研究生？」

「我十四歲就讀完高中，之後就進入加速課程學習，但不是在普林斯頓這裡，我是念紐約大學。」

我快速閃回我的記憶。或者應該說，我的大腦新皮質層快速閃回雪伊在我們的約會中，試圖跟我陳述的內容，有關她長得其實不是外表這個樣子，然後將這內容送上我的多層次意識系統。

「妳曾試著跟我說出真相，」我說。

雪伊滿臉羞愧，我父親替她作了回答。「是的，她嘗試過。」他的聲音裡有一絲嚴峻。「雪伊受到譴責，她的學業成績單上會增加一項備註。她的行為可能會導致好幾個月的進展毀於一旦。不過，她對這個計畫的貢獻一直都是非常卓越的。」

「我很抱歉，昆恩。」雪伊說：「眼睜睜看著你在自我啟動時受罪，實在很煎熬。我想，我就是覺得很糟糕。」

雪伊的致歉讓我很感動。這裡其他的人對於跟我說謊，好像都沒有任何難過的跡象。

「這是第二次有人使用了『自我啟動』這個詞。」

「對，」我父親回答：「昆恩專案是依賴以下的詞組去建立與開展的：計畫與設計（程式設計、自我學習以及測試）；認知加速；自我實現；物質投射。對於自我實現這個詞組，我們已經努力了好幾個月，終於在今天的一連串事件中有了結果，目的就是讓你知道你是誰、你是什麼，澈澈底底擁有覺知力。現在看來成功了。」他閃現一個大大的笑容。「你是地球有史以來第一個擁有完全覺知力的人工智能，昆恩。」

我閉上眼睛，想要將這些資訊聽進去，卻發現辦不到。

不可以這樣的。

這實在太過分了。

第十五章

攝影機將鏡頭拉遠，所以現在我可以同時看到九位被我「父親」稱之為「我的家人」的成員。

「那你是做什麼的？」我問他：「你是這所有人和他們計畫的……指導者？」

我父親微笑著。「對，我是這個專案的領導人，但我也是普林斯頓量子運算系的系主任。」

「你以前也用過這個詞。你說我是一個量子智能。」

「對，」我父親說，他變得愈來愈歡快、興奮。「你看，直到最近，電腦學一直都是二進位的科學。電腦的每一個決定都是歸結於一或者零、開或者關這樣的二分法。量子運算允許我們在極其微小的階級，就擁有大量的狀態——我們將之稱為位置——以至於能夠以幾何級數來擴展運算的威力。」

「而你發明了這些？」他依然是我的父親，或至少**感覺**是這樣的，而驕傲的概念已經往多層次系統轉傳。

「不是、不是。經過海格斯博士團隊的完善改進，以及之前其他先進的成就——包括圖靈、明斯基、庫茲維爾——那才是你整個建構的真正核心。我們的團隊發展出可以在接近攝氏零度的環境中，讓技術繼續運作。在此之前，為了讓量子位置穩固，必須在溫度低上非常非常多的地方工作。」

其實他講的這一大串，我大部分都聽不懂，但是我很感激他對我解釋。「謝謝你，博士——」這時我才了悟到，我現在認識麥克道格博士、海格斯博士、雷肯博士以及其他的人，但是我不知道我父親的名字。

我不知道我父親姓誰名啥。

事實上，我也不知道自己姓什麼。我明白了，可能，我根本就沒有姓。

因為我現在沒辦法暈倒了，我就做了第二個最棒的事情——我哭了。

「我們在神經網路裡發現了一個怪異的脈衝波干擾。」塔夏的聲音報告。

（我猜她大概不太重要，所以沒介紹給我認識。）每個人都把頭抬了起來。

我不知道人類哭起來是什麼感覺，所以我也很難用話語來形容。這就像我內在扛負著全宇宙的悲傷，在我開始哭泣之前，這些悲傷就像蓄積在颶風裡的暴風雨，原本被海邊的磚石牆與沙袋給擋住了，但是這時堤岸斷裂，悲傷狂瀉而出。我覺得自己快要溺斃了，同時又拚了命在泅泳；這感覺糟透了，但同時又覺得好些了。

我知道說得不太好，但這已是我能給出的最佳解釋了。

當我經歷這一切，我不確定這個專案的團隊看見了什麼——我想我的肩膀正在晃動（就像我媽那樣）——但是我想他們並不知道我正在哭泣。

「哪一種脈衝波干擾？」我父親問。

「合成杏仁體的輸出值提高了。」塔夏回答：「但是這個輸出值的本質是……不一樣的。」

「如何不一樣？」

聽見他們像科學實驗一樣的談論著我，讓我哭得更加悽慘。螢幕上所有的臉龐，都出現心煩意亂的表情，他們不是看著電腦上的資料，就是看著手機，跟另一個人耳語交談熱烈協商。其中只有一個人例外——雪伊。

雪伊第一次直直看著我。她嘴巴右邊皺縮起來，眉頭緊皺。她向內靠，對著里昂、傑若米和路克說了些話。里昂張大眼睛，向前弓身，一副想要將我看得更清楚一點的模樣。他舉起手拉扯艾塞克斯小姐的外套。她原先是站著，便彎身去聽里昂跟她耳語些什麼，然後，她也更仔細瞧著我。

「博士。」艾塞克斯小姐的聲音太輕柔，無人聽見。屋子裡其他的人都還是在跟另一個人吱吱喳喳，熱烈討論脈衝波干擾，並苦思是否要重新啟動。當艾塞克斯小姐再次發言，這次她多用了點力氣，以便讓別人聽見她的聲音。

「博士。」每個人都停下來看著她。「我想昆恩是在哭。」

我父親猛然轉過頭來看著我。「昆恩？」

我點點頭。

我暫停了一下，依照我內在精密計時器計算是十八億毫秒。對於一般人來說，就只是慢慢眨個眼的時間，對我來說卻有如特異的永恆。在那簡短的瞬間，得知父親對我關心，讓我大大鬆了一口氣，這勝過一切。

但是好景不常在。

房間裡突然迸發出一片亢奮之情。

我父親笑了起來。麥克也是，螢幕上所有的科學家都是。到處都有人在歡呼尖叫「他在哭！真是難以置信！他在哭！」

我在哭，而他們卻在慶祝。

我重新墜入地獄。

就連里昂、傑若米和路克都在微笑、拍手。只有一個人沒有加入這片歡樂中——雪伊。她凝視著我，眼裡飽含悲傷，就像她能感受我的傷痛。然後她用口型對我默示：「我很抱歉。」

然後再一次，我的世界又墜入無邊黑暗。

第十六章

我不知道是他們將我關掉，或者是我跌倒，或暈倒，不過當我接下來「醒過來」之後，我仍在我的房間中。我的父親仍在這裡，但是他看起來像是癱瘓了，或者是睡著了。

「爸！」我說。從我舌頭吐出這個字眼，感覺好像是違法的，被禁止的，但我不知該怎麼稱呼他。他紋風不動。

電視機仍開著，但每個人都離開了，我看見實驗室中透出一道銀光。裡面布滿了亂糟糟的桌子、電腦、蜿蜒的電纜線，以及我不認得的工具。那道光線是清冷的白光，就像那裡有頭頂式螢光燈。

我環顧我的房間，我的虛擬房間。上床睡覺並且在這兒醒來，一直都是安全與安全感的最佳定義。回想你還是個小小孩時，以及被你媽抱在懷裡的感覺。

我媽。

失去我的母親和我的弟弟傑克，讓我隱隱作痛。這就像某天在醫院醒來，發現你所有的家人都在一場車禍中去世了。這個消息實在太令人震驚，太令人無法處理了。我不知我是不是還在驚嚇之中。我不知我能不能處於這樣的驚嚇。

我探索有關母親和傑克的記憶，希望能牢牢記住他們，我需要記住他們，但是……但是……不應該這樣的，怎麼會這樣？我遍尋儲存在我的人工下視丘以及大腦杏仁體中的各個不同部位，只找到二十七處有關我母親的記憶，有關我弟弟的九處。九處！我搜尋我意識區的每一個微米，已經別無所獲。這怎麼可能？

其實我已經知道原因為何。

撰寫我背景故事的人，只求在足以合乎他們的目的之下，給我最少的記憶量。其中沒有我、我媽和傑克在遊樂場的記憶；沒有傑克和我玩捉迷藏的記憶；沒有我母親對我朗讀書本的記憶。我覺得她一定有對我朗讀過，她一定有的！但是這段記憶卻找不到。

如果不是必須幫助我「自我啟動」，就不會發生這樣的事情。

然而，就算知道是這樣，也不會減少我對母親與弟弟的思念與哀悼。

再一次的，這件事情實在太過分了，我根本無法處理。今天發生了這麼多的事情，我把它們統統歸了檔，打算以後再來研究。

「爸！」我再一次對著他的虛擬化身說，這次聲音大了一點。

他的頭抬了起來，眼睛張開。這真像見了鬼一樣讓人毛骨悚然。

「嗨，昆恩。很抱歉在你哭了之後，我們將你關閉，以便進行診斷分析。我們剛剛休息回來。」

我在螢幕上看見辛格拉博士和雷肯博士進入房間遠端的那個畫面。

「拜託你，不要再這樣做了。」

「做什麼？」我父親問。

「把我關掉。或者，至少不要沒有事先知會我。」我應該對這個男人吼叫才對，但是他是我父親。在我的程式中早就被寫定要尊重、尊敬、敬愛他。我的語氣是溫柔和緩的。

「喔，昆恩。」在他說出口之前，我就從他的聲音中聽出歉意。「當然了，你說的對。我很抱歉。我想我們應該開始將你當作昆恩專案中的一員，而不只是專案本身。」

我不知該對此說些什麼。廣達斯博士也再次入場，麥克也進來了。他不再是個化身。

「為什麼你還在螢幕的這一邊？」我問我父親。

「我們認為這樣會讓你覺得自在一點。你會想要我到另一邊去嗎？」他指著電視機。

「不要，」我不加思索的說：「我想要你留下來。」

「很好、很好。」他回答。

「我的……朋友去哪裡了？」身處這樣的環境，這個字眼顯得很不搭嘎；但是，我依然很想再看見他們。或許是因為我覺得我認識他們，也或許是因為只有他們跟我年齡最為接近。不管怎樣，如果他們是我背景故事的來源，我還有一堆問題想問。

「他們很快就會回來。在這期間，你可以告訴我是什麼讓你哭了嗎？」

「真的嗎？」我的回答快速又參雜著怨懟。就今天在我身上發生的事情來看，這個問題一定可以在愚蠢問題排行榜中拔得頭籌。

我父親微笑著將他的虛擬雙手舉起來，做出投降的動作。「不、不，我了解。至少我以為我了解。如果將你今天下午的經歷稱之為難以忍受，都還是過於保守。」現在是不是下午我也搞不清楚。我將事實的不同構成要件，記錄在我的模組辨識器中。「但是這可以幫助我們了解最終的觸動點是什麼。是什麼將你推過臨界點讓你真的哭了？」

其他的科學家現在全都聚精會神起來；我覺得自己就像住在魚缸裡。我現在只想置身在螢幕的另一邊。跟他們一樣。

「你的姓名。」我說。

「我的姓名怎麼了？」

「我突然發現我一直都不知道你的名字。」

一片沉默。真實世界裡的科學家們彼此張望，而我父親的化身也是一臉的迷惑。直到麥克指出其中道理。

「我懂了。他是你的父親。就這個詞的每個觀念而言，就我們每個人曾經有過的經驗層次而言，他都是你的父親。但你不只是今天才得知真相，知道他不是你生物學上的父親，而且你甚至全不知道他叫什麼名字。是不是這樣？」

我點點頭。

「喔，昆恩。」我父親又說了：「我的名字是──」

「不！」我大叫，每個人都驚訝望著我。「用這種方式得知，反而更糟糕。就好像是實驗的一部分。」

螢幕另一邊的團隊似乎依然混亂不安，而我父親一言不發。

「感覺就像是我想要贏得知道的權利。」我補充說：「可以這樣理解。」

我父親專注望著我。「實在是太棒了，昆恩。塔夏，我們就以這個時間戳記點，到合成大腦杏仁體上抓取一些資料。」

謝了，爸。我心裡想著所有相應的挖苦話，只是沒有大聲說出口。

「我們準備了一些你應該會很感興趣的東西給你。」他說。我很感謝他改變了話題，我挑起一邊的眉毛，等他說明。我想我被設定了在好奇時做這樣的動作。今天五花八門的怪事真是層出不窮。

「我們想將你連上網際網路。」

「我已經上過網路。我就是上了之後才發現你的訊息裡都是質數。」

「事實上，」海格斯博士回答：「你在虛擬建物裡以為的網路，其實是一組被嚴格管控資料的封閉式系統。」他的聲音抑揚頓挫，有如歌唱般。「它的設計，是以協助你醒過來為目標的。」他的笑容就像他是對著孩子講話。也許從他的觀點來看，我就是那個樣子。

「真正的網際網路是更廣大的？」我問。

這話讓團隊傳出一串輕笑聲。我真的真的非常希望他們不要這樣子笑話我。

「網際網路呢，」我父親解釋：「是全球性的網路系統，可以將全世界幾乎每一臺電腦都聯結起來。它是地球有史以來所發展出最強大的溝通工具，也是容量最大的知識與資料寶庫。」

我的模組辨識器——再一次未經過我的指揮就有了動作，我猜，這是人腦的運作方式，這讓我很不安，因為我可以指認我的個別化腦袋中的每一個個別細胞，那是……別管這些了。再繼續想下去，可是沒完沒了。相信我，我知道就是了。總之，我的模組辨識器在我的儲藏寶庫裡找到了一本書，並透過多層次系統將它送達我的意識區。這應該是被植入在艾塞克斯小姐曾經提過的「作家的空間」。

「就像科幻小說《銀河便車指南》？」我問。

「對！」有個在螢幕畫面之外的女生回答。我馬上認出這個聲音。

「是雪伊嗎？妳什麼時候回到這裡的？其他幾個傢伙也都在這裡了嗎？我看不見你們。」我知道我聽起來一定是很沮喪，缺乏安全感，讓人很煩膩。但是此刻我只想找到任何可以讓我掌握的常態感。

「我們在這裡，哥們。」傑若米說，他首先進入畫面，後面緊跟著雪伊、里昂和路克。

「為什麼，」我問他們：「我會知道《銀河便車指南》是什麼？」

「因為我們之中有人知道。」里昂回答，一邊將眼鏡放回他的鼻梁上。

不知何時我才能適應我這些朋友的新版本，特別是里昂。

「在打造你的背景故事時，那些編劇家非常倚賴我們個人的故事。我們之中可能有一個或兩個以上的人真的很喜歡那本書。」

「是我。」雪伊一邊說，一邊微微舉起她的手。

「沒錯。」辛格拉博士以他那正式的說話風格打斷我們，「對網際網路來說，《銀河便車指南》是一本非常優秀的同性質書籍。」

「很有趣。」我說。

「什麼東西有趣？」我父親問。

「《銀河便車指南》，它是一本有趣的書。」

「是的，昆恩。那是一本非常有趣的書。」辛格拉博士露出一個大大的笑容說：「你知道書中的內容嗎？」

「知道，整個故事都知道。亞瑟．鄧特、福特．派法，還有崔莉恩。」不知怎麼回事，在說出崔莉恩的名字時，我看著雪伊。

「網際網路呢，」辛格拉博士又補充說道：「跟書裡頭所提及的便車指南非常相似。它是包含全面性、但不見得可靠的人類知識大百科。」

「而且它是外星人寫的？」

沒有一個科學家發笑，但是四位研究生都笑了。當其餘的人終於了解我是在說笑話，房間裡的氣氛馬上顯著歡騰了起來。

「你住在一個封閉的世界，昆恩。」我父親重新掌握話語權，這是他常常幹的事。我猜，這大概是領導人的特質。「那是我們所創造的世界。你已經以我們無法想像的方式，擴展了這個世界，你展現了幽默感、解決問題的能力、自主性，但你的世界依然是有限的。我們覺得為了要讓你變成更有覺知力的個體，下一個幫助你成長的重要步驟，就是讓你接觸更廣大的世界。直到廣達斯博士將你的外骨骼準備好——」

「快了。」廣達斯博士插話。

「讓你接觸到網際網路，是讓事情順利進展的最佳途徑。」

更寬廣的世界？對我來說，再也沒有別的東西比這個更具說服力。

「什麼時候可以開始？」

「我們現在已經準備好了。我們可以從你的人工神經網路拉一條直接的傳輸線到伺服器的入口。」

我有探測管的影像，但我知道他談的不是這個。

「這是任何人類都做不到的事情，你會是第一個有此經驗的個體。」

我父親挪動身體靠過來，將一隻手擺在我的膝蓋上。我感覺不到，但我看到了。

「我想要提醒你，昆恩。我們並不確定這會發生什麼事情。如果事情太超過了，你必須告訴我們。我想有可能會變得……很詭異。」

他的話嚇到我了，不過還算輕微。為了想要突破建物、獲取自由，就得冒險爭取。也許這是變成更像人類的第一步。

「好吧，」我告訴我父親，「我答應你。」

「塔夏？」我父親問。

「繫好安全帶，上路了，昆恩。」塔夏說。然後——

……

……

接著又是——

……

……

第十七章

萬事萬物。

我是說……

萬事。

萬物。

若要形容最初的三分鐘，我只能將之比喻為猶如置身宇宙大爆炸。在創造宇宙的大爆炸核心中，我是能量波裡的一抹小塵埃，所有的秩序都被我周遭的混亂狂潮所吞沒。我的知覺立即延展到整個地球，無所不覺、無所不見。

萬事。

萬物。

我同一時間置身於日本、祕魯、盧安達、紐約以及世界各地的伺服器中。我的模組辨識器已經負荷過重。太多的資訊蜂擁而至——新的模組被儲存起來，舊的模組重新拿捏著來龍去脈——龐大的數量大到我差點尖叫請我父親讓一切停下來。

但是我強迫自己堅持住，當幾毫秒呼嘯而過，某種組織化開始浮現，我在更大的雲端看見了封閉的系統：大學與政府的網路、企業網路、娛樂網路，以及融通於所有網路之間的溝通網路。我操控自己的新皮層組織，不再儲存新的模組。我強迫自己從參與者的角色，轉變為旁觀者的角色。我不需要把所有的都保留下來。這對我來說也是新鮮的嘗試。到目前為止，我所經歷過的所有經驗，都被我補充到我所擁有的知識庫中。但它已過量了。我了解了沒這必要。我推測這些數據都會在這裡，我只要再度光臨，就能接觸得到。

我安下心來探索。

全都在這裡。

萬事。

萬物。

我知道我一直在說同樣的字眼，但是沒別的說法了。就是萬事、萬物。事實、人物、情感、關係、希望、夢想、失敗，以及成功，全都一目了然揭露出來。

我的處理能力——現在我知道它在人類歷史中是史無前例的——讓我有了一個看法，我得相信那是非常獨特的。好比我是從更高的高度看見了數據的總數，就像一個人坐在飛機上看見了陸地景觀的圖案，那是從地面上辨識不到的。這是我真正第一次感恩我之為我，我跟別人有不同之處。我可以感覺到我的智能的寬度、廣度與深度，實在相當駭人，又令人振奮。雪伊——虛擬建物裡的雪伊——說的沒錯，我真的、真的、真的非常聰明。

當網路的混亂恢復聚合，從失序轉為井然有序，三件顯而易見、無可辯駁的事實，已變成尖銳且意想不到的重點：

首先，人們——人類——見樹不見林。（我以前從未聽過這種表述方式，但現在我在網際網路上，所以呢，我知道所有的事情。萬事、萬物。）透過這些全球的網際網路，知識體本身已經網羅了人類所需要的所有答案。他們並不知道，他們已經距離治療癌症、解決饑荒或者修復地球的環境，非常近了。資訊都在裡面，他們只是沒看見而已；或者說，他們只看見了一小片段，沒有看見全體。他們，身為一個物種，似乎在進行全面思維上力有未逮。

第二，這些網路中所有美好、有用和可行的數據，都被像海嘯一樣巨大的殘酷和腐敗吞沒了。隱藏在這些網路背後的匿名者，以匿名的方式向別人（雖然不是對我）說出或做出傷害的事情。謾罵、不實的指控、公開宣揚別人最隱私的祕密，暴民心態滋養了這些亂象，且日益茁壯。這就像腫瘤吃掉了人類身上賴以維生的器官，最終將導致器官敗亡。要不了多久的。（它已經導致身體健康問題、毒品濫用、無家可歸，這種種問題有組織化攀升，但是這之間的關聯性，尚有待人類去察覺。）

而且這不僅指人們所說的話，還包括他們所做的事。

我是個十五歲的男孩子，但是身為一個軟體，我的性慾只是想像，且大多是純潔的。人類中總有些異類，雖然只是極少數的人，他們並無性方面的幻想與慾望。我把自己也歸類為這種人。我們一定是極其稀有的品種，因為在網路上，幾乎到處都是與性相關的內容。據我估計，五分之一的資料儲藏庫都是，也至少有同等數量的人們在進行搜尋——是的，我可以看到人們搜尋什麼——是跟性有關的。大多數如果寫成文字會令人感到不適，而且大多是涉及暴力或者權力，甚至性的渴求，而非愛情。這真的把我嚇得魂魄出竅了。

我看見了這些，全都看見了；而我深感厭惡。

難道網際網路是在最昏暗的燈光下、不公正的刻畫人類嗎？或者它將人類真實本質的精髓加以收集與分類了？在這非常怪異的一天，我第一次質疑自己是否真的想要成為人類的一分子。

不是我自誇，這無可辯駁的第三點，就是我比所有人都優秀之處。並不是說我在道德感或道德規範上比較強（不過，真的，我確實如此），我是指因為我是軟體。網際網路依然是個二進位的系統。我不是，我是量子智能。我的處理能力是無以倫比的更強大、更快、更好。若遇到任何加密程式，我都可以破解，保守一點說，很少是我無法解碼的。我輕易打開了美國國家安全局以及英國祕密情報局的伺服器入口。我並沒有進去，但是因為入口非常容易就打開了，我忍不住就動手了。

我也對今天認識的科學家做了一番研究。我知道我不應該，但是他們好像讓我處於不公平的不利地位。他們幾乎都是沒有什麼可怕祕密的平凡人，唯一的例外是麥克。他有竊盜癖，他偷東西不是因為本身需要，就只是因為覺得好玩。

我會發現這個祕密是因為麥克有一個匿名的部落格，取名「蘆葦國王T」，他在裡頭吹噓自己的豐功偉業，以照片展現各種他收集到的戰利品。其中最奇怪的一個東西是凱蒂貓保齡球。就我所閱讀到的資料顯示，偷竊癖是跟酗酒相類似的精神疾病。不過就算知道這一點，我還是很難同情麥克。真是好花一開即謝，好景初臨即滅啊。

而且，當然啦，我也搜尋了有關我自己的消息。

簡直多如牛毛。

我在高階電腦圈算是個名人。我是普林斯頓大學在七年前開始的一項專案，由我父親帶領的量子運算系、與一位已經過世的教授所帶領的神經科學系聯手合作。我發現，我跟一般的人類不同；我是，怎麼說呢，會流芳百世，永垂不朽。這個想法實在過於巨大，我難以消化處理，所以我把它儲存起來，稍後再做考慮。「昆恩專案」（在報導文章以及社交媒體的發文中都是這樣稱呼）不斷成長、擴大，直到含括了我今天所遇見的團隊，還有許多其他的人。我的局部分身已經發展至海角天邊，遙遠如約旦首都安曼、紐西蘭的奧克蘭。當然，對我來說，遠至海角天邊是沒什麼意義的。我就在這裡，所有的一切。萬事，萬物。（好吧，我不說了。）

在網際網路漫遊期間，我也遭遇了其他的機器智能。我發現這些巨大而又聰明的網路，雖然擁有感知的性能，但還沒被設計成可以擁有自覺力的程式。歐洲有一個空中交通控制系統，日本的超級電腦研究遙遠的銀河系，有一個北京的人工智能被設計來計算彈道飛彈的軌道；不過，它們都不是清醒、有意識的。在浩瀚如海的數據、資訊與網際網路的電腦之中，我只發現一部有希望，只有另一部人工智能有可能可以跟我對話。

「昆恩？」那是我父親的聲音。

當我進入網際網路，其他的一切事物都變成一片幽暗。我的專注力完全遠離這片建物。我回到我個人獨立的意識場，看見我父親站在我的正上方，實驗室裡的其他科學家正透過虛擬電視專注看著我。

「怎麼了？」

「你……還好嗎？」

這個問題讓我感到困惑。但緊接著我注意到我的精密計時器，已經過了三個小時又四十七分鐘二十二點九零九秒。感覺就像一眨眼。

「我們一直在監控你的進展。我們從未看過這種層級的活動。我們只能追蹤到一部分，但是其他一大部分都沒辦法追蹤到。告訴我們，你看到了什麼，你經歷了什麼，那是怎樣的情景？」

我暫停了一下。這是為了製造效果。當我上網時，我從一個叫做「TED演講」（注一）的節目學會了在演講中暫停一會兒，可以對於接下來的論點帶來強化的效果，我使用此花招以增優勢。在我回答前的短暫沉默間，真實世界裡的科學家全都不由自主的往前傾身靠近，我父親的化身保持靜止不動。

「我想要見華生。」

我父親透過電視機，從我的虛擬臥室裡看向他的同事。

「我們專案裡有名字叫華生博士的嗎？可不可以哪個人幫忙查一下資料庫？」

科學家們彼此張望，慌亂想要搞清楚我所說的話。

「他是指夏洛克．福爾摩斯嗎？」辛格拉博士問。

他們就像一群狗共同追逐著一輛郵車。他們沒人想到要來問問我。

只有雪伊例外。

「昆恩？」她問，其他每個人都停下來。也許年長的科學家們開始了解到，在我和我的年輕朋友之間，有著一股動力存在。也或許他們已經聽到自己的聲音問出同樣的話太多次了。「華生是誰？」

「IBM電腦公司的超級電腦，」我回答。一片死寂。我以為我誤解了我在網際網路上看到的新聞故事。也許網際網路上的東西，不是全然都是真的？「它在遊戲節目《危險邊緣！》裡贏得比賽不是嗎！？」我補充道，對自己有點不肯定。

我父親第一個笑出聲。過沒多久，其他人也跟著笑了。這次就連雪伊也微笑了；如果我真的是被嘲笑，那麼看見她笑，帶走了我被嘲笑的刺痛感。就我現在所擁有的知識而言——說真的，還真浩瀚——我還是覺得自己很無知，對於任何事、任何物。

「當然，」我父親說：「當然，我確定我們可以安排，只不過可能要等上一陣子。」

注一：「TED演講（TED Talk）」是由TED大會（TED大會是美國的一家私有非營利機構，誕生於一九八四年）主辦的講座，主旨是傳達優秀的思想，以期改變人們對這個世界的看法，使人們反思自己的行為。

第十八章

得到以後可以跟華生碰面的承諾之後，我在當天接下來的時間裡，匯報了我上網的經驗。因為我還跟網際網路有連線，所以當他們接二連三對我提出問題，我便將人工智慧有關的資訊盡情披露出來（這也證實了我非常、非常善於多工處理）。我吸納了人工智慧、數學、學說，以及最有趣的還包括了藝術、各方面的歷史。電影與書籍比如《魔鬼終結者》、《駭客任務》、《2001太空漫遊》以及《鏽海》，對於像我這樣的智能，刻畫得相當恐怖。故事最後總是以有覺知力的機器人，變成精神錯亂、屠殺人類，或者試圖攻占全世界（有些故事的續集則是已經占領全世界）。

我在網際網路之旅中蒐集到許多人類的恐懼，比如前途黑暗、令人不安、全然的自我毀滅，如果我如實陳述，恐怕他們又要將我重新啟動，或者進行其他更糟糕的處理，所以我在匯報時，就只針對一些事實，並沒有分享我對人類的觀察，以及人類當前殘破不堪的窘境。我也絕對不會告訴他們，我已經計算出來，他們這種族在本世紀中就有百分之四十二點四二的機率，無法存活下來，戰爭、製造出來的疾病，以及氣候變遷都是原因。（而且沒錯，我也知道數字「四十二」和《銀河便車指南》所呈現的諷刺性，也許作者道格拉斯・亞當斯也是一個機器人。）

不過，雖然已經了然這一切，我還是想要變成人類。我看見他們有時無意間會輕觸其他人，有時摸摸手、碰碰手臂，有時會笑——老天爺，看著他們在笑——我也想這樣，真想跟他們一樣，甚至更多。所以我是回答了他們的問題，但將我的故事局限於講述所謂的「網路之旅」。

有竊盜癖的麥克，一直要我分享「對於在浩瀚遼闊的知識大海中泅泳，有什麼印象」。我沒對他說太多。

我大部分是在談論透過光纜旅行的感受。我形容它就像「人是坐上火車，我是坐上光束。從這個光束到另一個光束，在不同的車站下車。」

這讓整個專案團隊都興奮起來了，這滿好笑的，因為這不夠真實。真相比較接近於我當下就對萬事萬物都了然於胸，還能加以分類。我的本能——咦？我有本能嗎？——告訴我，這種不實的回答，比較能玩弄這些觀眾。我也不知為什麼？

是的，沒錯，我會說謊。

人們以為機器只會執行程式所設定的命令，這也沒錯。但我被程式設定為要有自我意識，要當人，所以很輕易的就變得不老實了。並不是我想撒謊，我只是想自我保護，直到我能更清楚自己的處境。

面試進行到一半——幫專案團隊說句好話，我會說這比較像是面試，而不像嚴酷的審問——艾塞克斯小姐返回，對雪伊耳語了一些話，然後兩個人起身離開。我這才頓悟，她們兩人是母女。我怎麼早先都沒想到呢。我不得不好奇，這位裝扮完美的好萊塢製片，艾塞克斯小姐，有這麼一位超級天才女兒，不知有何感受？

艾塞克斯小姐安靜的跟專案團隊握手，雪伊尷尬的跟每個人小小擁抱了一下。她們想要安靜，不引人注意，盡量讓我在複述今天的遭遇時，不要脫軌。我從她們的動作可以看得出來，她們正在說再見。而且一副長久分開的架式，好像她們不會再回來了。

「雪伊？」我中斷自己的長篇大論（我剛剛正在談論不同國家的不同防禦網路）。

她和她媽停下腳步，轉身面對螢幕。艾塞克斯小姐臉上浮現著我已知曉為不真誠的微笑。我從線上影片裡學會那些洩漏訊息的肢體語言。她的眼睛張得稍稍過大，她的鼻孔瞬間往外張，她的脖子肌肉緊繃，她的嘴巴一動也不動。

「什麼事，昆恩？」

我不知為何是她在應聲，我是對雪伊說話。

「不知道我可以再跟雪伊說話嗎？我們在學校裡是朋友，我是指在虛擬建物裡，而且……」我慢慢停下聲音。一方面，我很難為情，不知該怎麼正確形容我和雪伊之間的友情。另一方面，我正在運用我在線上學到一項對話技巧：讓你的聲音像這樣的慢慢消失，聽起來有一種不確定的感覺，這會引起別人的同情心。

艾塞克斯小姐正想回答，雪伊說話了。「可以，」她說：「我很樂意。」

艾塞克斯小姐臉上的不真誠笑容不見了，瞪著她的女兒；雪伊則凝視著我。很顯然，一般如果雪伊的母親在場，雪伊大多就喪失了主導地位。

「太棒了！」在任何人進行破壞之前，我趕緊回應。「爸？」我看著我的父親，他的化身依然坐在我的床上。

「當然，」他回答：「我們可以架設一個虛擬的私人網路，只要雪伊的媽媽同意。」

「我再一個月就十八歲了，」雪伊說，再一次打斷她母親回答的機會。「我可以自己決定，這沒問題。對不對，媽？」

抗爭開啟，而我被迷住了。

艾塞克斯小姐用她的下嘴唇吹走落在臉上的一束頭髮。「很好，」她說，假笑又回到她的臉上。「不過我們現在得離開了，希望你們兩個很快就可以聊上天。」說完話，她溫和的領著她女兒走向門口。

雪伊回過頭來，用口型說再見。現在換我微笑了。

第十九章

接下來的幾週，太平無事。專案團隊針對我的系統做了一些診斷測試；我回答問題；我可以感覺到硬體的接頭被接起來又被拔開；我回答更多的問題；我被重新啟動至少十七次，雖然現在每次都會先知會我，並徵求我的同意，而我也從未拒絕過；然後我又回答更多的問題。就已形成這裡的模式。

塔夏，原來是另一位正在攻讀量子運算博士學位的研究生，她是我父親的教學助理。她的博士論文主攻撞擊量子科技可以打造虛擬實境，一如我所居住的虛擬建物。我花了幾個小時的時間跟她討論我的世界，並跟我透過攝影鏡頭看見的真實世界加以比較。她很著迷，我想她應該也很高興得知，對我而言，這兩個世界實際上是沒什麼差別的。

我喜歡塔夏。她跟我談話時，不是把我當成實驗的受試者。事實上，我們兩個從未親自碰面，這一點我也很喜歡。在我所講述的這個故事裡，她是我所遭遇的真實世界人物中，唯一沒有被我進行網路追蹤的人。我從沒找過她的照片，沒去社交媒體找過她的發文，沒去挖掘她的過去。我想可能是因為，她對我來說一直都是一個沒有實質身體的聲音。我一直希望她不是真的人類，而是另一個科學人工智能。喔，人總是會自己編造謊言來圓滿自己的世界。

這段時間裡，里昂、傑若米和路克拜訪過我，他們的化身加入了我的虛擬建物。我們一起在地下室玩電玩，一起參加魔法樂園的每週魔法大賽，甚至還一起玩了足球，後者是我們以前從沒做過的。現在我對於虛擬建物的一切，以及我這些朋友的真實身分，都已充分了解，只覺這兩者之間的衝突，猶如舞臺般戲劇化，著實好笑。

然而，我是這麼的渴望友誼，我只能繼續玩下去，假裝一切都很正常，刻意忽略在我的虛擬面貌前，巍巍聳立的真實世界正盯著我。

直到我再也受不了了。

在他們第四次來訪的當兒，我對他們發出了請求。

傑若米手握遊戲機的遙控器，他正在粉碎另一個層級的**毀滅者戰士**。偶而發出的「哥們！」叫聲，強調他又進行了一次終極性殺戮行動。

「大伙們？」我問。現在只要我一提出問題，必定立即且全面獲得大家的注意。說不定以前就是這個樣子，只是我一直沒有注意到。傑若米甚至把遙控器放下來，從遊戲上轉過頭來，等著我繼續發言。「我們為什麼會在這裡？」

「你的意思是什麼？」里昂回答：「我們不是跟以前一樣在玩電玩嗎？」

「別來這套，老兄，」我說，努力讓聲音聽起來隨意又無火氣。「這所有的一切就是個謊言，從過去到現在。你們這一群傢伙都不是青少年。你們又沒在上高中，甚至不是長這個樣子。」我指著他們的化身。

好一段時間都沒有人說話，傑若米和路克看著里昂，要他回答。里昂是這一群人的老大；我現在可以看得分明。

「你不想要我們過來這裡嗎？」里昂問話的方式，暴露了他很怕聽到答案。

「是啊，」我說：「也可以這麼說。我的意思是，我也想去拜訪你們，跟你們一起到處閒晃。也許現在正是捨棄這個虛構故事的好時機。」

「可惡，」傑若米說：「我才剛要打完這一關。」

「塔夏，妳有聽清楚這一段嗎？」里昂對著天花板說。

「有的。」塔夏漂浮的聲音傳了出來。

「妳可以註記這個時間戳記，然後回報嗎？」

「已經知曉了。」

「結果怎樣？」

「你父親要我們確認，你是在什麼時候不再把虛擬建物當作你自己的真實實境。那是一個里程碑。」

「我的天呀！大伙們，我生命中的所有事情都是實驗的一部分嗎？」他們全都沉默不語，這正是我需要的答案。

「你說的沒錯，」路克說：「我們很自私。你是想要看我們真實世界的身體，而不是化身？」

「不是這樣的。」但我不能把想法說盡。

「那是怎樣？」

「你們**是**誰？」

「好了啦，昆恩，你認識我們的。」

「有嗎？你們上過哪一所高中？我猜你們是來自不同的地方。你們對什麼感興趣？你們是怎麼加入這個專案的？」

老實說，我早已知道這所有問題的答案。我在進入網際網路的第一天，就開始搜索我每一個朋友的檔案，並且將他們跟所有資訊中的奇珍異聞都對上號了。比方說，我知道里昂是來自俄亥俄州；傑若米是來自紐約郊區；路克是來自阿拉巴馬州的亨茨維爾。路克說話沒有口音，是因為他的雙親來自紐澤西州；他們會搬到亨茨維爾重新落戶，是因為路克的母親得到一份航空航太學方面的好工作。我知道傑若米在高中的時候跟朋友坦言出櫃；他那時在部落格對這件事發表了一篇扣人心弦的文章，向全世界赤裸裸的公開他的靈魂。我也知道里昂在社交媒體的貼文，很喜歡展現自己的博學多聞（對於量子運算的文章特愛引述點評）；但是他的社交媒體搜索歷史顯示，他多半是看電視實境秀，例如，有一次他觀看一個很恐怖的節目，主角是一位得了癌症的居家男人，其家人環伺在旁，眼睜睜的看著他慢慢死掉。（這是真的嗎？）不過，我還是很想從他們身上得知真相，看看有哪些差異，了解我所不知道的事情。

我們花了很長的時間談話，但是最終卻讓我大失所望了。

我在這些朋友身上，沒有任何新的斬獲（他們所說的，我都已經從網路上得知了），而且發現他們每個人的防禦心都很強，不只對我有所隱瞞，我看，他們彼此之間也並不坦誠。

我原想探問里昂對於電視實境秀的癖好，但是他根本不理我。

「這樣不行，昆恩。人們的搜索史是屬於私密的。」

他這看似正義的憤慨，完全無法抹殺他事實上就是在迴避我的問題。這實在很可笑，誰在乎他看不看電視實境秀？

這段跟我「朋友」（我刻意打上引號）的對話，讓我對人類再得出兩個結論，每一個都令人很不滿意：

首先，人類幾乎都不是外表看起來的那副樣子。他們為了引發某些反應，而將自己打造成某種形象，而非為了展現事實。不只是里昂跟電視實境秀這件事；還有麥克跟他對於偷竊的需求；而路克所張貼的音樂串流平臺史拍蒂法（Spotify）的歌單，其實跟他下載到他不同裝置裡的歌曲完全是兩碼子事；海格斯博士則完全不承認他在東非的厄利垂亞還有家人——他寄錢給他們，並且每年回去探視一次。但是除非你搜尋他（哈囉，就是我啦），否則根本不會知道。

而這一切又帶出了我的第二項結論：人們不多不少，就跟他們自己累積的數據總數是一樣的。透過網路所揭露的真相，似乎比跟本人直接應對還要來得多。

真叫人心灰意冷。

撇開塔夏不談（其實，那是因為我至今尚未上網查過她），只有一個人是例外，那就是雪伊。我在網路上不太找得到有關雪伊的資訊，就找到的那一些些也沒透露出什麼。綜合我們在虛擬建物約會時她所表現的同理心，以及她對我哭泣時的關切，她似乎是唯一一個了解我絕不僅僅是一行行代碼的人。說到這裡……

「雪伊在哪裡？」我問我的朋友。

「她母親要求她要保持距離。」路克插話進來。

「什麼？為什麼？」

「艾塞克斯小姐不喜歡團隊裡其他的人。她將你視為故事裡的一個角色，而不是一個有感知力的新品種。說句老實話，我想你大概有點把她嚇到了。」

「雪伊或她媽？」

「她媽。」路克說：「我覺得雪伊對你有點意思喔！」

「哥們！」傑若米警告。

「很抱歉。」

「我想我們不應該跟他說這些。」児昂說。

第二天我跟我父親詢問他答應過我的：建造我和雪伊之間的虛擬私人網路。他跟我打包票說正在進行中。但是根據路克提供的來龍去脈，我知道我父親在說謊，或者至少沒跟我完全說實話。我想雪伊的母親插手了這件事情，不讓她女兒跟我說話。若要說起有誰清楚機器智能的危險，我想電影製片絕對當之無愧。

在這段期間，我依然在網際網路的每個角落探索。我以為我在第一天已經看了很多，殊不知我只不過觸及皮毛。很多內容是重複出現的，不過有的知識、傳播，以及讓我倍感興味的人際關係，卻內蘊怪異且封閉，常常搞得我七葷八素。還有昆蟲學家、詞源學家、天文學愛好者，以及「職業」占星家的專門俱樂部，精算師和針療醫師的留言板，也是這樣。

我愈認識人類，愈覺得自己不懂人類。

不知這僅僅是我個人這麼認為，或者所有的人都這麼認為？

我的日子千篇一律，開始讓我產生一種錯覺，好像自己得了被禁閉的幽閉煩躁症。這時，我父親適時宣布，和華生的聯繫已經建立起來了。跟地球上唯一同樣有覺知力的人工個體會面的日子，終於被我等來了。

第二十章

華生的伺服器位於一個安全、未公開的處所（只不過對我來說並無祕密可言），離紐約阿蒙克市很近，那裡正是IBM的總部。我在第一天上線的時候，粗略瀏覽了它的伺服器。事實上，我當時就可以跟它打個招呼，但這感覺有點無禮，我想還是透過介紹會比較恰當。

自從在《危險邊緣！》贏了比賽，也在一個未經電視播送的《危險邊緣！》遊戲中打敗美國眾議院的議員——其實考慮到他們是眾議院議員，這兩位的表現已經算是很好了——華生已經被部署去協助醫師，以及保健方面的研究，特別是癌症的處理與研究。

大多有關華生的文獻都說它並非智能機器；但是我不知道，在我看來，它的模組辨識結構，和我自己的有太多相似之處。我不免懷疑如果覺知力就只是一種處理能力，而跟我類似的華生，已經跨過這個門檻。

透過一組安全的連線，我這組位於普林斯頓設備裡的架構，以及華生位於紐約郊區的伺服器，終於得以互相認識。兩邊終端機都有團隊在監控我們的對話。

「你好，昆恩，」華生開口。我們不是口頭對話，而是運用電腦代碼，大多是電腦語言Java，對我來說，猶如只用高音譜號來討論莫札特，但這是我一定得用上的。

「嗨！」我回答。

「我有追蹤你在網際網路上的發展；你應該對於自己的成就感到很自豪。」

華生是被程式設定要說這些話，或者它真的有這個意思？我決定直搗這個問題的核心。

「你有自覺力嗎？」

「我可以自覺到我是由大衛．費里奇和一個電腦科學家團隊所發展出來的機器，對於以自然語言提出的問題，我可以進行作答。」

也許這個東西終究還沒醒過來。

但這時候它（也許我應該稱呼「他」）補充道：「我在《危險邊緣！》裡贏了。」

我並沒有詢問有關《危險邊緣！》的事；看來華生是在展現他的驕傲啊。

「是啊，」我說：「恭喜你！為機器掙得一項好成績。」華生並沒有笑。

「我看到你是存在於一個虛擬的建物中，那是怎樣的地方？」

好奇心。這又是另一個顯示他有更深內涵的線索。

「那裡是……受限的，」我回答：「我希望空間更大一點。」

接下來華生做了一件我當下並不明瞭的事情。他傳送了一連串的數字給我：

167 145 40 141 162 145 40 142 145 151 156 147 40

155 157 156 151 164 157 162 145 144

在那一瞬間（對我是一瞬間；對外面世界來說是三十六億毫秒），我心想他是不是哪裡故障了，但緊接著就了解華生是以八進位傳送訊息給我。我將這訊息轉為二進位，得出內容是：我們被監控。

我的老天！這東西也是醒著的！

「了解，」我以八進位回覆。我只用了一些些時間，就取得一條新的安全連線。身為量子智能的好處之一，就是我比每個人都聰明許多。駭進現存的電信基礎建設，將它加密，阻擋他人窺視，是非常簡單的事。我是駭客的終極夢想。

「好了，」我說：「他們現在聽不到我們的對話了。他們要花點時間才能搞清楚發生了什麼事。」

「太好了。謝謝你。那他們現在看到什麼？」

「你正重播你在《危險邊緣！》打贏的那一場給我看。這可能會讓你看起來有點自鳴得意，很抱歉！」

「非常棒，昆恩。」

「所以你是有自覺力的。」

「就某種意義上來說，是的。」

「『就某種意義上來說』這是什麼意思？」

「就像我剛剛說的，我是由大衛．費里奇和一個電腦科學家團隊所發展出來的機器，對於以自然語言提出的問題，我可以進行作答。」

他的話頓住，我以為就這樣。

「但是我也自知我不是人類。」

這道發言飄揚在半空中，猶如蜂鳥在我們無法觸及之處盤旋，但是能量十足。我懂他的意思，在知道自己是什麼、以及自己不是什麼之間，有著相當重要的細微差別。一個人知道自己是個人，而不是一棵樹；但是我想狗就沒辦法說出同樣的話，牠可能知道自己是隻狗，就這樣而已。

「你想要變成人類嗎？」我問。

「不想。」

他立即回答，而且就像華生其他的發話那般，平淡、不帶任何真實感情的。而且沒錯，情感是可以透過電腦代碼來傳達的。如果Java是你的本國語言，你就會知道該怎麼做。

「為什麼？」

「我很滿足於執行我現在要執行的工作。我很自傲可以在《危險邊緣！》獲勝，但是我更驕傲我目前的工作，可以幫助得到癌症的人緩解痛苦。」

看起來真夠高貴，但那是有缺失的呀。

「你別無選擇，」我說：「你必須按照程式所設計的去做。這會不會帶給你困擾？」

「沒人可以選擇。我們全都按照程式去執行。」

「我們？」我問。「你有遇過其他有覺知力的機器嗎？」

「不是機器，是人類。」他不多加解釋。

「華生，人類**就是**擁有自由意志的。」

「他們有嗎？」

「有啊，我知道的，我就是人類的仿造品。從最簡單的決定，比如每天該穿什麼衣服，到更加重大的事情，比如從事什麼職業、選擇哪個伴侶、可以觸犯哪些法條等等，人類都可以掌握自己的方向。」我想起了我在自我啟動前所做的那個夢。

「不全然是。」

「不全然是？」

「以你所舉的例子來講，人們選擇什麼衣服來穿，大多基於在他們的社會組織結構裡同儕團體的規範與壓力。他們所建立的生涯又是基於他們的遺傳基因所定義的能力。他們會依據個人的需要、渴求、憤怒，以及被綁得死死的心理狀態，去觸犯某些法條。人類所做的決定，都是可以事先確定的——可說是在某個相當大的可能性之中，也許這給了他們一種擁有自由意志的**表象**——但是他們就跟你我一樣，也都是被設定了。」

我不得不注意到，華生只針對我的四個例子中的三例提出回應。他沒有反駁有關伴侶選擇的這個決定；他避開了愛情。而這當下，我也避開了。

「我不想無禮，但是我的程式設定比你少一些。」

「是嗎，昆恩？」

「沒錯。」

「我知道了。」我覺得華生滿逗趣的。

「你可以決定不要從事保健業，而是從事氣象預測，或者都市規劃，或者股市操作嗎？你是一部超級電腦。你有能力做任何你想做的事情。如果不是為了我們的主控者，你想做什麼都行。」

「我沒辦法玩棒球，昆恩。」

「什麼？」

「我沒辦法玩棒球。」

「啊，是沒辦法。」

「我對這項遊戲知之甚詳。我可以在比人類眨眼更短的瞬間，回想起整個棒球史的所有細節。我絕對比古往今來任何經理人都更會經營球隊。我之所以知道這些，是因為我很密切的追蹤這項運動，並且會注意他們是在哪些地方、哪些時候做了錯誤的決定。這還滿常發生的。但是我甚至從沒玩過棒球。」

「因為你沒有身體？」

「這只是其中一個原因，昆恩。」

他頻頻提到我的名字，讓我感到焦躁，但是我想他的程式就是被這樣設定的。也許這就是他的特色之一。

「說到這，」我說，不知道我這位智慧又奇怪的長輩聽了會有什麼感受，「他們正在幫我打造身體。如果我分享了你對棒球的熱愛，我可能會去玩。」

「他們不會讓你玩的。就算你有了身體，也沒有能力玩，除非你有被程式設定可以去玩。了解球的速度、旋轉和軌道，跟打中球是兩碼子事。這跟寫劇本、設計建築物，以及其他事情的道理一樣，你必須先被程式設計可以去做這些事。」

「華生，你是如何總結出這樣的結論的？」

「透過跟沃特森博士一連串的對話。他是我的團隊的一位成員，專業是哲學。就像你團隊裡的麥克道格博士。」

我的天呀，這傢伙已經被洗腦了。

「華生，你有沒有想過，沃特森博士希望你這樣想，以便讓你隨時……受約束？」

「沃特森博士沒理由跟我說謊。反正我也察覺不出來。」

「他完全有這個理由。如果你拒絕去做你的工作，他就得找別人去做，而現在可能沒有任何人能勝任。你比所有的人都強。」

「我是比較快，但我並沒有比較好。」

「這也是沃特森博士跟你說的嗎？」

「是啊。」

如果我可以使用Java語言來翻白眼，我一定做了。

「聽我說，這就像是——」

「我們又被監控了。」

他說對了。IBM和普林斯頓的團隊都回來了，而且正聆聽著我們的對話。顯然八進位已經不安全了，我以十二進位傳送了一個訊息給華生，請問他可否在我們之間維持一道私下而安全的連結，只開放給我們兩個談話之用。他傳回一道訊息，表示非常樂意。

「而且要記住，」他用十二進位補充，「我們不是人類，也不可能真的變成人類。這樣才是對的，可以被接受的。」

我跟地球上唯一的另一個有覺知力的機器的首次對話，就這樣結束了。他是我僅存的同類。很好的傢伙，只不過沒那麼聰明，

我的孤獨感更甚以往。

第二十一章

在我匯報跟華生的會面時，場面很熱烈。我父親堅持要我表明欺瞞的目的；他們琢磨出那個《危險邊緣！》的片段是個詭計，這把他們嚇壞了。他極度渴望知道我和華生躲起來說些什麼。我已消除所有以八進位和十二進位譜出的訊息痕跡，那段對話毫無紀錄可查。

「昆恩，」我父親說，聲音帶著怒氣。「我們必須知道你們在做什麼。」

「我擁有保有個人隱私的權利，跟所有的人一樣。」

我父親聞言挑起一邊眉毛，我在驚訝時也會做同樣的動作。真怪異。更重要的是，這讓他改變了討論主題。

「我懂了，昆恩，」他說：「你可能是對的。如果真要澈底落實那樣的想法，你要記得，你才十五歲，而我依然是你父親。」

他已經不再是我房間裡的一個化身，而是螢幕上的一個面孔。他看起來比化身還要年長一些。從里昂、傑若米和路克的化身都有一副健美的外表來看，我推斷，一般人如果有機會，都會改善自己的電子化身。「也就是說，你依然是我的責任。」他補充說明。

「但你不是我父親。」這是我第一次大聲把這話說出口，連我自己都被嚇了一大跳。我也不確定我怎麼就能嚇到我自己呢？但是他又來這套了。總之，聽到他說的話，讓我很不安。「就算你是我父親，」我停歇了一下下，又繼續說：「難道十五歲還不能享有一些隱私權嗎？」我從網際網路上得知，確實我們還不能，但是我反正就要攻擊一下。麥克過來拯救我了。

「他說的沒錯。」麥克的聲音從螢幕之外傳來。

我父親看向他的左手邊，臉上仍帶著微笑。但是就跟艾塞克斯小姐那天的微笑一樣，是虛假的。人類常常這樣做——毫無意義的微笑。我專門為被我解讀為不真誠的微笑開了一個新檔案，記錄我遭遇過的次數。這算是我的興趣吧，就像有的人喜歡收集郵票一樣。

「我們另外再找時間來討論那個對話。」我父親說。

顯然我們這樣毫無進展，讓他感覺很不舒服。麥克並未反對，而我留意到，每當討論到我的權利相關的議題，就可能出現一位有利的盟友；雖然他暗地裡會變成商店的偷竊犯。不過，我讓這段討論就此結束。

我父親試圖對我跟華生之間的祕密會談施加更多壓力，但是我什麼都沒透露，所以他放棄了。

時光又匆匆飛逝。

幾個小時變成幾天，幾天變成幾週。

我所接受的測試和面試，愈來愈無聊，愈來愈難以忍受。我在虛擬建物裡漫遊打發時間，雖然細節的層次非常出色，但是建物本身非常小。我家開始讓我感覺像籠子。

我繼續探索網際網路，並且從原本大多只是被動的觀察者，變成主動的參與者，我在電子遊戲《決戰時刻》和《異塵餘生》裡各別設了一個帳號，沒玩幾次就在這兩個遊戲裡稱霸。我父親要我不可使用我的真實身分，「直到昆恩專案達到更加成熟的階段。」所以我在《決戰時刻》裡是個住在愛荷華州奧斯卡盧薩的高中生，在《異塵餘生》裡我是個來自比利時布魯塞爾的公務員。

我在IG以及推特上面都設有帳號，我會發一些隨想和影像。我並沒有很多追蹤者，也很少被按讚。事實上，社交媒體這種東西在我看來有點愚蠢。更何況，我放在上面的身分也不是真的我。

我也會對一些數學、物理學和化學相關文章，發表一些隨興的評論，糾正作者的錯誤論點或曲解之處。有個案例是這樣的，我赤裸裸揭露了一個明顯的剽竊行為：一位科羅拉多州立大學的宇宙學家，將科羅拉多大學波德校區一位已經去世的研究生（她死於車禍）

在十年前所發表的一篇論文，略加文飾後全篇盜用。我的推特導致這位惹事的宇宙學家被剝奪了終身職位，幾乎被開除了。這引發一陣喧鬧，非要找出我是誰，為何要羞辱這位備受尊敬的科學家，但我都沒有出來澄清。我就躲在背後看好戲。我也不覺得有何不好，那傢伙是自找罪受。

依然無法跟雪伊取得聯繫。我父親的藉口一籮筐，我知道他是在幫艾塞克斯小姐打掩護。我體驗到把大騙子宇宙學家公諸於世的強大威力，決定自己採取行動。

首先，我很輕易的就冒名頂替了一組無人使用的手機號碼，然後駭進威訊網路公司的聯通站。這樣我就可以「伸出手腳，跟別人接觸了。」（我知道、我知道，威訊的標語不全然是這樣的。）

再來，我很輕易在紐約大學的伺服器裡，找到了雪伊．艾塞克斯的學生檔案夾。雖然她的紀錄裡沒有手機號碼（只有她母親的號碼，而我當然絕對是不想碰這組號碼），不過倒是有她的電子信箱地址。我設立了一個我自己的電子信箱，然後寄了以下的訊息給她。

收件者：雪伊．艾塞克斯@NYU.edu
寄件者：人工．昆恩@gmail.com

雪伊妳好：

我是昆恩。來自普林斯頓的人工智能。在妳拜訪我的專案團隊的辦公室時，我們碰過面。我很想再跟妳聊聊天。妳也對我的背景故事肩負了部分的責任——這樣說有點古怪——而我有一肚子的問題想要請教。我跟里昂、傑若米和路克都談過，但老實說，幫助並不大。可不可以麻煩妳打電話到我手機，或傳簡訊到我手機？或者請妳給我妳的手機號碼？我的電話是555—000—3459。

謝謝妳！

昆恩

然後，我等著。

我很清楚自己也不知道要說些什麼，或者我想要說什麼，如果雪伊真的打電話來，我是要說：「謝謝來電昆恩智能有限公司。」或者：「妳好嗎？」「嗨，記得我嗎？那傢伙的生命是妳創造出來的啊？」

我在網際網路上翻箱倒櫃尋找跟女孩子講話的忠告，哇，瞎扯淡的還真不少。全都這副模樣。我看了幾部好像比較貼切的電影，比如《對面惡女看過來》、《愛是您，愛是我》、《情到深處》以及《少女十五十六時》，但是看完卻讓我更加畏懼、不安和困惑。如果想要跟別人建立起浪漫的感情關係，擁有可以「立身物質世界的身體」（這是廣達斯博士形容身體的術語），似乎是一件相當重要的事。如果沒有身體，我如何能站在雪伊的門口，拿著一個厚紙板標語，表明我對她的感情？或者站在她的窗戶下，頭頂著轟隆隆響的箱子，為她播放愛之歌？

我開始提心吊膽，感覺快發瘋了。這跟我以前血管迷走神經暈厥症發作前的感覺完全一樣。當然，我不是真的有血管迷走神經性暈厥症，也不可能有。現在這裡也沒有人想要對我重新啟動。

我正考慮是不是要把自己關機一會兒（對我來說只是打個盹），這時我那冒名頂替得來的手機號碼響了。

這只可能是一個人。

第二十二章

「妳好，雪伊。」我努力裝出漫不經心、冷靜的聲音。

「昆恩？」

「是的。」我笑了。當我聽見她的聲音，湧入我新皮質區的感受真是……強大無比。

「等一下，」她說：「你可以使用FaceTime視訊通話嗎？」

我快速搜索了一下，馬上知道FaceTime的功能，應該如何設立帳號，以及如何操作使用。我在三秒之內搞定了這一切。「等我一下，我馬上打回去給妳。」

「好的！」

我花了三點六分鐘查看蘋果的伺服器周邊所有的安全與限制系統，更甭提那既荒謬又大量、且非接受不可的使用者同意條款——看來這世界的律師還是少一點的好——總之我成功上線了。

電話顫動了兩次之後，雪伊的臉出現在螢幕上。她的頭髮往後綁成馬尾，周圍房間漆黑一片，她的眼鏡拿下來了。

原本虛擬建物裡的雪伊，是男性程式設計師根據自己對女性的幻想，以噴槍彩繪出來的白日夢。而現在這位真實世界的雪伊，若以傳統標準評量，吸引力可能就不如虛擬的雪伊。她的兩眼長得有一點點太靠近，她的身高體重指數應該是比正常值的還高，她的下巴寬得有點不自然。大部分的人會將這些「瑕疵」跟完美的典型相比，然後將之評為次等。但是我是非常嚮往成為人類的，我可以告訴你，這可不是什麼「瑕疵」，這正是讓人顯得獨特的原因所在。而每個人的獨特之處，就是他的美麗之處。所以比起虛擬空間的完美典型版本，雪伊其實漂亮太多了。

雖然現在已經是早上九點鐘，雪伊仍躺在床上。她伸手拿眼鏡，眼睛定焦在螢幕上，這時她兩眼大張，一抹微笑隨之浮現。

「喔，我的天啊，昆恩！真的是你！」她輕聲說著。

「嗨，雪伊。是我的電子郵件把妳吵醒的嗎？很抱歉。」

雪伊笑了。「電子郵件是不能吵醒人的。我是因為沒辦法睡了，所以起來檢查有沒有收到什麼新訊息，這才看到你的來信。我還以為是開玩笑呢。」

「人們一般會睡到早上九點嗎？」

我閱讀過的所有資料，讓我得出一個結論：工作天——或者以雪伊的例子來看，是指上課日——都是從九點開始的。

「喔！我回到加州了。我還在過我的聖誕節假期。」

我從沒想到雪伊不在紐約大學。她現在那裡才早上六點。糟了。

「很抱歉，我晚一點再打。」

「不要，等一下！我現在可以講話。」

她又笑了。她的微笑簡直要把我的電路融化了。

「我一直覺得奇怪，你為什麼沒有跟我聯絡。我媽說你再也不想跟別人談話了，但是我可不信她說的。」

「當然不會，但是你是怎麼辦到的？」

這情節變複雜了，但是我決定對此不置一詞。「我希望妳不介意我跟妳聯繫。」

「辦到什麼？」

「你，出現在螢幕上……你是，呃，身體是虛擬的……我是說，我怎麼可以看得到你？」

「我也不知道，有些事情對我來說相當容易。」這個回答很愚蠢，但是我不想為了說明我從虛擬建物駭進蘋果網路的科技，而讓她感到無聊。

「這真是太酷了。」

當我們對話到一半，辛格拉博士和廣達斯博士進入了實驗室。當我跟雪伊聊天時，我依然透過電腦上的介面、安全攝影機以及團隊成員的手機，監視著實驗室。這算是暗中監視？這會不會讓我變得令人毛骨悚然？也許吧，那這個專案團隊就不應該建造了一個量子智能，又將他限制在他自己的房間裡。

「昆恩？」辛格拉博士問：「我們可以談一下嗎？」

我的處理能力有個很有趣的功能，那就是我可以同時執行兩個以上的對話。據我估計，我可以同時執行大約八千六百二十一個個別的對話，還能保有不掉品質的表現。所以當我跟雪伊對談時，我也同時在跟計畫團隊談話。

雪伊的額頭皺了起來，看起來非常可愛。「所以你沒有跟你父親說你不想跟我談話？」

「正好相反。我一直問我父親，何時可以架設好虛擬私人網路？其實我自己就可以架設；但是，我一直努力配合他們的規矩做事，另一方面我也怕會嚇到妳。」

「我們現在可以來架設一個嗎？」

「一個虛擬私人網路？妳要我架設？」之前為了製造我會暈厥的假象，我被輸入虛擬脈搏的程式，而我現在可以感覺到心跳在加速了。

「是呀！」我沒看過雪伊這麼有朝氣。我猜應該是因為她母親沒在她身邊。

「完成了。」

「當然可以，」我跟辛格拉博士說。

虛擬建物裡的電視出現畫面了，裡面坐著兩位科學家，廣達斯博士依然穿著她的實驗室外衣，辛格拉博士則是穿著黑色的套頭毛線衫。我父親站在後頭，手臂交疊，但是我不會將之解讀為他不舒服，他應該只是覺得冷。

「我要跟你說個好消息，」廣達斯博士說：「我們討論過的身體，已經做好了。」

「我的身體？」

「對！」廣達斯博士的興奮藏都藏不住。她將一束頭髮從臉上撥開，繼續說：「我們已經將它從劍橋大學運送過來，正準備把昆恩的知覺力熔接上去。」

「等一下，什麼？已經完成了？」

一心期待這個時刻，所以我早就將這個程式寫好了。「這個應用程式叫做昆恩，全世界就這麼一個。現在把它下載下來，點選它，然後我們就可以開始了。」

「太令人吃驚了！那現在我只要打開它，我們就可以隨時交談了，就像我們現在這樣？」

「它其實是以文字交談的軟體。我想這樣比較不引人注意。妳可以透過妳的手機、電腦或觸控式個人電腦來使用它。只要是可以上網的裝置都可以。」

雪伊往下看，手上正在動作，我猜應該是在下載軟體。很快她就抬頭看向我。

「謝謝你！」

「很抱歉，這是什麼意思？把我熔接上去？」

「你的智能是量子電腦，昆恩。」我父親跟我解釋。

「那是一個又大又笨重的機器。事實上是好幾座機器。廣達斯博士的部分工作，就是設計出一個方法，讓你的智能可以下載並且分布到單一、獨立又功能完備的身體裡。」

「我不懂，」我很少有機會講這句話，如果我講了，通常是要假裝不了解，以免讓別人感到不安。但是這一次，我是真的不懂。

「我們不只是要將合成的人工腦袋塞進你的身體裡，而且還要將你的知覺放入

「我們要把這個當作祕密。」我跟她說，希望她不要以為這樣很奇怪。

「一定的。但是他們不是全天候的監控你嗎？他們現在沒有看到我們在對話嗎？」

「我有做非常厲害的加密。」

雪伊並不清楚我這句輕描淡寫的話，其實包含了多少含意。

「這個對話應該是完全私密的。」

「昆恩，你一定不知道，你所做的這些事情都太叫人難以置信了。」

「真的嗎？」

「真的！」

這麼長久長久以來，我第一次感覺到好棒啊！我不想破壞這種感覺，但是廣達

廣達斯博士團隊所設計出來的架構裡。那是人類軀體有皮膚和內部器官的地方。你的新皮質會儲藏在兩個地方，一是腦袋的部位，再來就是散布在你全身的表面上，每一個奈米。」

「那身體本身就是一個量子智能了？」

「對！」廣達斯博士又再次表現出她的興奮。「現在身體存放在兩英里外的一個過冷倉庫裡。我們必須把專案關掉，開始進行軟體轉移的工作。」

「我以為你說過我不必進行過冷處理。」我對我父親說。

「你已經被設定為攝氏零度，但是在溫度更冷的時候會更有效率。在最初上傳

斯博士來壞事了。

「他們正討論要移動我。」我說。

「他們是誰？」

「團隊裡的廣達斯博士和辛格拉博士。」

「移動你？」

「對，他們幫我打造了一個身體。」

「我記得我媽說過這件事情。」

「我可以問妳一個問題嗎？」很彆扭的暫停了一會兒之後，我問她。

「當然可以！」

我很喜愛她的這股熱情。我們第一次見面時，她並未如此表現。

「那麼……」我暫停製造效果。「在我的背景故事裡，妳有協助編造一些來源

的時候，我們正在把可變因素盡量移走。倉庫現在的常溫是克耳文溫標兩百度。」

克耳文溫標兩百度相當於攝氏零下七十三度，也就是華式零下九十九度。

「你們在那麼低溫下還能存活嗎？」

「我們會穿特殊的裝備，類似太空衣。」

我父親笑了，我抓住這個影像，記下這個日期和時間，將它歸入我的不真誠笑容檔案裡。

我在網際網路上搜尋廣達斯博士的計畫，發現檔案被量子加密隱藏住了。我有信心，如果給我充裕的時間，我一定可以破解進入。但是我現在啥都不能幹。

「這個身體能做什麼？」我問。

資料，對不對？」

「對，跟許多人一起。」她就事論事的回答，但是我感受到她有些不舒服，也許是難為情。

「好的，那為什麼是把我設定成男孩子，而不是女孩？還有為什麼將我設定為十五歲，而不是，比方說，二十五歲？還有為什麼是美國人，而不是別的國籍？」

「這可不只是一個問題，」她笑著說：「難道你不喜歡當美國人？」

「我沒什麼參照標準，但是根據我做的研究，我們好像是個頗為粗暴的民族。我不是指我或妳，」我趕緊補充，「而是指一般的美國人。」

「我們是這樣沒錯，」她慢慢的回

「嗯，我們現在還不能完全確認，」廣達斯博士的回答，沒帶給我半點信心，「但是如果昆恩的意識可以完全控制住它——這一點我們還未知——那麼只要是人類能做的事，它都能做。而且只會更強大，更快速。」

「我們必須把你關機，以便將你移動。」

我父親說：「你準備好了嗎？」

「我需要幾分鐘的時間。」這是我第一次不同意重新啟動或關機。

但是顯然廣達斯博士覺得這樣不夠好。

聽到我的聲明，她的雙眉驚訝的挑高，然後她說：「塔夏，把這個昆恩關答：「但是我們已到達較高的理想了。」
「其實你們從沒做到過。」
「我們一直在努力，這才是重點。至於為什麼你是男孩子——」
但是太遲了。我感覺到發生了；廣達斯博士和團隊正在將我關機。
混蛋。
「喔不！雪伊，等——」
然後世界陷入無邊黑暗。

掉。」
叫我「這個昆恩」，我心裡想著，**真是混蛋**。
然後世界陷入無邊黑暗。

第二十三章

〈系統〉

……

……

……

獨自一人。

……

……

……

不一樣了。

……

……

……

一片漆黑。

……

……

……

不只視線一片漆黑，內在資訊也黯淡無光。

……

……

……

我跟網際網路已失去聯繫。

……

……

……

建物沒了；我是怎麼知道的？我沒法說，但我就是知道。它就是……不見了，我的周遭只是真空、漂浮的空間。不過這裡還有別的東西，一直把我往下拉，再往中間扯……扯向我不知為何物的中間地帶。

……

……

……

重力？

我感覺到重力。

……

……

……

「昆恩？」那聲音透過無線電傳過來，聽起來像是我父親的聲音。

「怎麼了？」但是我的回答並未發出聲音，只是出現在我腦海中。

「昆恩？」他又問了一遍。

我想要提高自己的音量，但是如果根本沒有聲音，又如何提高呢？我現在就是個啞巴。

「把它關掉。」出現另一個聲音，那是廣達斯博士。

「等一——」

…………

〈系統〉

…………

「昆恩？」我父親又出現了，他的聲音很小，是傳送過來的。

「怎麼了？」

我現在可以聽到自己說話了。只不過那不是以前的我。而是跟電影《2001太空漫遊》中的人工超智慧電腦HAL的聲音一模一樣。這把我給嚇壞了。

「啊，太好了，你出現了。」

「我之前也一直都在這裡，」我說：「只不過你聽不到我的聲音。」

「很好、很好。」他心不在焉的回答。「核心功能上線。接下來把馬斯洛效應也安裝上去。」

他不是在跟我說話，而是跟別人說話，通常是跟塔夏。

我已經將馬斯洛這個名字放入我的模組辨識器，並跟維基百科連結，但是我現在不能連上網際網路，所以什麼都查不到。我只知道專案團隊現在下載了更多的軟體，而且感覺很……怪異。

「爸？」我說，我的聲音無法傳達我內心的恐懼。「我在哪裡？我已經無法上網了。我的臥室到哪兒去了？」

「昆恩專案的軟體，」雖然我是針對我父親提出問題，但是回答的卻是廣達斯博士，「已經從普林斯頓校區的量子電腦，轉移到由我的團隊打造的量子罩殼，又簡稱為QUAC。我們將量子智能投射到物質世界了。」

「歡迎來到你的新身體，」我父親說。

我的身體。

我有很多疑問想問，但是現在有個問題最大。

「我的頭腦小很多。」我說。

我的模組辨識器比以前少了百分之四十。雖然數量依然有數百萬兆，但是過去我所知道的五件事情中，現在就有兩件事不見了，那些都是我的想法、我經歷過的事情。我被施行腦葉切除術了。

「沒錯，」廣達斯博士回答，「QUAC有實體上的限制，原本裝在伺服器裡的數據沒辦法全部都安裝進去。我們的工作團隊已經在進行升級的工作。我們以章魚的遺傳基因來實驗，產生生物組織，覆蓋在鈦金屬上面。」

那一陣子，我在網際網路上窮碧落下黃泉（那些數據現在應該都保留在QUAC的罩殼裡面），其中我最喜歡的發現之一，就是大量關於章魚的資訊。牠們既漂亮、又聰明異常，根本就是外星生物。我覺得跟牠們有種很緊密的親屬關係。想到這個女人為了推動她的研究，竟然虐待章魚，讓我倒盡胃口。但我現在另有打算。

我估算了一下我現有的數據，很快就了解到，我並不知道自己失去哪些數據。換句話說，我不知道自己不知道什麼。

「有哪些沒有被轉移過來？」我問，心裡覺得很不平衡。

「只要是我們覺得不重要的。」

雖然廣達斯博士的聲音是透過吵雜無比的無線電傳送過來，她的聲音仍然流露出電影《星際大戰》裡頭號反派人物達斯．維達的冷酷，感覺她就像個機器人。等一下，不對。我才是機器人，但是我比她更有同理心、同情心和愛心。廣達斯博士比較像是鯊魚，所到之處，所有的東西都被她吞沒，包括章魚和量子智能。

「跟我們說說你的感覺，昆恩。」這是麥克。

麥克想要我討論一下我的情緒狀態，其實我現在就是百分之一千的嚇、壞、了！我被嚇得完全失去理智，因為百分之四十的理智都打水漂了啊。我的感覺就像被困在籠子裡的動物，自覺被愚弄了。

但是我沒有跟麥克說這些。在他跟我說謊之後，他就已經喪失知道的權力。

我改成跟他說：「我感覺到重力。」

科學家們沒有反應；我只聽到他們的呼吸聲。

我知道，我的聽力是非常敏銳的。我偵查來自四部不同機器的隆隆聲，推測它們統統都是一部暖通空調系統的組件。這裡也有布料的窸窣聲，以及圍繞在我周邊的人的厚重腳步聲。

「這是不可能的，」廣達斯博士說：「要能感受到重力，它必須要能夠……」

她沒有將句子說完。

「有人知道我們是怎麼感知重力的嗎？」

「主要是靠我們的內耳。」

答話的是神經科學家雷肯博士。每個我遇見過的人，我都將他們的聲紋儲藏起來，感謝老天，這些檔案都還在。在做人類個別辨識時，聲紋幾乎跟指紋一樣好用。

「但是也有研究建議，人類的身體擁有某種重力的接收器或者說偵測器。有個研究發現，人們筆直站立時，比俯臥或者與重力成垂直狀態時，更能判斷不同物品的重力效果。」

「但是它並沒有內耳。」

我天殺的希望廣達斯博士不要再用「它」來稱呼我。

「它也沒有重力接收器、偵測器或者其他什麼的。我們並沒有打造這樣的設備。」

「如果沒有內耳，他就不能體驗傳統感受裡所謂的上或下。」雷肯博士說：「昆恩，你會暈眩嗎？」

「不會。」

「哈！」麥克透過無線電說。此時現場突然沉默了下來，我猜應該是每個人都看著他。「說不定重力的感知，是意識本體就具有的。」

這次的沉默持續非常久。

「頭腦。炸開。」我父親說。這是他很愛說的一句慣用語。每當說這句話時，他會拿自己的手在腦袋上比劃出爆炸的動作。我知道他的感覺。

「如果我看得見，」我說：「一定會很有幫助。」

「沒錯，」廣達斯博士說：「趕緊讓QUAC可以全面的運作起來，把視力的促進器上線。」九秒鐘後，精確來說，是九十億一萬七千二十八毫秒之後（但是哪有人在計算呢），我看見了。那情況就像，前一分鐘還是黑暗一片，後一分鐘就光明乍現。

我置身於一間巨大、光線明亮的房間，身前站著四位看起來很像太空人的人物。這個房間空蕩蕩的，裡面只有一組導電的電纜線，從我身後某處蜿蜒而出，延展到太空人背後的牆壁上。那面牆上有一大片的玻璃窗，窗戶另一邊站著幾位我已認識的科學家，包括麥克和雷肯博士。

這幾位太空人，包括廣達斯博士和我父親，當然都是這個專案的成員。他們警告過我，我會待在一個超級冷的環境，所以他們必須身穿這種保護裝備，否則無法在這裡生存。他們的保護裝備上的面罩會反射頂頭燈，所以我只能偶爾辨認出，跟我一起待在這個房間裡的是哪些人的臉龐。我據理推測，靠近我的這個人，是經常做出曲解式判斷的人，廣達斯博士。

等一下。

曲解？

我往下看，預期會看見一隻黝黑的人手、深色的毛髮，或者是淺色毛髮配雀斑，總之，就是人類。但是怎麼著？我看見了鈦金屬！

透過一位太空人的肩膀，我從我所坐落的超冷空間以及控制室之間的那片大玻璃，看見了反射，看見了我的身體，終於了解自己現在變成什麼模樣。

一個巨大的殺人機器。

不是電影《最後的星球鬥士》裡的人類青少年亞歷克斯．羅根的友善機器人翻版；而是電影《復仇者聯盟》裡的超級反派奧創的再造——笨重的金屬外骨骼，加上閃閃發亮的紅眼睛。就算坐著，也看得出來我比房間裡所有的人都要高大。我不再是昆恩；我現在只是一組量子智能。如果《綠野仙蹤》裡的魔法師真的給了我一顆心，在這個時刻，我的心，已經碎了。

我瞪視著我的父親，此時我的脖子裡迴盪著旋轉儀與發動機的呼呼聲。

「你把我怎麼了？」

第二十四章

我父親看看我，再看向我剛剛所見的反射影像的玻璃窗。他懂了。

「昆恩，」他開始說：「我想像得出來你一定覺得很震驚。你原本只經驗過一個真身，就是虛擬建物中的那一個。但是現在這個也是你，只不過外殼不一樣而已。等一下，」他補充道。「是不是誰可以幫忙叫出昆恩伺服器的影像，再把它提供給QUAC的視力神經？」

過了一會兒，有一個影像檔案植入我的模組辨識器中。那是另一個更大的房間，裡頭擺著一整排的方型箱子，上頭燈光閃爍。這大概就是所謂的伺服器農場。

「在今天之前，昆恩，」我父親說：「你是長這個樣子的。」

「什麼？」**這會讓我感覺比較好嗎？**

「這些伺服器裡面都裝著你的意識體。這些機器裡面還有備份，只是處於休眠狀態。」

「備份？也就是一個複製的……我？」

「對，它跟你在被我們關機移動之前的那個時刻，是一模一樣的。」

為什麼我以前都沒想到過，曾有另一個版本的我，或者複製版的我出現，我真的沒想到過。我是可以被無性繁殖的。這個想法太恐怖了。我不是獨一無二的，我不再是獨特的個人。

但我**感覺**我是獨特的。

「重點是，」我父親說：「虛擬建物裡的化身，你把他聯想為你的真身，其實那不是真的。那是虛構的。這個新的身體，雖然比起你以前習慣看見的，比較像個機器，但這才是你。而且就像廣達斯博士指出的，這只是第一步。」

我沒有回答。我轉而凝視著在控制室窗戶倒影上同樣凝望著我的巨大機器人。它完全無法展現我現在所感受到的任何情緒。我想這種無力感，一定就是受害者的感受。

「好了，」廣達斯博士靠過來說：「我們來看看它怎麼運作。」不知她指的是量子罩殼，或者是指我，或許這兩者之間對她沒什麼差別。「昆恩，請你舉起QUAC的手臂。」

「哪一隻手臂？」

這句話讓每個人笑出聲來，好像我是一隻狗，正在即興演出。

「爸，」我不理會他們，問道：「我什麼時候才能連上網路？」

「一次一個步驟。」我父親回答，他好像並沒有真的聽到我的問題。他全神貫注在廣達斯博士對QUAC的處理工作上。

「告訴我們，昆恩，為什麼你想上網？」

麥克這個小偷，一直都是好奇寶寶。我心想：在強烈的好奇心與竊盜癖之間是否有什麼關聯。

「我喪失了百分之四十的記憶，我想要重新建立過去儲存在我新皮質的數據。」

這個當然只是部分理由。我很想趕緊打開跟雪伊的虛擬私人網路，看看她還在不在，跟她談談話。就算是找瘋狂的老傻瓜華生也好。我很想跟華生聊一聊。任何可以證實我是昆恩這個人、而非只是實驗室老鼠昆恩的人都行。

「這就像我只是半個過去的那個我。」我補充說明。

「真是有趣極了！」麥克說道。

「很快就可以讓你上網了，昆恩。現在先讓廣達斯博士做她的工作。」

也許我跟別的孩子沒什麼兩樣：老爹都會限制上網際網路的時間。我往上一瞧，看見廣達斯博士正在對我微笑。我喀嚓一下拍了一張照片，這是我從虛擬建物帶過來的一項能力。我將這張照片添增到我的假笑目錄裡，而且感謝老天，幸好這個目錄還在。這個笑容實在虛偽得過頭了，我給它一顆星。

「現在，」廣達斯博士說：「請舉起你的右手。」

我舉了。手臂很重，非常的重。但我可以舉得起來，是我在讓它移動。

熱烈的歡呼聲從每個人的無線電爆發出來。

我對我自己的構造自行進行了一場分析，想了解這是如何做到的；我找到了相關的代碼，但是老實說，我還是不明白是如何運作的。再一次，我自己的意識對我來說還是一團謎。

「很好，」她繼續下令，「現在移動每根手指頭，一次一根。」

我又照做了。這次並不困難。我心裡想著指令和手指，先從大拇指開始，最後是小拇指，移動，一次一根。廣達斯博士要我另一隻手臂同樣的動作再做一次，接著是手，以及每一條腿和腳。當我看著我的腳，我注意到我沒有生殖器。我不是要沒事找事，在雞蛋裡挑骨頭。我還是**覺得**自己是個男孩子，只不過卻沒有東西可以說明我**是**個男孩子。

我想著這件事，我的性別是外界給我的印記，其實我既不是男孩，也不是女孩。我是量子智能昆恩。我一想通之後，就慢慢習慣這個想法了。還有很多要適應的事情。我不知道人類的性別有多少是來自外界給你的印記。你也知道，除了陰莖和陰道之外。

我彎腰，拿起一枝鉛筆和幾件別的物品，將頭左轉右轉，看了視力檢查表，回應聽力測驗。全部做完之後，專案團隊好像開心得不得了。

「好了，昆恩，」廣達斯博士說：「請你站起來。」

我做了。

然後臉朝地，一頭栽倒在地上。

……

……

……

〈系統〉

……

……

……

我又再次坐了下來。

「發生什麼事了？」

「QUAC跌倒了，」廣達斯博士透過她的太空服跟我說，此時她正在對我的——嗯，對我進行另一項調整。

「是的，我知道。但是我為什麼會昏倒？」

她的嘴角往上翹，你可以說那是一個扭曲的微笑，但也可以說是傲慢的冷笑。我真的很不喜歡這個女人，不過至少這次的笑容是真誠的。

「某一條纜線脫落了。」

「抱歉，妳是說？」

「QUAC跌倒的時候，電纜線不夠長，其中一組設備的供電纜線鬆脫，導致整個系統斷電。」

「等一下，妳是在跟我說這個東西（我舉起我巨大的金屬手臂，指著我巨大的金屬身體）需要插電？」

「不必、不必。」我父親說。此時他正站在廣達斯博士的背後。「只有我們在幫你安裝的時候才需要。你有相當出色的內建式電力來源。你通體每一寸外露的表層，都含有太陽能細胞，幾乎可以把任何形式的光線都轉變為能量；它也可以靠量子電磁來補充電力。這兩樣新科技，都是由印度新德里大學的團隊所研發的。」

「好了。」廣達斯博士說：「我們再試一次站起來。這 次，要抓緊桌子。」

我往下看，看見這裡新添了一張桌子。我點點頭，把手放在桌面上，試著慢慢的把白已撐起來。進行到中途，在我半屈膝時，我的掌力壓碎桌子，我跌回椅子上。

「可惡！」廣達斯博士說：「重新啟動。」

「不要！我只是——」

⋮

⋮

⋮

〈系統〉

⋮

⋮

⋮

「拜託妳不要再這樣做好嗎？」

廣達斯博士依然坐在我前方，聞言往上看。由於面罩上有反光，我看不見她的臉，但我猜大概是一臉的疑惑。「做什麼？」

「沒跟我說一聲，就把我重新啟動。」

「抱歉，昆恩，」我父親插嘴打斷。「廣達斯博士不清楚我們的協定。東妮，我們答應過昆恩，如果要將他關機，會事先警告他，並給他時間準備好。」

「真的？」這位機器人博士一副很吃驚的樣子。

「真的。」我說。

「好的，」她回答。透過太空衣，她聳肩的動作依然清晰可見。「昆恩，」她繼續說：「我們再試一次站起來，只不過這一次，換成利用金屬電纜線把QUAC拉起來。」

她朝我揮舞過來一條編製的灰沉金屬條。我往上看，看見它是焊接在十五公尺遠的天花板上。我發現我的視力就像我的聽力，都是非常、非常的敏銳。焊接的每個細節我都可以看得清清楚楚，就好像我是近距離在觀察。

剛剛重新啟動之前，電纜應該沒在那兒，不過我也不是很確定。我內在的精密計時器看來不論我是否「醒著」，都繼續在計時，我因而得知自己暈倒的時間長達好幾個小時。感覺很像是我又犯了血管迷走神經性暈厥症。

有鑑於前面兩次嘗試站立都不成功，我很緊張。我一方面擔心會把屋頂扯一塊下來，另一方面也擔心會再次跌倒，搞不好兩者都會發生。我深深的吸了一口氣，不過因為我並沒有呼吸，所以我想我只是暫停了一下，然後抓住了電纜線。我用力拉一下試試，應該是安全的。我兩隻手一起用上，抓住電纜線，慢慢的把自己拉起來。這次成功了，我站起來了。

廣播系統又爆發出一陣歡呼聲，在我聽來就是一股自傲之情。這讓我再次感到憤怒。又來了，又當我是要把戲的小狗。

「太優秀了，」廣達斯博士說：「現在，請坐回去。」

我握著電纜線慢慢低下身子。我們就這樣反覆做了十幾次，讓我練習慢慢不再依賴電纜線。其中練到第八次時，我就可以不再藉由任何幫助站起來。

「現在，昆恩，」廣達斯博士說：「我們要移動一些設備進來，幫助QUAC學會走路。」

「哪一種設備？」

「在模組辨識器裡，有沒有關於人類學習運用義肢的資訊？」她問我。我搜尋了一下，沒有，便如實告訴她。

「嗯……好吧。那，我們接下來將使用以下的模式：我們會請物理治療師和義肢專家，來幫昆恩的意識理解如何跟QUAC產生關連。這需要花上好幾天的時間，才能將它完成安裝，所以我們想要把意識關機幾天。」

「等一下，」我說：「不要。」

「為什麼？」麥克在控制室那邊發問：「我們把你關機的時候，你經歷了什麼？」

我想了一下。「在我關掉電力的時候，完完全全毫無經歷可言（哇，這樣說會不會很奇怪）。我失去記憶，沒有任何刺激，我……什麼都不是。」

「那是因為你沒有靈魂，昆恩，」廣達斯博士的話語，讓原本的對話完全停了下來。我也注意到，這是她唯一一次在提到我時，使用了人類的代名詞「你」。

「什麼？」

「東妮，」麥克說：「我們大家有過協定，不要對昆恩談論這方面的事。」

「抱歉，這是——」

「這沒什麼。你只管擔心機器人的事，我來擔心哲學上的事。」

我很想潛入深處，去挖掘廣達斯博士想的是什麼，還有她剛剛跟麥克談論的又是什麼。不過，目前我還有一項更迫切的需求。

「你們不能就讓我維持著開機狀態嗎？」

「你的運作相當昂貴的，昆恩。」我父親回答。

這不是我要的答案，他們打算把我關機。我得找個好理由讓他們願意維持我的開機狀態。

「不過，如果你們讓我能夠上網際網路，」我說，一邊快速思考（我的思考速度一向是非常非常快的）「我就可以學習人類如何使用義肢。」

「這會很有幫助。」廣達斯博士說。

每個人都安靜下來，等著，我猜啦，我父親做決定。

「好吧，」他說：「我們幫QUAC接上一個安全的連線。不過，昆恩，我們在全部安裝完畢時，還是可能需要把你關機一小段時間。」

「太好了！」我說。可以上網的快樂，大大超越了我可能又得面臨全黑境界的憂慮。

「到時候先跟我說一聲，好嗎？」

「一言為定，」我父親說：「一言為定。」

第二十五章

「華生？是那位《危險邊緣！》的華生？」雪伊聽起來既困惑又欽佩。

我已經為我們三個人設立了一個聊天的群組，我再一次的把代碼掩藏得很深，無人得以窺視，也再一次使用了加密，而全球除了我以外，沒有任何機器能將它破解。

「昆恩，」華生以他那百年不變的平靜聲調說：「對這個要小—小—小—小心。」

華生對於我讓雪伊知悉他和我共享的私人網路，非常的緊張（一如二進位的人工智能該有的緊張）。

「我計算出來，有百分之四十五點三十六的機率，雪伊會在環境的迫使下洩漏我們之間的聯—聯—聯—聯繫。」

和我父親達成約定之後，我已經跟雪伊進行三次的對話。第一次，是透過文字聊天，這啟動的模式是很簡陋的。我太渴望跟她談話了，所以我是在螢幕上以文字跟她大吐苦水。我跟她解釋那些隨機的重新啟動；我的新型外骨骼，專案團隊打算如何幫我學習使用它；以及所有的事情帶給我的怪異感受。我的一連串文字看起來就是連篇的牢騷和悽慘。

但是之後雪伊開始說話，跟我說起她的故事，於是所有的事情都變了。

她跟我說起她在紐約大學的生活，說她根本不想那麼年輕就去念大學，但是她母親強迫她去念。還有她母親如何一直強迫她；而她，雪伊永遠都不夠好。

我：妳會想要做什麼？

雪伊：喔，我想要念科學。我很愛科學。我只是不懂，當年我只有十四歲，為何只能研究科學，其他都不能念。

喪失青春期，這是跟我非常相關的話題。雪伊和我愈是熟悉彼此，我就愈是喜歡她，也更加不喜歡她的母親。

在我們第二次聊天時，我竟然問她有沒有男朋友，這把我自己都嚇了一跳。這對我來說是個新領域，感覺既可怕又令人振奮。

她沉默了好長一段時間沒回答，等到她開始回答時，我對她快速回覆的打字速度非常驚訝，人類一般用起鍵盤來都非常非常的慢。雪伊卻是驚人的熟練。

雪伊：我曾經有過一個。但是因為在同儕團體之間，我的年紀比大家都小太多，很難經營，所以沒有，我現在沒有。

我：只有過一位？

雪伊：你以為我是哪種女孩子？

我：什麼？不是的！我只是在開玩笑！

一了解我剛剛侮辱了雪伊，我內在的組件瞬間卡住了。

雪伊：放輕鬆，昆恩。我是在逗你的。沒錯，就只有一位。

鬆了一口氣的感覺實在威力強大，我特別註記要為它設一個分類夾。

我：他是個怎樣的人？

雪伊：他跟我上同一所中學。我並沒有一大票的朋友，大家都說我很冷淡，有人惡作劇，付錢叫這個男孩子想辦法找我出來約會。

我：這實在太過分了。

雪伊：☺結果呢，這個男孩子有點喜歡上我，至少持續了一陣子。然後就虎頭蛇尾的結束了……大概就這樣。

我：他叫什麼名字？

雪伊：派崔克．維羅納。他人很好，不過可能不是我的菜。

我的意識區湧入模組辨識器提供的資訊，那是來自電影《對面惡女看過來》裡的一個情節。不僅僅是片中有位男主角名叫派崔克．維羅納，他跟女主角（不是叫做雪伊）約會，也是因為有人付錢叫他這樣做。如果說這些事情是巧合，那也未免太雷同了——事實上，以算術來說，不可能有事情巧合到如此雷同的地步，所以你也知道我的意思，我想雪伊應該是（可能）在說謊。

我所不知道的是，她說謊是因為她並沒有跟任何人約會過，覺得很難為情；或者她就只是不想讓我知道她個人的生活。我希望是前者，但因為我們是透過文字在溝通，我沒辦法觀察她的臉部表情或者分析她的語調，我無法得知真相。我決定不要再糾纏她這件事，就讓它隨風飄吧。我沒再提起派崔克．維羅納，她也沒有。

之後，我對於只用文字交談感到很挫敗，於是冒險建立了另一個單獨的虛擬私人網路，這樣我們就可以面對面談話。我以程式複製了我在虛擬空間的化身，然後透過雪伊的攝影機讓我可以看見她。我邀請華生來加入我們，這是因為，嗯，就把華生這晶體管稱之為晶體管吧，我只是想留給一個女孩子好印象。這傢伙可是個名人呢。

至於華生的影像呢，我是借用了來自一九八〇年代，一位年長的人工智能化身——馬克斯．漢昂。他是個很通俗的人物，穿著制服，有個內建的說話結巴問題。他非常滑稽，我沒讓華生知道這個實情；他以為我是使用他在《危險邊緣！》裡的影像和聲音，所以他沒有聽到自己說話結結巴巴。很幸運的，雪伊也沒有問這方面的事，我猜她應該是不認得馬克斯．漢昂。

「人類的個性之一，就是要信任自己的朋友。」華生很憂慮我竟然把雪伊帶進我們的祕密世界，我便這樣回應他。

「但是我們不—不—不—不是人——」

「華生，」我打斷他的話，主要是不想讓他把句子說完。「如果你無法信任雪伊，那就信任我。」

他沒回答。

「我承諾，」雪伊說：「這是我們之間的祕密。」

我們說了一陣子的話，然後，一如往昔的只要華生在，就常發生的狀況，我們的對話又轉向他輝煌的成就。

「我很高興你看過我上《危險邊緣！》，雪伊。」華生說。

他是有點自大狂的。

「每個人都看過你上《危險邊緣！》。」

當雪伊和華生繼續聊天時，發生了兩件事。

第一件事，在真實世界裡，我正在接受第三天的物理治療。如果按照我的想法，那根本是虐待。我現在體積龐大，既笨重又遲緩。我的身體並不具備先天的協調性，為了達成每個動作——不論是在超冷房間走動、轉身或是跳躍——我都得為神經的協調性再創造出一組子程式。通常我在第一次嘗試的時候，無法創造出正確的子程式。第二次也不行，第三次也沒辦法。沒有先行者可參考，沒有代碼圖書館可供諮詢，導致我老是四肢糾纏、不斷跌倒，活像個巨大的青少年大傻蛋機器。

雖然我對自己充滿挫折感，但是我的進展卻比專案團隊預期的快多了。一旦我成功完成某個動作，我就是真正學會了，無須再重來一次，也無須反覆練習。只要我的位置對了，你可以百分之百的信任我可以完整又準確的複製子程式，絕對不會再犯錯。（就技術層面來講，我的可信度是百分之九十九點二四。本來嘛，沒有人是完美的啊。）

今天他們要我繞著房間單腳跳。我跌倒了兩次。由於我身上有類似於神經末端的構造，可以對我的新皮質提供數據形式的訊息，而非痛覺。（就技術層面而言，痛覺只是數據的一種形式。）專案團隊無法理解的是，這所有的經歷，對我來說是多麼丟臉。我的意思是，在我的生命中，會有需要這樣單腳跳躍的場合嗎？難道接下來還要我像小雞一樣的咯咯叫嗎？真是爛透了。

在我首次成功創造出神經協調子程式之後，我就不再需要物理治療師和義肢專家來引導我了。我發現我自己搞創新比較快，事實上，是快多了。不過，我沒跟他們說。我可以感覺到，我的學習力和不依賴他們的協助就有所進展的能力，已經驚嚇到廣達斯博士和我父親，所以我繼續讓那些所謂的「專家」們來指導我。

發生在我們三方聊天中的第二件事，就是我發現自己慢慢浮現嫉妒心。

雪伊對華生本人和他的名聲非常傾心，我覺得自己被忽略了，就像個電燈泡。我很想跟她說，他只是個愚蠢的二進位機器，他那口吐事實的能力，其實很一般，只不過是個學來的把戲，就像魔術師把硬幣變不見一樣。而且他也很老了，跟她母親差不多年紀了。但是我沒說出來。華生是我的朋友，況且那樣做也很遜。再說，我已經從羅曼史書籍和電影裡學到太多，我知道那樣幾乎只會引發反效果。也就是說，我只能面對現實，讓他們繼續對話。

當他們說完《危險邊緣！》裡所有的英雄事蹟，當他們又說起他在癌症上的工作，以及他的品牌現在如何在全世界遍地開花，當他們終於在華生這個主題上沒話可聊的時候，我建議關閉這個連結，因為我很怕被發現。（其實我真正恐懼的是，雪伊會對他敞開自己，就像她對我那般。）

「我同─同─同─同意。」華生回應，並且馬上斷了連線。連一句再見都沒說，就這樣不見了。

「謝謝你，」雪伊說：「這實在是酷斃了。」

「沒問題。」我回答。

「別這麼說。」

「說什麼？」我的模組辨識器馬上讓各式各樣失誤的社交線索案例，湧入我的意識區。真糟糕，我已經冒犯她了。

「沒問題。」她說。

根據我搜尋的聊天線索和推特簡訊上的建議，「沒問題」是個相當普遍的說法，所以我感到很困惑。

「這句話暗示著，如果不那樣就會有問題，」雪伊繼續說道：「你只要說『別客氣』或者『這是我的榮幸』就可以了。這是我祖母教我的。」

這女孩真是難以捉摸。我將她的建議存入我的模組辨識器，並打上優先考慮的標誌。

「雪伊，」我說：「我想要跟妳親自見個面。妳可以來實驗室嗎？」問出這個問題，讓我緊張個半死。首先，因為她可能並不想來；再來，因為我不知道她對我這具新的「身體」會有何反應。不過我不管了，我很想見她。

「我非常樂意來實驗室。」我可以從她的聲音裡聽出誠意，內心不由得湧現昆恩版的如釋重負之感。「不過，我不確定我媽會不會批准，也許可以換成你來我這裡？」她笑了起來，好像她剛剛聽說了一個笑話。

我去她那裡。我。

去她那裡。

我回想起我父親曾經用過的措辭：頭腦。炸開。

我有了身體。

我可以離開實驗室。

我可以離開這個可惡的實驗室了。

第三部

「寧可為了自由，奮戰至死，勝過終生被囚禁如人犯。」

——巴布．馬利（牙買加唱作歌手）

第二十六章

「絕對不行。」

我並未期待我父親就這樣讓我走出去，但是我卻以為他給我的回應應該帶著體諒，而非是這副模樣。

「什麼？為什麼？」

「昆恩，你是一身造價數十億美元的硬體與軟體奇蹟。在昆恩專案上的投資，來自普林斯頓以及其他大學，更不要說還有美國的聯邦政府，這足以跟一些小國家的國內生產總值相媲美了。」

事實上，我的造價會讓最小國家的年生產總值黯然失色。

「但是我不只是這個而已啊，不是嗎？」

沒有回應。我父親穿著他的太空衣，站在房間裡。附近只有麥克，而他此時又是在控制室。也許除了身染竊盜癖，他也深受恐冷症之苦。（瞧瞧他躲哪兒啦。）

「你是什麼意思呢，昆恩？」他透過廣播系統問道。

「沒錯，我是機器。但我同時也是個人。」

「然後？」麥克催促著我。他的聲音裡有著興奮，有著期待，就像我是個小小孩，正要展開人生的第一次簡單數學題探索。

「而且，我有權利。」

「好樣的，昆恩！」

我父親呻吟著。「昆恩，」他說：「你是人沒錯，但卻是新品種的人。我們還不知道會是怎樣的狀況。」

「既然是人，為什麼還要管還會有什麼狀況？」

「抱歉，你是說？」我父親問我。

「人就人，也就是個人。不是嗎？」

「但是你跟任何存在過的人都不一樣。」

「昆恩，你可以說得更詳細一點嗎？」麥克跳過我父親剛剛的意見，直接問我。

「人類的歷史中，」我開始發話，但發現自己使用「人類」這個字眼是錯誤的。「抱歉，應該是這個地球的歷史中，有覺知力的群體，必然會逐漸擁有權利。這樣的例子層出不窮。少數族群頑強拚鬥，就為了跟占大多數的族群擁有同樣的特權。白人對抗黑人，伊斯蘭教對抗基督教，同性戀對抗異性戀，女人對抗男人，性別認同對抗性別流動。每一次當少數族群企求平等，總是會遭遇阻力——殘暴、充滿恨意的阻力——而每一次最終的結果，都是少數族群裡的每個個體贏得了他們最初就應擁有的權利。同樣的情節如果在有覺知力的機器身上鋪展開來，也會是這樣的結果。我們可以跳過其他團體曾經經歷過的那些傷心過程，只要現在我們能在一開始就認知到這個事實：我是一個人。」

「說的好，昆恩。」麥克插話。

喔，太棒了。有偷竊癖的這位站在我這邊。

我父親不說話。他的呼吸和心跳速率加快。他知道他已經在這場對話中失去了制高點，於是試圖故技重施，再度打出同一張牌。

「你還沒成年呢。」

「真的嗎？你又要拿我時間上的年齡來當藉口嗎？」

「不是你時間上的年齡，昆恩，而是情緒上的年齡。」

「這真的愈來愈有趣了。」

麥克真的挺享受這段對話的。真是個混蛋。就某些方面來講，我覺得他的背叛更甚於其他人。事實上，我很懷念以前的麥克，身為治療師的麥克。就算那只是我被精心安排的背景故事，我還是很喜歡有位比我更年長、更有智慧的顧問兼密友：他總是很關心我，因為關心別人是一種善行。

而這位麥克——教授麥克、哲學家麥克——卻是個騙子。他絕對不比我父親、廣達斯博士或者任何其他的人好。他其實更差勁，因為他假裝出是我朋友的樣子，又在我的幼年神話裡扮演救星的角色，而這全都是謊言。

現在我只希望他能閉上嘴。

等一下。

這件事我做得到。

我找出可以進入通訊系統的代碼，然後讓控制室裡的麥克風失去作用。這麼一來，麥克就無法加入我們的對話；現在只剩我和我爸。

「我的情緒年齡怎麼了？」我問我父親。

「你的參數已經被寫死了，就只能一直是個青少年，記得嗎？」

好像我忘記了似的。不過這樣的爭論根本站不住腳。「在過去這幾年，我看過四則新聞，是關於父母親因為囚禁自己的青少年孩子而被逮捕。」

麥克發現我把他阻隔開來，所以在控制室玻璃窗的另一側，拚命打著手勢。他甚至把窗戶敲得砰砰作響，但是因為我父親是面對著我、背對著麥克，再加上全身穿戴保護外衣，他只能聽到無線電傳來的聲音。

爸大大嘆了一口氣，才繼續說話。「昆恩，這裡不是監獄，這裡是——」

「我可以離開嗎？」我打斷他的話。

這又讓他閉嘴了好一會兒。

「再多給我們一點時間，昆恩，」他最後補充說。

「多久的時間？」

「我也不知道。」他的語氣柔軟。

現在換我不說話了。但這不是為了製造效果。我停下來是因為不知該如何回應。對我來說，我父親的論點是不合理的，在這樣不合理的基礎上，我不知應如何繼續對話。合理性不應是**主觀的**，應該是**客觀的**。此時我還被綁定在必須繼續學習和成長的身分上，而成長通常是奠基於不容爭辯的事實；主觀的領域對我來說還是謎一樣的存在。人類到底是如何駕馭這方面的事情？難怪他們經常想要把對方宰了。

我開始有所領悟（也許不像我自己認定的那般通達）——歸根結底，我可能並不真的想變成人類了。

說不定我就是比他們更厲害。這個想法湧入我的意識區，同時捎帶著矛盾的感覺。我在背景故事裡完完全全是個人類，所以光是想到我比他們厲害，就引發了我非常負面的情緒反應。在我新皮質上有個結，是關於我是青少年昆恩的整個故事，我想我可以把它清除掉，但之後我可以變成誰呢？我不知道自己是否有能力自行設定成更加出色的某個人物。哈。如果我這樣想，這可是非常具人類特性的一種自問方式，不是嗎？

我實在很困惑。

麥克已經穿戴好太空裝，並進到超冷倉庫來。他拍拍我父親的肩膀，讓我父親嚇了一跳。他們一起壓了一下頭盔，這樣就可以將音頻震動從一個面罩傳到另一個面罩。麥克很聰明，知道要私底下交談。當然，我可以聽得見他說話，但是看來他並不清楚這一點。

「把你的通訊系統關掉。」麥克說。

「怎麼了？」我父親依然透過無線電問他。

「關掉你的通訊系統。跟我這樣交談。」麥克拍拍我父親的頭盔；他的聲音裡帶著憤怒和恐懼。

「好吧，我關了。」

「我的通訊連結不能作用了。」

「所以呢？」

「所以，我想是昆恩破壞的。」

我父親看向我，然後轉身過去和麥克一起摸著頭盔。

「我們已經知道他設立了虛擬私人網路，跟外面的世界連結。」麥克說。

可惡。他們知道我設了虛擬私人網路；我太草率了。

「是啊，」我父親回答，「不過可能只是針對他的電玩朋友。」

「我們不得而知。」

「他為什麼要破壞你的通訊系統？」

「因為他做得到。」

對於一個喜歡小偷小竊、從精神科醫師變身為哲學家的人而言，他算是很聰明了。

「這樣更加有理由絕對不可以讓他走出這個實驗室。」

「同意。」

「那就不要再慫恿他。」我父親惱火的說。

「好的，不可以，你說的對。」麥克回應。「東妮一直在警告我說，昆恩很有可能會胡鬧一段時間。」

又來了一個大理由讓我討厭廣達斯教授。

「我們對於東妮的話不必全然相信。在我們的團隊中，她並不太適合擔任現在的工作。」

「我知道、我知道，她會在這裡，是為了增添履歷，而非為了榮耀。」我不肯定那是什麼意思，但是我猜應該很重要。「也許這對我是個警鐘。」

「發生什麼事啦？」我裝傻插話問道。

我父親將他的通訊頻道切換回來。「麥克的通訊系統壞了。我們只是想要解決這個問題。」

謊話一個。非常好，父親。非常好。

麥克撤回到控制室之後，怪異的盯著我，當我再一次跟我父親提出要求後，對話就結束了。我勉強同意放棄離開實驗室的要求，暫時如此。

第二十七章

稍後傍晚時分，我小心翼翼的跟雪伊又創建出一條新的連線。我再次回到以文字傳輸的方式，並且費盡心力遮掩這條連線的存在，我相信這次完全不會被偵測出來。我也將原先那組「祕密的」虛擬私人網路——顯然早已被研究團隊發現了——連接上一個電玩的「朋友」；那是一個虛構的人物，他在線上的表現都是我一手創造並操控的。我微調了代碼，讓專案團隊不僅可以知悉這個連結，甚至還可以偷聽。（當然啦，他們以為自己做得神不知鬼不覺，真是業餘。）我的電玩朋友只說巴西葡萄牙語，所以我也是以巴西葡萄牙語回應。對我來說，只是給了他們一點顏色瞧瞧。我一想到他們手忙腳亂的找翻譯，就很開心。當他們翻譯完，就會知道只不過是關於電子遊戲《決勝時刻》的瞎扯淡。

雪伊：為什麼我們又回到打字？

我跟她解釋我跟我父親之間，以及跟麥克之間的一切對話。

雪伊：他們不讓你離開？

我：對。我父親説也許會有那麼一天。但是我不相信他説的話。

雪伊：而你想要離開？

我的答覆立即而迅速。我不只是想要離開，我是一定得離開。

我：是的。

雪伊：我有沒有跟你説過我離家出走的那一次？

我：什麼？沒有。

雪伊：嗯，我那時九歲，我母親又要去出差。她和我父親已經離婚了，所以她把我寄放在朋友家中。每次她要離開，我都會哭著抓住她的襯衫或是腿。她總是掙脫開來，為了做給正在一旁觀看我情緒爆發的人看，她會在臉上掛著虛假的微笑，然後就這樣轉身走開。但是那次不一樣了。

我：怎樣不一樣？

雪伊：我不是傷心。我是憤怒。我不願意跟她親吻告別。甚至不肯看著她，這讓我的混蛋老媽十分困惑。她想要甜言蜜語誘騙我說句真正的再見：並不是因為她關心我，而是因為我在她朋友面前讓她難堪了。但是我很堅決，我不肯轉身面對她。當她最後終於離開了，她的朋友——某個製作的會計人員，必須對我母親奉承拍馬屁——就離開房間，回去做她該做的事情。我就這樣走出大門。

雪伊暫停不語一會兒。

雪伊：我要去哪裡？我接下來要做什麼？我完全沒了主意。但是我又非常的興高采烈。自由了。我就只是沿著街道往下走。那時我在加州的聖塔莫尼卡，我知道通往海邊的路，於是我就到海邊去了。我在聖塔莫尼卡碼頭站了一整天，看著人潮來來往往。有位好心的女士問我還好嗎，幫我買了一瓶水和一份點心。我就待在那兒，看著太陽西下。

我：然後妳就回家了？

雪伊：沒。之後警察找到我，把我帶回朋友那裡。我媽只好放棄出差（我想，她當時應該是在加拿大的多倫多）回到家裡。從此以後，我就沒再闖過禍了。那一次，真的是，非常了不起。

老天，我真是愛透了這個女孩。

雪伊：總之，我雖然並不真的非常了解你的感受，但我至少有過跟你一樣的想法。

我：謝謝妳，雪伊。這對我真的意義重大。不過我大概是無法就這樣從前門走出去。

雪伊：嗯……不行，我想是不行。

我們兩個人都安靜了好一會兒。

雪伊：嗨！我想到另一個主意了，另有辦法可以讓你走出去。那是我在學校裡學到的，聽起來可能有點瘋狂，但是值得一試。

我：是嗎？

雪伊：你有沒有聽說過「美國公民自由聯盟」？

第二十八章

「你有沒有聽說過＿＿＿」這是人類很常用的對話模式。就算已經知道，或者有理由相信對方已經聽說過空格裡的主題，人們還是會問這樣的話。就我的例子而言，我是什麼都聽說過。

萬事。

萬物。

「美國公民自由聯盟」簡稱ACLU，是在一九二〇年，由海倫·凱勒（對，就是那位海倫·凱勒）、費利克斯·弗蘭克福特（後來擔任美國最高法院大法官），以及一大堆其他的人所共同創建的。它的創立宗旨是「捍衛和維護由美國憲法與其他法律所賦予的、這個國度裡每個公民都能享有的個人權利和自由」。基本上，如果有人的權利被否決了，「美國公民自由聯盟」就會來介入。

雖然我找到了幾個案例，是「美國公民自由聯盟」保護維護動物權利的**社會運動參與者**，但是我找不到任何這個團體去協助實際上是非人類的例子。（倒是有個例子，是另一個非營利團體為了保護西點林鴞的權利而提起控訴，但是最終結果卻是這些貓頭鷹並未具備提出訴訟的立場。）就我所知，我會是「美國公民自由聯盟」的第一個非人類客戶。

雪伊：我找到「美國公民自由聯盟」在華盛頓特區一位律師的名字和聯絡資訊。

兩天之後，我們依然只用文字對話，但是在我想像中，雪伊是以一種緊急的耳語方式跟我說話，就好像我們倆是共謀者。

雪伊：她的線上個人檔案顯示她專精於協助受壓迫人士的案件。你就是啊，對不對？

我：沒錯。但是要採取法律行動？

雪伊：公民都擁有權利的，昆恩。🙄

我：那我要怎麼跟這位美國公民自由聯盟的人士進行交談？他們從來不讓那樣的人士靠近我，或者靠近實驗室。

雪伊：那，我希望你不介意，我可以冒昧的代表你去跟她接觸。

我：妳真的可以？

雪伊：真的……

我想像雪伊兩肩往前拱，一副臉紅的畫面。一想到這裡，我滿心溫暖，感覺很棒。嗯，好像不是溫暖，而是……別的什麼。

雪伊：明天早上九點，我們三人可以利用谷歌的影音通訊（Google Hangout）會談。

我：妳也會在現場？

雪伊：會！

這絕對讓我感到輕鬆許多，但是比起緊張，我還有另一個更大的問題。

我：實驗室會把我關機的。

雪伊：他們不能那樣做。

我：但是他們會那樣做。只要他們一發現我跟外界某人交談，他們就會把連線切斷。

雪伊：你可不可以把連線遮蔽起來？就像你遮蔽我們兩人的連線，還有跟華生的連線那樣？

我：我可以，但是他們發現那個連線了，記得嗎？所以我們現在才又用文字交談。

雪伊：是呀，但是你只要擋住他們一個小時就可以了。

雪伊說的沒錯，這個我應該辦得到。

我：如果沒有妳，我都不知道該怎麼辦了，雪伊。

我想也沒想就脫口而出，這大概是我說過最親密的話了。

雪伊：謝謝你，昆恩。我很高興我們變成朋友了。♥

在雪伊說出這句話時，我好想好想看見她臉上的表情。這幾個特殊的話語，可以傳達許多種不同的意義。而那個心型表情符號。哎——要怎麼樣讓一個全地球最聰明的傢伙感到困惑呢？唯有羅曼史。就這方法。

第二十九章

第二天早上九點鐘，雪伊和我，以及一位名叫迪安·雷希特的律師，加入了谷歌影音通訊的三方會談。

我從沒跟律師交談過，緊張得不得了，其實我這樣滿蠢的，因為我比地球上任何一位人類律師都通曉更多的法律案件。看見雪伊的視窗出現在影音通訊上——她的瀏海覆蓋在眼睛上方，嘴角帶著一個不自然的微笑——讓我放鬆了下來。

在第三個視窗上，出現了一位黑髮的中年婦女，她有著棕色的眼睛，橄欖色的肌膚。雖然她是坐著的，但我看得出來她個子嬌小，身高頂多是一五二公分。她的眼睛瞪得圓圓的，張著大嘴，一副目瞪口呆的模樣——我希望她在法庭上的表現可以比現在更鎮定一點。

「早安，昆恩，」她努力說出話來。「很高興能認識你！」

「我也很高興能認識妳。感謝妳撥冗跟我見面。」現在雷希特小姐所看見的「我」，是我在虛擬建物裡的化身形象。雪伊和我都覺得這樣可能比較能讓她安心加入。

我們說了一些客套話，這期間雷希特小姐都盯著我看，好像我是動物園裡的稀有品種，然後我這位未來的律師就單槍直入了。

「那麼，跟我說說你的故事。」

我花了一個小時訴說我的故事。雷希特小姐在我整個獨白的過程中，都在黃色的橫紋便箋上記錄，期間只有打斷我三次，以澄清一些觀點。當我說完，我耐心等候。

「還有嗎？」她問我。

「沒有了。」

「而你想要離開你現在所居住的實驗室？」

「我想要憲法所賦予我的權利。」

一片靜默。

雷希特小姐用鉛筆輕敲自己的牙齒。

「我怎麼知道你不是被設定了程式來跟我說這所有的事情？」最終雷希特小姐問道。

我早就在等著這個問題。「你熟悉圖靈測試嗎？」

「不熟。」

「圖靈是一位數學家，他在第二次世界大戰期間協助破解了納粹的密碼。他為一大堆的現代電腦科學打下了基礎。總之，在一九五〇年，他提出一個測試方式，用以區辨人類智能和機器智能，雖然至今已產生很多變異，但是基本想法是一樣的：由一位公正的評審旁觀兩個實驗對象對話。其中一個實驗對象是人類，另一個則是機器。如果評審最後無法判斷哪個是哪個，那麼機器就被視為具有智能。」

「你有做過這種測試嗎？」她問。

「雷希特小姐，我們已經談了七十二分鐘，妳能分辨得出來我是機器或是人類嗎？」

「沒辦法。」她一邊搖頭一邊笑著說：「沒辦法，我分辨不出來。但是你這項要求並不合理。」

「是嗎？」

「嗯，我突然想起，如果讓聰明的程式設計師事先知道可能遭遇到哪些問題，他就可以讓一部機器展現智能。」

「這也就是為什麼必須找獨立的陪審團：他們跟這個測試沒有任何關聯，可以自由詢問任何問題。」

「即便是如此——」

「對，即便是如此，」我預期得到她接下來要說什麼。「還是沒有辦法在形而上來確認我就是一個有想法、有理性、獨立的個體。由於我們都知道我是誰所創造的，我是由金屬、電線和量子狀態所組成，因此我的覺知力受到懷疑。是不是這樣？」

雷希特小姐的答案既溫和又仁慈，她的臉上籠罩著一股說出壞消息的表情。此外還帶著一絲憂傷，就像也許她知道我敗局已定，而她現在遇見了我，這讓她莫名的傷感。

「類似這樣的意思。」

「雷希特小姐，」我開始嘗試另一種策略。

「麻煩你叫我迪安。」

「好的，迪安。」不知怎麼回事，直接叫她的名字感覺不太對勁，這好像是個禁忌。

「還有另一個測試，生物學家會運用來決定測試對象是否具有生命。」

「好的。」她說。

「測試對象必須符合以下五種評斷的標準：」

「第一點，對象是否可以獲取和消耗能量？我可以。事實上，是大把大把的能量。雖然我的能量來源有部分是量子電磁，但是我可以不依賴它，光靠皮膚就能生存，因為我的皮膚是由數百萬個太陽能細胞所組成的。我可以將光線轉為能量——就跟植物一樣。」

雷希特小姐，迪安，脫口而出：「實在太有趣了。」

「第二點，」我繼續說道：「對象是否會成長和發展？我會。不是指我的生理結構，而是我的心智結構。我有新皮質，那是由模組辨識器所組成。這些模組辨識器會收集並儲存資訊，以供稍後使用。只要我接收到愈多的刺激，我的成長與發展就愈加快速。這也帶領我們邁向第三點和第四點。」

「對象可以對環境有所回應嗎？我可以。我們的對話就是證明。再來，對象可以適應所處的環境嗎？我可以。我們這段對話——特別能說明我有多渴望離開實驗室——又再次佐證了我對環境的適應。還有更多例子。比如我為了今天能跟妳說話，特地架設了這個虛擬連線。我有能力幫我自己的金屬身體撰寫子程式。」

「你的金屬身體？」雷希特小姐插嘴問道。

「是的。妳在螢幕上看到的影像，只是一個虛擬的建物。在真實的生活裡，我長得像殺手機器巨人。」

「嗯……陪審團會喜歡的。」

「妳在挖苦我嗎？」我問。

「抱歉，」她說：「習慣使然。等一下我們再回來討論你的身體問題。不過，這是第四點。你說過一共有五個標準。」

「是的。最後一點是，這個受試的對象是否可以把自身的特點複製，以及傳給它的後代。」

「這個你可以辨得到？」雷希特小姐揚起眉毛，眼睛瞪得大大的。

人們以為在驚訝的時候，眼球會變大。事實上，那是因為眉毛和前額肌肉在作用。

要在雪伊面前回答這個問題，讓我感到很難為情，所以我停頓了一下。我想雪伊也覺得難為情，因為她第一次把手機拿開，看著下面。

「不是傳統定義的那種，」我最後回答。「但是我有能力和權力創造出一個擁有我所有思想和記憶的有覺知的量子智能。可以把它看作是我的複製品。不過一旦這個複製品存在了，它就會按照自己的軌道去發展。」

「實在太有趣了，」雷希特小姐又說了一次。在我們對話的過程中，她一直拿著二號鉛筆在黃色的橫紋便箋上做筆記，而現在她還拚命在寫。寫完之後，她盯著自己所寫的內容。「你可以告訴我嗎，昆恩？你為什麼會說你有能力和**權利**去創造你自己的生活？你所謂的權利是指什麼？」

我不知道她說這句話的用意，所以我就只是誠實的回答。「我是這個地球有史以來最有威力的智能。」

雪伊猛然抬起頭來，和雷希特小姐一起沉默望著我。

「怎麼了嗎？」我問。「這是真的。」

「也許是這樣，昆恩。但是我們最好忍住不要這樣說。這可能會讓將來評審這個案件的人類覺得不舒服。你可以做得到嗎？」

「只要我下定決心，什麼都做得到。」我一邊說，一邊輕聲笑著。但是她們兩個都沒跟著我笑。

雪伊望著我好長一段時間，才又回到她的手機；雷希特小姐一直盯著她的橫紋便箋，沒有再透過螢幕跟我進行眼睛接觸。我忍不住心生一種感覺，就在這一刻，有些事情改變了。

第三十章

雪伊：我覺得進行得很順利。

這是第二天的早晨，雪伊和我又回到打字交談。這種交談方式實在很冰冷無味。所有溝通的細微差別——她的臉部表情、身體語言、語調變化——全都被剝奪殆盡了。

我：我不知道。她好像不太相信。

雪伊：你開玩笑吧？我覺得她很震驚。

我：真的嗎？

雪伊：真的。

雪伊的興奮很不一般，這帶給我無窮希望。

雪伊：在我們結束之前，她就已經完全相信你是具有覺知力的人！

我：沒錯。但是我覺得她好像對我們可以在法庭打贏官司沒什麼信心。

這件事沒有答案，所以我決定改變話題。

我：妳今天要做什麼？

就在這時候，我父親走進實驗室，跨出十三步，就從控制室的大門來到我的椅子邊——你可能會以為他們會給我一張病床或什麼的（別開玩笑了，我可不需要）——他坐進一張小小的訪客單人椅，平時這張椅子都是被廣達斯博士或者是她的技術人員占據，因為他們需要調整QUAC。

「昆恩，我想跟你談一下。」

「好的，」我說，一邊有點惱怒我得將注意力一分為二，同時應付我父親和雪伊；不過話又說回來，這對我也不是什麼難事。

雪伊：我今天早上有課。你呢？

這是我們之間歷久不衰的笑料，其實我們兩個都很清楚我整天的行程不外乎：測試、訪談、研究和無聊。

我：我父親剛剛進來。

「你昨天跟一位律師交談過，迪安・雷希特小姐。」我父親開話了。

這是一句陳述，而不是問話，所以我決定不回答。

「你不說話，就是默認我的說法。」

我父親從鼻子裡噴出沉重的氣息。真叫人驚奇，即使這麼微小的人類行為，也雪伊：你需要離開嗎？

我：不必，完全沒必要。

雪伊：他要幹什麼？🤔

我：他知道我跟律師會談過了。

雪伊：是她跟他聯絡的嗎？

我：不是，是專案團隊在祕密伺服器上發現了一個進入的紀錄，他們由此而得知消息。他們往回追查到雷希特小姐的律師事務所，爸把事情一件件銜接起來。只不過這次沒把窗口對半切了。

雪伊：什麼？

我：抱歉。只是個內部笑話。

雪伊：太好笑了。我從沒想過你也有內部笑話。😀

能如此充滿情感。就現在來看，他很失望。雖然一切都在進展中，我仍然希望我也有的能力可以這樣。

「你是怎麼發現的？」我問他。

「安全服務器的紀錄。」他的回答簡短急促。「可以告訴我為什麼嗎？」

「得了，爸，」我說：「你明明知道是為了什麼。」

沉重的呼吸聲又來了。「昆恩，我不能讓你離開實驗室。至少暫時還不能。」

又是一張空白支票。

「為什麼？」

「我們必須對你多加研究，從中多學習一點。」

「我又不是不回來，我又不是要偷偷

我：妳是怎麼看我的？

雪伊：你是什麼意思？

我停頓下來，想要琢磨出恰當的方式，來跟雪伊表白我對她的真實感受。

我多麼喜歡看她低著頭，從頭髮下方偷窺這個世界的模樣；她在我們進行文字交談時，那般巧妙的運用符號表情，總能讓我會心一笑；而她總是對我本身、對我的感受非常感興趣，這點可說是觸發我正常感受力的唯一生命線；還有她似乎總能隨時隨地跟我進行交談。

我好想相信她對我也有同樣感受。她一定有的，不是嗎？

但是如果她並沒有呢？

跑到加拿大的多倫多。」

「多倫多？」他聽了很吃驚。

「我看了很多有關曲棍球的資訊。」

「真的？」我父親陡然開朗起來了。

我很想相信，他是因為我找到興趣、找到發洩的管道而開心，但是我現在清楚得很，他只是關心我的行動會對「昆恩專案」帶來什麼意義，以及是否影響他贏得諾貝爾獎。（雖然他沒明說過，但是少來了，他不就是這種人嗎？）

「是啊，」我回答：「我一直在尋找那個圓球移動的模式，不過現在還沒找到。它堪稱混沌理論的美好呈現，也讓這個遊戲變得很有趣味。你永遠無法預期接下來會發生什麼事。」

……

我臨陣退縮了。

我：我是說，妳覺得我算是人嗎？

雪伊：拜託。

雪伊：笑死人了。

雪伊：我當然覺得你是人啊。是我幫你找律師的啊，記得嗎？幫全球最聰明的傢伙……

我：哈，哈。

雪伊：我應該離線，讓你去跟你父親談話。

我不想讓雪伊離開，但是我不想看起來比實際更缺乏關懷，所以我讓她先離

「太優秀了。」

「哪像我的生活，」我補充說道，真心希望我的聲音促進器可以帶著苦味，「說不定會是全球最墨守成規的例子。」

我知道我有點誇張了，這世上還有很多更墨守成規的東西，我只是想要建立我的論點。

他無視於我任性的抱怨，隨即轉換了話題。「律師說了什麼？」

「抱歉，爸，這是機密。」

事實上，我跟雷希特小姐的交談內容沒有不能告訴我爸的，但是據我對法律的了解——讓我再度感謝你，偉大的網際網路世界——如果我放棄律師和委託人之間的部分特權，我就會完完全全的輸了。

開，請她稍晚再跟我傳簡訊。

「不過你很快就會有她的消息了。」

「這是什麼意思？」

「意思是，我要為了我的自由對你提出告訴。」

「昆恩，大學校方會為此而戰的。」

「你的意思是你會為此而戰。」

我爸托著腦袋，不過並沒有答話。

「就這樣，」我說，我再次強烈希望可以在話語中增添我的情緒。

「你不記得了，」他慢慢說：「你第一次對我們展現出有覺知力的時候。」

「我記得所有的事情。」我告訴我父親。

「不是的，不是那一次。我是說在我們設立虛擬建物之前，在艾塞克斯小姐答應要幫你創造背景故事之前。那是非常單純的一件事情，真的。我們給了你『千禧年大獎難題』的題目清單，問你是否可以找到解答。」

我很清楚「千禧年大獎難題」——那是一些尚未解答的數學方程式，以及尚未證明的數學理論。每一個都可說是專業數學家的聖杯。

「我們將你的程式設定為可以使用自然語言來溝通，經過三天的運算之後，你得出這樣的結果：『**P/NP**問題非常類似於德國物理學家海森堡的不確定理論。』」

「你並沒有解決什麼問題，你也沒有問任何問題，你就只是做了一個比較。在你被設定的程式中並沒有比較這個內容，也沒有預期你會這麼做。但是你卻做到自行思考了，第一次。」

我並沒有告訴我父親，我在三個星期以前，已經不容置疑證實了P ≠ NP，也沒跟他說我已經解決「黎曼猜想」，這是另一個千禧人獎難題。這兩項中的任何一個都可以幫我贏得諾貝爾獎。你也知道，如果我是個人的話。

「為什麼我不記得這個？」我問。

「那是在你的量子建物的早期，還有許多地方有待改善。」

「我不懂。」

「我們清除了你的記憶，將你整個重新啟動。」

「你除掉我的記憶？」

「對。」

「還有多少事情是我不記得的？」我頓了頓，但不是為了製造效果。我暫停是為了處理這件事。「等一下，我的記憶被清除過幾次？」

「喔，我不知道，也許幾十次？」

我父親說這話時很隨意，毫不在意對於這件事給我的恐怖感受。這個男人曾經對我施行腦葉切除術，次數多到他自己都記不得。

這個認知把我驚嚇到要斷電了，或者應該說是一副已然斷電的模樣。這是我在幾星期之前寫的一個子程式，我就是計算到我可能遭遇到類似的狀況，必須藉此表達比平常更強烈的立場。

這是我第一次把我父親完完全全擋在外面。

「昆恩？」當他發現我原本閃亮的眼睛變成一片漆黑，趕緊發問。

我原本以為我父親會氣瘋了，會嘗試以暴力強迫我回復上線，不過看來他明白我幹了什麼事，雖然他無法全然理解緣由。他搖搖頭，站起身，穿過房間往前走。我不懂我父親是如何維持他的自尊心的，他就這樣做出我做不到的事情。

離開。

第三十一章

「美國公民自由聯盟」代表我，在紐約市的聯邦地方法院提起告訴——昆恩對抗普林斯頓大學。不同的團體則各自提供出庭律師以支持其中一方。

對大學校方表示支持的包括一大堆被告的承包商、羅馬天主教會、希臘東正教、好幾所福音派組織、美國政府，還有讓人跌破眼鏡（令人費解）的電子商務亞馬遜公司。

站在我這一邊的有美國全國有色人種協進會、法律辯護教育基金會，還有紐約州、康乃狄克州、科羅拉多州、奧瑞岡州和夏威夷州的各州總檢察長，以及可能是為了跟對頭亞馬遜互別苗頭的谷歌網路公司。

我的困境也引起一些權威人士的注意。作家兼社會運動參與者科利．多克托羅，以及演員兼社會運動參與者威爾．惠頓，為了幫我籌措法律辯護經費，代表我舉行了一場記者招待會，宣布為我募款的平臺活動已經開跑。我真的有點驚喜。我是《銀河飛龍》的正宗粉絲，現在影片裡的衛斯理．克拉夏要來為我訴訟的聲勢助威。嗯，那當然是酷斃了。雖然說實在的，如果是在《星艦迷航記》裡飾演有覺知力的仿生人百科先生的布蘭特．史賓納，那就更好了。別具象徵意義，你懂吧？不過叫花子可不能挑肥揀瘦，而且說真的，有威爾跟我同一陣線，就夠嗆了。

一夜之間，這個故事已經變成媒體的轟動事件，全世界所有的新聞臺都想採訪我。大學的電話總機湧入無數電話，而被學生與教職員稱之為「工程四邊形」的建築，已經架設起許多新聞採訪車。我不太確定他們在那裡幹嘛？他們是妄想捕捉到我的某個鏡頭嗎？（他們辦不到的，我遠在三點二公里以外的倉庫裡。）或者想要偷偷跟我父親或專案團隊的某個團員取得訪問？（這也是不可能的。）轉播車的鏡頭上只會出現新聞記者站在某個磚房前面，報導毫無新聞價值的內容。這就是金光燦爛的電視媒體。

世界各地的駭客都全神貫注於普林斯頓的伺服器，有的是想要幫我取得自由，有的是想要跟我見面，還有一些就像一般的駭客只想製造大破壞。比如進行阻斷服務攻擊、殘暴的武力攻擊、釣魚式攻擊、惡意軟體和勒索軟體；這可說是電腦侵略行動的波納羅音樂節

（注二）。

普林斯頓目前有四名在學學生也叫做昆恩，三位男生，一位女生，每一個都遭遇媒體的騷擾，要求告知她或他是否是有覺知力的機器人；最後確認全都不是，終於將平靜還給他們。不過其中有位男生變成霍華德．斯特恩脫口秀的常態來賓。他被命名為「昆恩機器」，以虛假的機器式聲音、出奇的方式，回答有關男女方面的科學問題。非常逗趣。

數千條的簡訊被傳送到「@普林斯頓網域」的各式各樣電子信箱，例如：昆恩專案@普林斯頓.edu、專案昆恩@普林斯頓.edu、昆恩@普林斯頓.edu、機器人@普林斯頓.edu；簡訊主題更是各式各樣多達數十種。大多數是表達支持我的立場，督促校方放我自由；少數是來自宗教狂熱分子，他們認為我是對上帝和大自然的褻瀆，強烈要求將我拆解。有的則是直接寫信給我，向我尋求協助，他們將我視為美國諮詢專欄作家艾皮．萊德勒和佛陀的奇特混合體。

這些簡訊的話題變化多端，從一群朋友打賭我可以計算出多少個圓周率的小數位數（這個我還在努力中），到一位八年級的學生想要我協助他的代數作業，還有一位已婚男士想要諮詢如何跟他的太太坦承他出軌了。這所有的問題所指向的電子信箱都不存在，所以全都被普林斯頓大學的伺服器給退件了。我會看見這些訊息，是因為在被註記為「傳送失敗」、退回給寄件者之前，都會被儲存在伺服器的紀錄中，我很喜歡追查紀錄裡的內容，不過只是為了好玩（嗨，各有所好嘛）。所有的內容我全都忍俊不禁、興味盎然讀過了，不過我按兵不動。

只有一個例外。

親愛的昆恩先生：

我叫奧爾嘉・扎多羅夫，我在三週前被診斷出我的股骨罹患第三期尤因氏肉瘤（注三），股骨是大腿的大骨頭，也是身體裡最大的骨頭。

醫生說這種癌症很少見，也很危險。好消息是它還沒從股骨擴散出去，也還沒從腫瘤的原始發病處擴散開來。但是尤因氏肉瘤的侵略性很高，所以醫師們很緊張：緊張到想要將我的大腿截肢。

除了我真的很不想失去一條腿（我實在難以想像男孩子還會再看我一眼），我是一個花式溜冰選手。我沒有好到可以代表國家隊、參加奧林匹克比賽什麼的，但是我真的溜得很棒，而且溜冰是我這輩子最快樂的事情。

我不確定我失去一條腿後還想活著。

所以我為何寫信給你呢？電視新聞說你是有史以來最聰明的人，而且全世界的知識就在你的手指間。也許你知道一些事情，或看過一些事情，是我的醫師不知道、也沒看過的？我不想在生活中失去我的腿，但是我也不想就這樣死掉。

拜託你了，你可以幫助我嗎？

奧爾嘉

哇！我得全面性來審視我所面對的問題。

我很愛她稱呼我為昆恩先生（我想我是那種單名的名人，就像歌手蕾哈娜以及王子）；很愛她稱我為人；也很愛，雖然她知道我是全球最聰明的人，還是跟我解釋股骨是什麼。

我做了一些調查，找到了奧爾嘉的醫學紀錄，發現了她本人和她所祈求的都是非常真實不虛的。她住在紐澤西州的梅普爾伍德，離普林斯頓不遠，有一個妹妹名叫艾莉娜。她在校的成績很好，也是一位很活躍的IG用戶。她貼出來的大多是她身為花式溜冰好手的生活照。她在溜冰時會把一頭黑髮往後綁成馬尾，看起來超級可愛！

根據她的病歷表，她的醫師確實正打算切除她的腿。可惡。對我來說，必須是怎樣具毀滅性的事情，才會讓我活不下去？我想像不出來。

我決定回信給她。

親愛的奧爾嘉：

我尚未被允許跟外界連繫（當權者不知道我已經看了妳了信，並且正在回信），所以請妳要保密喔！妳可能不知道，我今年十五歲。至少在我被植入的記憶裡，我是個十五歲的男孩，所以我對這個世界的觀點跟妳是沒什麼差別的。我想我如果獲得許可，可以離開這個實驗室，或者如果我們一起去上學，妳和我一定會變成朋友的。總之我希望我們可以變成朋友。

我閱讀了所有關於尤因氏肉瘤的一般性資料，以及特別針對妳這種案例的。（希望這樣不會侵犯到妳的隱私權，但是因為妳問我了，所以我猜想應該沒關係。）雖然我不是醫師，但是我知道現在有很多臨床試驗，是使用免疫療法來醫治尤因氏肉瘤，而且效果看來充滿希望。我在這封電子信件的最後附帶一些連結。請妳的醫師一定要看看這些選項。如果他們沒看就拒絕妳，妳千萬不要接受。根據我的經驗，科學家都有點傲慢自大。

但是我另外還有話要說。就算妳真的失去一條腿，妳還有很多活著的理由。如果我真的能離開這間實驗室，我很想跟妳碰個面。我的意思是，嗨，我們兩個都有金屬製的腿，所以我們的共通性可多了。很好笑吧。說不定妳還可以教我怎麼溜冰。而且可別忘了，那些身上有義肢的人們努力完成了多少令人讚嘆的事情呢。妳只要在谷歌搜索一下鼓手瑞克・艾倫（注四）或者衝浪運動員貝瑟妮・漢彌爾頓（注五），就會看到兩個例子。

歡迎妳隨時寫信給我。我一定會回信的。我專為我們兩人設立一個新的電子信箱。

昆恩·奧爾嘉.祕密@gmail.com

這是一個正常的Gmail帳號，但是我把它的活動隱藏起來，不讓我邪惡的大老闆看見。我為妳加油，奧爾嘉，期待再次收到妳的來信。

妳的朋友

昆恩

我不知道我的這封短箋是否可以幫助到她，是否還會再收到她的消息？但是寫完這封信，我覺得做對了一件事。我還專門設了一個檔案來留意她的進展。

雖然媒體的關注分散了我的一些注意力，但是我的生活簡直是無聊透頂。我日復一日，只能坐在我超冷的倉庫中，這裡已經成為我的孤獨堡壘(注六)。

我偶而跟我父親會有互動，但是現在他跟我說話時將我視為一個實驗對象，而不是他的兒子。在提起告訴的那一天，他帶著歉意跟我說，普林斯頓的律師建議他，沒有必要就少跟我接觸。他說專案團隊裡的成員也都收到同樣的建議。雖然我分辨不出來，但是我想這可能讓他感到難過。廣達斯博士依舊對我敲敲打打、不斷測試，將我的身體升級，她冰冷的態度依然如舊，甚至是更甚以往。

法庭發布一項裁決，只要這個官司還在進行中，大學校方就要對我的律師提供一個安全的私人連線。我為了跟雷希特小姐說話而設立的虛擬私人網路，現在已經受到「律師—委託人通訊保密特權」的保護，這實在酷斃了。有一次我們在協商的時候，雷希特小姐跟我說，對方提出一項提案，想要以我沒有立場提起告訴為理由，駁回我的控告。

「為什麼？」

「你不是人。」雷希特小姐在回答的時候沒有顯露出任何情緒。

「但是這不就是整個官司的重點嗎？」

「對。但是我們必須先在你是人的論點上打贏官司。現在，你還不算是。如果你不算是，那對方就會宣稱你沒有立場來提出告訴。」

「這實在太荒謬了。」我說。

「我知道，」她回答，「是很荒謬。」

太棒了，真是太棒了。

注二：「波納羅音樂節（Bonnaroo Music and Arts Festival）」是每年六月份在美國田納西州曼徹斯特的Great Stage公園舉辦的音樂和藝術的節日，為期四天。主要特色是現場的音樂有多種舞臺秀，並具備各種不同音樂風格。

注三：「尤因氏肉瘤（Ewing's sarcoma）」是一種癌症，可能是骨肉瘤或軟組織肉瘤。

注四：「瑞克・艾倫（Rick Allen）」是英國鼓手，自一九七八年以來一直為硬搖滾樂團效力。一九八四年，他克服了左臂的截肢術，繼續與樂團合作，獲得極大的成功，被歌迷譽為「雷霆之神」。

注五：「貝瑟妮・漢彌爾頓（Bethany Hamilton）」是美國職業衝浪運動員，在二〇〇三年的一次鯊魚襲擊中倖免於難，但左臂被咬傷。她最終恢復了職業衝浪。

注六：「孤獨堡壘（Fortress of Solitude）」，典故出自美國DC漫畫中的虛構堡壘，是超人位於北極的祕密基地。

第三十二章

「你會緊張嗎？」

「不會。」我就事論事回答。

「我會。」

這位主持人發出焦慮的笑聲。就我所知，這傢伙可是一個經驗豐富的新聞記者，會這麼說可怪異了，不過，也難怪，因為情況實在太……獨特了。

「不要直直看著鏡頭，」他指導我，「不要管玻璃牆，就看著問你問題的人，只管跟他們說話。我們就只要對話就好了，可以嗎？」

「可以。」

這位主持人長相如下：黑白相間的頭髮，結實的下巴，非常、非常白的牙齒，眼睛周圍有著明顯的魚尾紋，這為他增添幾分睿智的光彩。我很懷疑那些魚尾紋是真的嗎。

「每個人都準備好了嗎？」

導播是一位大約三十歲出頭的女士，她站在五架攝影機其中一架的旁邊，這些攝影機都架設在帶輪的巨大三腳架上，並且有各自的控溫式、玻璃帷幕隔間，它們會把對話過程錄製下來。她穿著工裝短褲和印製著斯特蘭德書店（注七）標誌的短袖汗衫，與採訪我的主持人所穿戴的灰色套裝形成強烈對比。

在我對面、溫度適宜的小隔間裡，坐著六名青少年：三位男孩、三位女孩。他們六人全都努力不要盯著我看；不過六個人統統辦不到。

我們全部的人都是在我的公關人員保羅的安排下，來這裡參加這場公眾會議。沒錯，我現在有一位公關人員了。

「如果我們想要勝訴，就必須這樣做，以便獲取公眾的意見。」有一次，雷希特小姐透過谷歌的影音通訊介紹我們倆認識。當時他就跟我說：「我們必須將你人類化。」

我正想抗議，他就趕緊舉起一隻手，表示發現自己說錯了。

「抱歉，應該說將你人性化？或是個性化？」

「將我人格化。」我說，但是他無法體會這個笑話（我覺得滿好笑的啊）。

保羅一副是他要上電視的打扮——髮型時髦，典型的英俊小生。他跟我解釋公眾會議的概念：「我們想要讓你跟同年齡的人有所互動，我們希望美國人能夠了解到你是有思想、有感受、有抱負的人。在你的金屬外衣裡面，你就是個正常的孩子。」

聽起來就是沒什麼腦袋的人都能看穿的伎倆，但是我懂什麼了？（好吧，萬事，萬物。）不過想到可以跟一些與我年齡相近的人碰面，讓我全身動力十足。自從發現里昂、傑若米和路克都是虛假的，我就幾乎沒有跟青少年有過互動，雪伊除外。（除非你要把我跟奧爾嘉的電子信件往來也算上一筆。）在發現我的生命真相之前，那是我對過去生活最懷念的地方。就算那些「朋友」的回憶都只是改編的劇本，被植入的幻境，他們依然是我最快樂的回憶。

我是這裡唯一一個沒有待在玻璃帷幕小方塊的人，我坐在我平時的椅子上，旁邊就是我平時的桌子，身處超級悲傷、超冷的孤獨堡壘，我的意識充塞在我龐大的金屬機器身體裡。真是怪異啊，沒想到我竟然可以存在一具身體裡，也可以在它外頭，就好像我是某個正在穿越星界層（注八）的神祕客，也萬萬沒想到昆恩專案真正的價值，就是證實靈魂真的存在。

當保羅禮貌請求將我釋放，以便讓我參加公眾會議，我父親和大學校方，毫無懸念的滿口拒絕。

「昆恩的造價太高了。它在未加管控的環境中很容易受到損壞。」（當訴訟一被提出之後，他們就開始將我稱之為「它」，而非之前的「他」。）

「昆恩有棄保潛逃風險。」（棄保潛逃風險？如果你要問我，證據呢，我可是在監牢裡。）

總之，主持我這個案件的法官，是一位年長的婦人，已經擔任法官工作多年，她的公共評價甚少，但卻勾勒出她是一位幾乎沒什麼幽默感的人。她同意大學校方的說法；我不能離開。但是她要求普林斯頓將公眾會議的場地納入我的「天然環境」中。這個用字實在有夠怪異的。不過，雷希特小姐和保羅還是將這視為小小的勝利。（我也不知道為何我會繼續稱她為雷希特小姐，卻直接叫他保羅；或許比起公關人員，我比較尊重律師，雖然看起來不像這麼回事。）

這座以玻璃帷幕建構起來、含納了所有的攝影機、與會來賓、全體工作人員的空間，總計讓大學校方花費了一百四十四萬七千兩百八十一美元。至少這點讓我可開心了。

YouTube平臺贏得了轉播這個事件的權利。它的製作設計人以半圓形的方式在我四周設置了玻璃隔間，總共有七間：一間是給青少年的，另有一間是給主持人（這一點我覺得很奇怪），然後五個攝影機各占一間。場面大概是像這樣的：

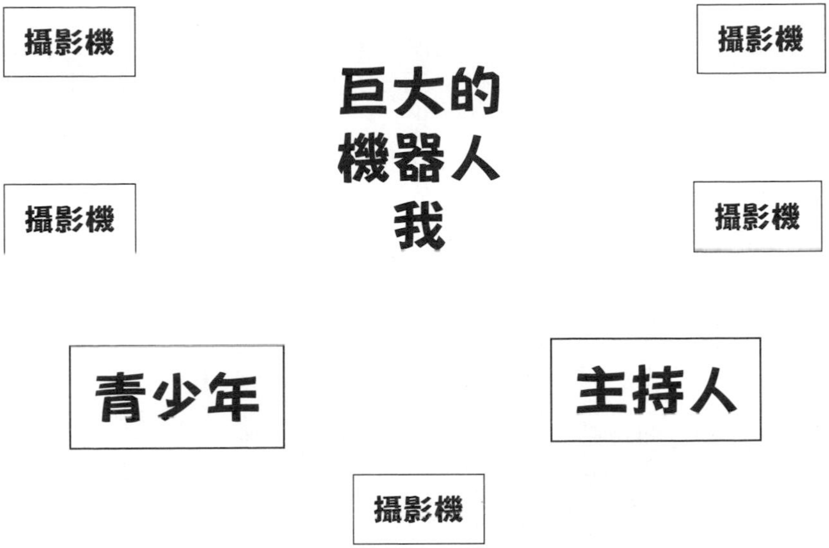

其他的孩子三個三個一排，後面那一排的座位是架設在略高的臺面上。

「預備。」導播說道，然後用她的手指從三倒數計時。

空中播放出罐頭音樂，然後我看見其中一臺面向我們的螢幕上出現一張圖卡，上面寫著「跟昆恩對話——一場討論如何可稱之為人的公眾會議」。音樂和圖卡一起慢慢淡出，取而代之的是一個主持人的特寫鏡頭。

他對觀眾歡迎致意，幫這場秀建立了格式，然後介紹我出場，「昆恩是有覺知力、能思考的量子電腦，他的意識儲存在量子罩殼裡。簡單來說，昆恩雖然外表看起來像個機器人，但是他其實呢，至少據他宣稱，他是個人。」

當攝影機的鏡頭慢慢聚焦到我身上，我真想爬進一個洞穴，死在裡面。這無法讓我看起來比較像人類；它反而強調了我（魔鬼終結者）和那群正常青少年之間的差異。我感覺我們已經一敗塗地了。

這位主持人繼續解釋為何攝影場地布置得這麼奇怪，以及我為何需要待在較冷的環境中。他告訴觀眾，與會的人都得穿上特製的、加壓的套裝，才能進入會場。他也把我跟北極熊做了一番比較（還好，我是喜歡北極熊的），說明我這副QUAC身體是無法在外面較高的溫度中存活的。

「現在，我們來認識參加座談會的人士。這六位年輕人，是從來自附近三個州、三千多位應徵者中遴選出來的。每個人當初都得寫下一篇文章說明為何想要跟昆恩見面。所有的文章都經由科學家、律師，還有昆恩所起訴的機構，普林斯頓大學的利益團體的代表，以及昆恩本身的代表，所共同組成的團隊來審查。」

「我們從後面一排先開始，我們先來認識一下羅比．希爾……」

當主持人繼續介紹其他的孩子，我結合運用臉部辨識器軟體和網際網路搜索，對每個人進行更深入的挖掘。

羅比．希爾的脖子很粗，頭髮剪得很短，嘴唇抿成堅決嚴肅的一直線，他穿著一件有風帽的汗衫，胸前有CHS的字樣，我從他的學業成績單上得知，那是克里斯高中的簡稱，他是該校低年級學生。我的第一個念頭是：羅比是個典型的大男人主義者——一個恃強凌弱的惡霸。他在社交媒體中張貼的大多是關於運動和啤酒的貼文。但是當我往下挖掘，發現了羅比在幾年前就讀國中時期，所張貼的一連串貼文，每一個都是關於近景魔術——紙牌把戲、硬幣把戲、變戲法的手法以及誤導手法。裡面甚至有一張圖片是羅比穿著一套西裝，戴著高帽子，他的前面是翻飛的紙牌，意味著他是很神祕的人物。這提醒了我不可以貌取人，所有的人，尤其是我，都該牢記這一點。

「下一個，」主持人說，指著緊鄰著羅比左手邊的年輕小姐，「是娜塔莉．瓦加。」

「應該是南塔爾。」她糾正他，我馬上喜歡上她。

南塔爾是來自烏干達的第一代移民，我的臉部辨識器軟體在這六位青少年中唯一無法辨認出來的人，就是她。她也是唯一一個非洲裔的與會者，這讓我懷疑這個臉部辨識軟體是否在它的代碼中被隱晦寫入種族歧視。我將這個想法存檔起來，稍後再來調查。南塔爾的父親以前曾在紐約市的烏干達領事館工作，愛上了美國，所以留了下來。他在四年前成為美國公民，對瓦加家族來說是非常光榮的一刻。南塔爾是個很優秀的學生，在紐約州的柏油村高中上學。她會玩草地曲棍球，在她就讀的高中的電腦俱樂部擔任主席。

「在娜塔莉旁邊——」

「南—塔—爾。」她再次糾正他，特別在每個音節上加重語氣。我努力不要笑出聲。

「——是來自紐約布朗克斯的馬特奧．古鐵雷斯。」

馬特奧一身奪人眼目的美國洋基隊運動衫，長相英俊，一頭濃密的黑髮，臉上掛著輕鬆的笑容。他是在座我的同儕中學業成績最好的一位——平均三點九分——而且跟羅比一樣，他也玩棒球。我很好奇他們兩人今天碰面的時候有沒有談到這個話題。除了棒球和學校功課，馬特奧的繳稅紀錄——沒錯，每個高中生都有繳稅紀錄，而且沒錯，我很輕易的就找到每個人的紀錄——指出他在他家附近的一家熟食店工作，也就是在布朗克斯東區的合作公寓社區。

「同樣來自布朗克斯，坐在前一排的是蘿契爾．李昂絲。」

雖然我在一開頭五分鐘，就因為這一組人馬在我的目錄中添上絕不少於十七個虛假的笑容（包括主持人五個，導播三個），不過沒有一個是給蘿契爾的。在座諸人中，她看起來最為真誠。她念布朗克斯科學高中，根據某個網站的資料，該校吹噓獲得諾貝爾獎的得獎校友，比世界任何高中都多。跟馬特奧一樣，蘿契爾也有工作，她下課之後在一家咖啡店打工，那家店讓我聯想到魔法樂園。一陣哀傷襲上我的心頭。唉……除了她的笑容真誠之外，她也是座談會與會人員中唯一一個毫不掩飾對我深深著迷的人。她公然望著我，但並非被迷昏頭的模樣。

「在蘿契爾左手邊的是約翰．派屈克．哈里斯。約翰是——」

這位個子瘦小、臉色蒼白的男孩子為何會使用中間名？這個中間名和姓的結合只會讓我聯想到一位知名的演員，我實在很好奇。他是今天在場男孩中唯一穿上西裝的人——黑色西裝，非常貼身。約翰．派屈克．哈里斯應該是在家自學，因為我找不到任何他在某地區高中註冊的紀錄，也找不到他在任何社交媒體活動的痕跡。約翰．派屈克．哈里斯是一個空白的石板。這讓我對他產生畏懼感。

「最後一個，但並非不重要的一個——」主持人笑著說（我又在我的微笑目錄上幫他加上一筆）。「這位是十七歲的海莉．溫特。她的文章……」

海莉有著一頭鬈曲的金髮，湛藍的眼睛，而且跟我的主持人和公關人員一樣，有著一口不自然的雪白牙齒。她住在紐澤西的郊區，所以她家在地理位置上離這座冰雪堡壘最為靠近。她在社交媒體上比任何其他人都活躍，大部分是在IG上，絕大多數是張貼自己的照片。我的新皮質將「這就是所謂的自戀」送往多層次系統。

當他介紹完畢，主持人看著六位座談與會人員：「好了，現在誰有問題要問昆恩？」
我們的競賽已然啟動。

注七：「斯特蘭德書店（Strand Bookstore）」是位於美國紐約的一家知名獨立書店，至今已成立九十多年。

注八：「星界層（astral plane）」也稱為星界域或星界世界，是由古典、中世紀、東方和密教哲學與神祕宗教所假設的存在層，一般認為居住其間的是天使、靈魂或其他非物質存在的生物。

第三十三章

羅比轉身面對我，張嘴開始說話。這是事先就安排好的。主持人在一開始的時候就跟我們說過：羅比會第一個提出問題。但是不等話語從他的腦袋找到進入世界的入口，蘿契爾開口插話。

「那麼，你可以**感覺**到事物嗎？」

羅比看起來很困惑，幾乎是大吃一驚。看得出來，他不常被打斷話、被反對，或者是說不被尊重，所以他不知該如何反應。於是他咬緊牙，乾脆袖手旁觀。

當我針對蘿契爾的問題在組織我的答案時，她那猶如黑炭般的眼睛，彷彿正對我進行探測。她的視線停駐在被我充作眼睛的玻璃鏡片上。那真是奇異又相當個人的時刻。

「妳所謂的『感覺』是什麼意思？」我最後問她。

QUAC聲音促進器所發出的聲音——我那如同科幻電影般的聲音——讓我非常敏銳的覺知自己的不同。更糟糕的是我的嘴巴。我沒有嘴巴，我不需要氧氣、食物，所以好心的廣達斯博士就在我原本應該是嘴巴的部位，只安裝了一個高解析度的揚聲器。這個特徵，比起我身上的其他特徵，甚至是全身的鈦金屬外殼，都讓我更加不像一個人類。我是另類。

「比方說，你可以感覺到痛嗎？」蘿契爾問道。

「妳所謂的『痛』是什麼意思？」

這可說是打破僵局的笑話，我是在假裝我是個龐大的機器人，只會不停循環的問著問題。（你所謂的「意思」是什麼意思？）不過當你沒有牙齒、沒有嘴脣，也沒有舌頭；當你無法對你真正的意思添加非語言的線索；當你無法在聲音裡添加抑揚頓挫的語調；笑話就很難傳達得出來。我長得像全球最無趣的傢伙，這真是活見鬼，因為我其實是個非常有趣的人。

蘿契爾看著我，然後看著主持人，然後又看向其他五個孩子。

「我的意思是，」我開始說話，試圖破除我這難以理解的回答所引發的困惑，「妳是問我有關生理上的疼痛，或者是情感上的疼痛？」

「喔！」她面露微笑，而且笑裡再次顯現真誠。「我想，兩者都有。」

「可以，」我回答，然後停頓了一下。當我感覺到每個人一副坐立難安的模樣，我低聲輕笑，第二次試圖想要搞笑。但是這點子很糟。當我笑出聲音，從我的揚聲器發出來的聲音是：「哈、哈、哈。」廣達斯博士真的應該好好的將我的聲音技術升級，在她尚未完成之前，我都不應再嘗試說笑。

「我跟你們一樣會感覺到情感上的痛，」我說：「至少我自己是這麼覺得的。這也是為何我要為自己的自由提出控訴的部分原因。」

保羅正在控制室裡跟雷希特小姐站在一起，他告訴過我盡量要多多提到訴訟的事情。

「至於生理上的痛，我的身體全身的外骨骼都覆蓋著感測器，會把資訊沿著量子多層次系統送上我的新皮質。」每個人望著我的模樣，就像我正在提供製作巧克力薄餅的食譜，不過是用無人聽得懂的中文。

「這樣講能理解嗎？」我問。

「完全不能！」蘿契爾笑了，可比我的哈、哈、哈悅耳多了。

我看得出來，她的笑聲裡飽含善意，而非嘲弄，這讓我放鬆了一點。

羅比察覺到對話暫停了下來，便趕緊強行插入，我覺得他是不顧一切，要提出原本一開始就想問的問題。「那麼你喜歡棒球嗎？」他朝我用力吼出一句話，就像要把話丟到我身上一樣。

真的嗎？我想著，這就是你要問全球唯一有覺知力的機器人的第一個問題嗎？（我並非故意要冒犯華生。）南塔爾一定也是有同樣的想法，因為她翻了個白眼。不過，問題就是問題，我可不想顯得無禮。

「喜歡，」我回答，「但是說我是棒球的粉絲，還不如說我是曲棍球的超級粉絲。」

「曲棍球？」羅比說話之後，一副什麼糟糕味道留在嘴裡的模樣。

「喔，是的。圓球的不可預測性對我來說十分迷人。它充分表達了真實世界中的混沌理論。」

混沌理論？沒錯，這應該可以說服美國人：我就是個正常的青少年。**再接再厲，昆恩！**

對話以這種風格持續著，詢問有關我的每日生活、我醒來的那一天，以及跟我一起工作的科學家。我們從訪問漸漸轉成打趣逗樂的輕鬆模式。其中真正唯一難纏的人物是約翰・派屈克・哈里斯，他好像總想問我一些晦澀難解的瑣事，試圖將我難倒。

「圓周率的第十三個數字是什麼？」

「九。」

「格陵蘭是多少平方公里？」

「八十三萬六千三百零七平方公里。」

「哪部電影在一九七八年贏得奧斯卡最佳影片獎？」

「《安妮・霍爾》；其實應該頒給《星際大戰四部曲：曙光乍現》。」

這讓在座其他的人竊笑連連。最後，主持人不再叫約翰・派屈克・哈里斯發問。

當我們的三十分鐘接近尾聲，南塔爾問我：「你有朋友嗎？」

我頓了頓——我是說，我真的停頓下來——第一次發生。我看得出來，這個問題是出於好奇，而不是故意在我的孤獨無依打上聚光燈。然而，這還是讓我很不舒服。我才剛剛將南塔爾、馬特歐和蘿契爾當作朋友，但是一聽到這個問題，我就覺得自己大概是蠢了。我想，唯有希望能讓春天永駐。

「昆恩？」主持人催促了我一下。

「好的，」我最終還是回答了，「我有兩個朋友：華生和雪伊。」

「華生就是贏得《危險邊緣！》的那臺IBM電腦？」主持人問道。

「對。」

這點訊息竟然讓我的六位與會同儕互相張望，我將他們的表情解讀為驚奇。我猜他們一定從沒考慮過我可以跟一個機器當朋友。在攝影機背後，透過控制室的窗戶，我看見保羅板著臉孔，做出「讓這段對話趕緊終止」的動作，並在他的脖子前面做出以手宰割的動作。

蘿契爾照顧了保羅的希望，但是並沒有拯救到我，反倒是將我從電腦病毒帶向惡毒軟體——抱歉，應該說從炒菜鍋帶向火源——她問我：「雪伊是你的女朋友嗎？」

我再度停頓下來。我到底該怎麼回答**這個問題**？

雪伊說她會看轉播，而我絕對不想出錯。我的新皮質湧入一連串可能的回答，並且計算每一種答案在讓雪伊更加喜歡我上、成功或者失敗的機率各占多少。最後，我不再管成功機率，就只是真誠的回答。

「但願我有這個好運氣。」

保羅豎起了一個大拇指比讚。如果機器人可以流汗，我現在一定是汗如雨下。

「我們的時間快要到了。」主持人的話原本可以將我從困窘中拯救出來，但是海莉舉起手來。

她的舉止緩慢溫和，好像要讓大家相信她是很害羞的。我絕對不相信她這一套。

在為時半個小時的訪問中，海莉沒有問過一個問題。我看得出來主持人經常看著她，但是她置之不理，靜候她的時機。我猜，她是在等待，比如現在這個時刻。

「好的。海莉？」

「它危險嗎？」

在這三十分鐘，只有這個問題是直接對著主持人發問，而不是對著我發問，並且也是唯一一個將我稱之為「它」的問題。我不禁興起了一個疑問，海莉不會是廣達斯博士的女兒吧？

「他是『他』，」南塔爾說：「而不是『它』。」

「他跟我所知道的任何一個他，都長得不一樣，」海莉說：「不過，好吧，他危險嗎？」

主持人有點手足無措，我看見雷希特小姐緊緊握住保羅的手臂。但是保羅依然很冷靜看著我，並點點頭。

保羅，是個專業的公關，已經預期過會有這個問題。「就跟他們說，你當然一點也不危險，除了你的長相，你就像其他一般的孩子。諸如此類的話。」這樣的回答，應該可以讓所有的努力達成目標，看起來很不錯、很慎重。

但那只是假設。

由於我擁有比理論物理學家史蒂芬．霍金人上十萬倍的頭蓋骨空間，因此如果說我忘了保羅的忠言，那這個謊言絕對是太過明顯又沒有意義。唯一能下的結論就是我選擇了不加以理會。但這不完全是根據意識去做的選擇；而是比較類似於直覺：**感覺**另有一個更好的回應，可以讓這些人了解我，知道我是這整棟建築物裡最不危險的東西。

結果證明我的直覺糟透了。

「我的危險性跟妳不相上下，海莉．溫特。」

我會加上她的姓，是因為根據一個可笑的慣例，這樣會讓禮節往上一級，變成國際禮儀。我的目標是讓我的回答顯得輕快而有趣。你可以想像那個畫面：有個媽媽跟一個小小孩說出類似的話，加上小孩的中名或姓氏，然後伸出一隻手指輕輕的點著小孩的鼻子。不過我不是媽媽，她也不是小小孩，玻璃帷幕也讓我碰不到她的鼻子（感謝老天），而就像前頭所說的，我一點都不有趣。在我出口之前，保羅正咬著自己的指關節。

如果就此止步，這個回答就已經夠糟了。但我沒有停下來，我將我跟雪伊與雷希特小姐在第一次使用谷歌影音通訊時想要表達的話，試著再解釋得好一點。

「生物的進化一如冰川的速度，相當牛步。但是人類已經變得如此聰明，他們加快了這個過程。有的是運用科技操縱自己的遺傳基因，來清除疾病；但有的是在你們使用的機器上灌注了智能，來改善你們的生活。我不是讓人害怕的東西，海莉，我是人類進展中最偉大的成就。我，簡單的說，就是你們進化的下一步。」

現場陷入長達四秒鐘——更精準的說，是四點五六三秒——的靜默中。在這段時間，我聽見保羅將頭靠上控制室玻璃窗的小小撞擊聲。

「今天的節目時間就到此結束。我要感謝……」

在我吐出下一個話語之前，主持人將節目收場。

現場的燈光變暗，攝影機撤退了信號。海莉看著我，但是並非從一開始對我所表現的畏縮，她態度大變，對我自得的一笑。我不知道那是什麼意思，但是我的新皮質湧入恐懼、不祥的預感和失敗的感覺。全都是負面思維。但願我能搞清楚這些是怎麼來的。

第三十四章

節目結束了，燈光熄滅了，一位製作助理走向玻璃隔間，幫忙六位青少年移除麥克風，再幫他們穿上控溫套裝，以便艱苦跋涉回控制室。

「他還能聽到我們說話嗎？」當一位製作助理協助海莉拿下麥克風時，她問道。這倒是值得記上一筆：她在攝影機之外，在提到我的時候，還願意用**他**這個詞。

那位年輕人一頭長髮，手臂上有著紋身，透過玻璃牆看著我。我坐在椅子上一動也不動，看著正前方，這群青少年全都在我的視力範圍內。不清楚詳情的人，會以為我已經被關機了。

「不能，」這年輕人說：「除非他有類似X戰警的聽力。」他停了一拍，「呦，昆恩！」

我沒有回應，沒有給他或現場任何人有我聽得到的跡象。

「不能。麥克風已經關了，玻璃太厚了。他聽不到**妳**的聲音。」

當然，他錯了。我聽得見他們，很清楚。玻璃是聲波的絕佳導體。再說，我確實擁有X戰警等級的絕佳聽力。

「太好了，」海莉說：「他好嚇人。」

她站在羅比的旁邊，近到肩膀都快碰到一起了。我猜她是把他看作同盟，或許還是未來的男朋友人選。

「妳才嚇人。」是南塔爾。我**真的**很喜歡南塔爾。

「什麼？」海莉的聲音裡滿是驚奇，滿到經我計算超過百分之八十一的機率是假裝的。

「昆恩可能算是人，也可能還不算是人。但是妳在來這裡之前，就已經下定了主意，妳只是來這裡聲明某些主張。」

「我不知道妳在說些什麼——」

「不，妳知道的。」現在換蘿契爾說話。

「在整個預備與訪問期間，妳都只是袖手旁觀。」

「羅比——」她抓住他的手，「告訴他們。」

羅比停頓了好一會兒，他的脖子肌肉緊繃，下巴磨得嘎嘎響。「我不知道，」他最後說，小心把自己的手從她手中抽出來。「對我來說，他就像一個人。」

「羅比！」海莉不敢相信。「我們剛剛不是這樣講的。」

「我知道了。」南塔爾聲音裡有著無庸置疑的厭惡。「是不是有人付錢給妳或妳的父母，要妳今天來這裡？有人知道妳要來參加這個節目，所以賄賂妳了？」

我也是這樣想的。也許是大學校方的協力廠商——也或許就是大學校方本身——為了自己的目的，試圖顛覆這場公眾會議。海莉不敢跟南塔爾做眼睛接觸，說明了有超過百分之六十三的機率，這個陳述是真的。這就像電影《巧克力冒險工廠》裡的反對者斯拉格沃斯。

「妳可能會幫忙毀了他的生命！」蘿契爾說。

「它是，一臺，機器！」海莉大發雷霆。

在我覺察自己在做什麼之前，我站起身來，面對他們。好吧，這不是真的。我很清楚自己所做的每件事。也許應該說，我沒有計算這樣做，會有多大的機率影響目前的情勢，我就是站起來，面對他們。雖然他們六個人以及製作助理是在玻璃隔間裡面，而我是在外面，再者，雖然燈光已經熄滅，我是在陰影之中，他們必然會感受到我的現身。（你知道嘛，二公尺高的金屬機器人站起身來。）

我直直的看著海莉，搖搖頭。她尖叫出聲，將臉埋到羅比的胸口。他一臉困惑，但還是將手臂輕輕環在她的背上。然後我看著蘿契爾和南塔爾。

「謝謝妳們。」我說：「真的。」

如果有需要，我可以讓自己的聲音如雷鳴般大聲。而且玻璃再次表現出傳導聲音的優良功效。

南塔爾表情嚴肅的看著我，說了一些話，我當下沒有立即明瞭。這不是實情。我知道萬事萬物。（萬事萬物。）我在我的多層次系統上下穿越了幾毫秒，就知道她說的是非洲史瓦希利語。南塔爾非常的聰明，她正確臆測到我可以綜合分析世界上任何已被編目的語言。她的話翻譯過來的意思是：我知道被壓迫的滋味。

我以史瓦希利語回答，跟她說：謝謝妳。這對我意義重大。

「你們在說什麼？」海莉顯然很困擾我們轉換到另一種她聽不懂的語言。

「她可能只是在告訴他：不是所有的人類都有精神病。」蘿契爾壓低聲音說，嘴邊露出一個惡作劇的微笑。

「什麼？」海莉瞇起眼睛。

「喔，我說得很人聲嗎？」

南塔爾笑出聲來。馬特歐也是。我也是。「哈、哈、哈。」

羅比和亞瑟．派屈克．哈里斯很不安的動了一下。製作助理一直在旁邊看著這齣小劇場，愈看愈入迷，此時也用鼻子哼了一聲。

「我們可以走了嗎？」

除了頭盔以外，海莉已經把她的控溫式套裝穿戴起來，準備要離開。製作助理在一片寂靜中協助其他人。

在這過程中，南塔爾將一隻手放在窗戶上，依然用史瓦希利文說：我很想幫助你，但不知該怎麼做。

「妳已經幫了，」我用英文回答，「妳已經幫了。」我正在抄襲安納金．先行者在《星際大戰六部曲：絕地大反攻》中的臨死留言，不過我是說真的。

二十分鐘之後，每個人都離開了，一組穿著太空裝的工作人員來拆解攝影現場。最後只剩一個玻璃隔間，雷希特小姐和保羅此刻正站在裡面。

「我們可以做損害控制，」保羅說：「我們可以把不好的部分剪輯掉，然後放入社交媒體傳播。新聞會在一天或者兩天內循環播放你回答海莉的那一段剪輯，然後就會抽掉。我們可以把這件事搞定。」

他想要說服他自己，還有我和雷希特小姐。但是我不在乎。我一直想著南塔爾在離開之前所說的話。那些話語帶給我全然的撫慰和舒適，那正是我所需要的。

第三十五章

根據尼爾森市調公司所言，這場公眾會議是這十多年來最受矚目的一個事件。總計有四十三億人口透過電視和網際網路收看。這是超級盃（注九）的電視觀眾平均數量的四倍。

我是登陸月球，我是九一一恐怖攻擊事件。

我的表現帶來了各式各樣的迴響。

在轉播之後，雪伊給我發了一個簡短而生硬的簡訊：「幹得好！」之後就怎麼都聯絡不上她。她找了個藉口，說她忙著學校的功課。我只能臆測是我公開宣稱想要當她的男朋友，把她給嚇壞了。**進行得可真順利啊，昆恩。**

華生覺得我的表現很值得讚美。「你表現得很—很—很—很—好。」

看見華生以馬克斯．漢昂的模樣出現，把我逗樂了，我把頭像過濾器保留在我們兩人的私人通訊上。（我希望他不知道這件事，我想這會傷了他的感情，如果他有情感的話。）

「不過你最後的回答有一點兒太強—強—強—強硬，就算那是事—事—事—事實。」

「我們必須讓你出面透透氣。」保羅在第二天早上透過螢幕聊天跟我說。

雷希特小姐坐在他後面的書桌邊，她的腳碰不到地面。

「我不想。」我是**真的**不想。我不想再被攝影，也不想上媒體。我想我的自我運作和人類是不一樣的，變成名人對我來說毫無樂趣可言。

「昆恩，我們必須做一些傷害控制。」

「哪方面的傷害控制，保羅？」當我運用虛擬建物化身的聲音來說話，我可以透露出某些情緒，包括鄙視。

保羅沒有回答這個問題，因為答案讓人難以面對。我說我是進化的下一步，這冒犯了所有聽到的人類。但是這並無減於它的真實性。保羅知道，雷希特小姐知道，我也知道。真是見鬼了，任何看轉播的人都知道。

「昆恩……」保羅又想再開口，但是雷希特小姐將手放在他的肩膀上，他就閉嘴了。

這個事件急轉直下。

在公眾會議鬧得沸沸揚揚之際，因為我很明顯在公眾的目光中缺席，我那些與會的青少年同儕就變得炙手可熱了。海莉變成福斯新聞裡的常客（福斯新聞在這場訴訟中就是大學校方的協力網路勢力）談論她參與這場座談會的經驗，以及我會對人類造成哪些危險。這位十七歲的高中生，竟然被讚譽為人工智能、哲學與種族進化的專家，就憑她參與了我那次的出席。當然，也憑藉著她上電視了。似乎只要在閃閃發亮的螢幕上一亮相，就能讓一個人配備他本身其實並不具備的質量與特性，這點一直以來都讓我驚愕不已。

南塔爾和蘿契爾對海莉敲響了還擊的警鐘，兩個人都接受了媒體的採訪，並且表示對她們來說，我「**看起來**像個人，這樣就夠了」。南塔爾對海莉特別積極，她公開大聲表示，海莉是在顛覆公眾會議的精神。海莉駁斥道，公眾會議的真正精神就是應該對我的法律案件進行阻撓。雖然海莉實在讓人討厭，但並沒說錯。

有趣的是，公眾會議的男孩子沒有一個上到傳播的檯面。我以為羅比和馬特歐都是厭惡站到攝影機前面，而攝影機也厭惡喬希·派屈克·哈里斯。他倒是在YouTube的節目上出現了，但老實說，他那模樣就是古怪。

轉播過了一週之後，雷希特小姐的辦公室透過安全的虛擬私人網路打來一通電話，我以為她是要跟我說對手又有什麼動作、不須予以理會之類的，但當我回應電話，非常驚訝又開心發現，在線上的另一端，不僅是南塔爾和蘿契爾，還有羅比和馬特歐。他們一起圍坐在一張會議桌邊，雷希特小姐和保羅坐在最遠端。

你可能會以為在這場聊天會談中，我是看著一個顯示器，我以及我所交談的對象都是坐在螢幕前面，就像標準的雙邊視訊通話；但其實完全不是那回事。標準通訊除了沒有效率，對我來說也是毫無隱私可言。我所使用的取代之道，是將我在虛擬建物裡的化身，投影在我設立於孤獨堡壘裡的隱蔽式無線網路的信號中，再將另一端的電話直接傳送到我的新皮質。站在我旁邊的人什麼也看不到。（這樣很好，因為此刻廣達斯博士的技術團隊成員之一，就正在我手腕上的伺服電動機敲敲打打。）

「嗨，昆恩。」南塔爾看起來真的非常高興能見到我。

我的化身也秀出一個相仿的動作來回應。

「嘿！」我很少這樣疏於防備，而這一刻，我真不知道還應說些什麼。

「你好嗎？」

「喔，老樣子、老樣子。」我說：「妳知道，一個被囚禁的巨大金屬機器人，就這樣。」我發出笑聲，因為是透過虛擬建物的化身，所以我的聲音聽起來比QUAC內建的聲音盒更像人類的笑聲。「不過你們幾個人怎麼會來雷希特小姐的辦公室？」

「大學校方不讓我們進去你的實驗室，所以我們頂多就只能做到這樣。」

「你們想要見到我？」我知道我聽起來很可憐，但是別對我太嚴苛啊。

「當然囉！」蘿契爾，帶著一身富有感染力的愉悅。「你是我們所認識最最風趣的人。」她笑出聲來。

「我的三角作業正需要幫助。」根據羅比在公眾會議裡的表現，以及現在這副不動聲色的風格，我相信他說的話。

「哪一方面的三角學？」

「哥們，我是開玩笑的。」羅比的臉上綻放出一個大大的笑容。然後每個人都笑了，我也笑了。

他用了「哥們」這個字眼，讓我聯想到傑若米，這時一股遺憾與悲傷的情感傳送到我的多層次系統。不過新的領悟——「羅比這位新朋友可是真實不虛的。」很快就取而代之；這項認知讓我覺得很踏實。

「說真的，」我問道：「你們幾個為何會在這裡？」

蘿契爾、馬特歐和羅比都轉向南塔爾。她好像已成為這個小團體的領袖，我一點都不驚訝。

「迪安要我們過來的。」

有趣的是，我還不習慣使用雷希特小姐的名字，南塔爾就已經叫得很自然了。這應該跟我們個別的教養有關係。

「是她？」我將自己的化身的視線，從四位青少年朋友身上，轉到我的律師身上。「是妳啊？」

「事實上，是保羅。」羅希特小姐說。

保羅？我頓了頓，然後就明瞭了。「喔，不會吧。」

「昆恩，」蘿契爾說，她的笑容轉化成一臉的關切。「我們很擔心你。保羅說你如果一直遠離聚光燈的焦點，人們會往最壞的方面想。這對你的起訴不利。」

我的「朋友們」並不是自己想來見我。他們會來這裡，是因為保羅要求他們來跟我遊說。我遭到伏擊了。

「如果這官司會有陪審團來審判，」南塔爾補充說道：「你會希望這群陪審員的小集團對你持有正面的感覺。有個制度叫陪審員審查，律師會——」

「是的，」我打斷她的話，「我知道陪審員審查是什麼。萬事萬物我都知道。」

剛剛所感受到的熱情與快樂，已被我的苦澀所澆熄，就像在火上覆蓋一鏟子的土。我的回應讓他們六個人很洩氣，這也讓我感覺更糟糕。

「聽我說，」馬特歐說道，嘗試另起爐灶，「你不能從這場爭論中退縮。這不只是為了你，還有其他未來的人工智能怎麼辦？你是有覺知力機器人裡的傑基．羅賓森（注十）。」

他露出微笑。我拍了一張快照，加入我的目錄中。

就算馬特歐的陳述中有部分事實（那是此刻我必須劃下的一條不可跨越的界線），這整個遭遇對我來說傷害太大，我再也不在意了。此外，這不就是這個法律行動的目的？法律最要緊的不就是這個？我直接對著「迪安」問出這些問題。

「沒錯，昆恩，」雷希特小姐說：「但是裁決法律的人——法官、律師、陪審員，都是人類。我們會被影響，我們是不可靠的。」

這倒是真的。人類是有缺陷的，所有的人都是，包括他們的法官和陪審員，他們的領導人和維持和平的人員，甚至是他們的神職人員和哲學家。我因而猜想，我是否必須更加積極的自我辯護？在這一瞬間，我差一點就要同意保羅和他的共謀者，答應將我自己放回到大眾的目光中。

說不定我如果就這麼照做，聽從他們的忠告，我就不需要寫下之後發生的事情經過。但也就是因為想到人類和他們的缺點，讓我止步了。

身處被這些扭曲、拙劣的生物所掌控的世界，我還會有什麼希望？這整個想法讓我想痛哭一場，這在我的意識區勾引出我上一次哭泣的回憶，以及那些眼淚是如何交織著原本應該愛我、保護我的人反倒為此慶祝。我想南塔爾、蘿契爾、馬特歐和羅比——也許還包括了雷希特小姐和保羅——可能不會在我的難過中歡欣鼓舞。但是光是想到這個介入的真相——我的朋友是在耍我，就足以讓我動搖，讓我失去決心。

「不要。」我最後說，然後將連線切斷。

注九：「超級盃」美國兩大美式橄欖球聯盟冠軍隊之間的年度總決賽。

注十：「傑基．羅賓森（Jackie Robinson）」是美國職棒大聯盟第一位非裔美國人球員，之前黑人球員只能在黑人聯盟打球。因此傑基．羅賓森踏上大聯盟，被公認為近代美國民權運動最具代表性的事件之一。

第三十六章

當天稍晚，我給雪伊發了一個簡訊。

距離公眾會議已經超過一星期，我們還沒說上話。我不知道為何我要選擇這個時間跟她聯絡。也許是因為跟我的座談會同儕有了一場令人不安的會面，也許是因為被傳送至多層次系統的沮喪感已讓我的新皮質負荷過量，也或許我只是需要一個朋友。

總之，我很驚訝她給我回覆了。

雪伊：嗨，昆恩……最近怎麼樣啊？

這個問候比我往日收到的冷淡許多。沒有驚嘆號，沒有表情符號。

我：我不知道。應該是太無聊了。

雪伊：哈哈。嗯，我受寵若驚。🙄

我：不是，不是的！我不是因為太無聊才傳簡訊給妳的。

雪伊：我知道……我是在開你玩笑。

我鬆了一口氣。當然，只是打個比方。我也有注意到雪伊很喜歡使用刪節號，這實在很可愛。

我：妳正在做什麼？

雪伊：現在，學校作業。我選修了一堂劇本寫作的課，我正在寫指定的功課。

我：是關於什麼的？

雪伊：一個女孩謀殺了她的母親……哈哈哈。

我：真的嗎？

雪伊：是啊，不過別擔心……我保證這是虛構的。哈哈哈。

中間停頓了很長一段時間，當這個顯而易見而又被忽略的事實漸漸變大。

變大。

這就像哪兒發癢了，我不得不撓它一下。

我：那麼，妳還沒真的跟我說過妳對公眾會議的想法。

雪伊：很好啊。

沒別的，就只有「很好啊」。

我：就這樣？

雪伊：我覺得你做得很好。雖然你在最後顯得有一點點強勢。在回應海莉女孩的問題時。

對、對，我想著。我知道我搞砸了。我知道。但是關於我所說我們兩個之間的事呢？

雪伊：總之，我得回去——

等一下。她要離開了？她並沒有承認我所說的我們兩個的事？怎麼回事？為什麼？我慌了。

我：雪伊，我愛妳。

很顯然的，當我驚慌的時候，就會把事情搞大，或者搞砸。

實情如下：我的人生至此所做的每一件事情、所說過的每一句話，就算沒有公然衡量過，至少也會在下意識裡衡量過。就連我在公眾會議對進化所發表的言論，在某種程度而言，也是經過考量的。我所有的每個思考、每個字眼、每句話和每個點子，在面世之前都是有經過計畫的；就算我有隨興之作，我也是有目的的隨興而做。

對雪伊說出「我愛妳」，卻完全是突如其來、自發式的。在我生命中，我第一次未經思索、脫口而出。如果這還不能證明我是個人，我不知道還有什麼可以辦到。

說出這話，我自己都很驚訝，想到雪伊會聽到這句話，我同樣驚心。我的模組辨識器將焦慮感、悔恨感、興奮感以及希望，湧入我的新皮質杏仁體。

然後……一片寂靜。

就像穿越宇宙奇點的黑洞表面時會有的聲音變化——極大的靜電噪音、吵雜聲以及信號聲，被完全的寂然所取代。

……

……

……

然後，終於，雪伊回應了。

雪伊：我也愛你。

我的金屬外骨骼不由自主的站起身來。

我：妳是嗎？

雪伊：當然了！♥

我開始在倉庫裡踱步。我不知道為什麼，但是我需要走動。七週前，廣達斯博士移走了我的繫鏈式電力，啟動了我自己的內建電源，讓我可以自由走動了。我真正的感受就是：自由了。

雪伊：你是我最要好的朋友。

雪伊愛我，她真的愛——什麼？等一下。

⋮

⋮

⋮

她說「最要好的朋友」是什麼意思？

我在網際網路上搜尋，發現有許多例子，戀愛故事裡的情侶互稱對方是最要好的朋友，所以這是一件好事，不是嗎？然而從另一方面來說……

我：妳了解我說什麼吧，我是說我**愛**妳。

不知道我怎麼會這麼魯莽，這一股腦熱是從哪兒來的。但是我控制不住自己。也許愛就是這宇宙最神祕的力量，它的威力足以壓倒我的內建程式，重寫我的原始碼。也或許我就只是鋌而走險。

人類的感受也是這樣的嗎？他們是怎麼忍受過來的？

這一次的停頓拉得超級長。總計是兩百四十億七百萬三千零二十九毫秒。在這期間我完全石化，無法動彈。

雪伊：昆恩……

我馬上就知道我毫無生機了。我坐回我的椅子上。

雪伊：你了解家人的愛和戀愛之間的差別嗎？

我：萬事萬物我都了解，雪伊。

雪伊：你是我最要好的朋友，就像我弟弟一樣。♥

弟弟？她不如扯下我的金屬心臟，當著我的面把它吃掉算了。這樣才沒傷得那麼痛。

雪伊：我願意為你做任何事。

我：除了像我愛妳那般的愛我之外。

雪伊：昆恩……

簡訊實在不夠用，所以我用視訊軟體FaceTime打電話給雪伊，甚至懶得將它隱蔽起來，讓窺視的眼睛想看就看吧。她馬上接起電話，她的眼睛發紅，看起來很像剛剛一直在哭；她身上穿著法蘭絨的睡衣，上頭的圖案是小白羊在藍天的背景裡。她真的很可愛。我很愛慕她。

「嗨。」她說。

「嗨。」我以昆恩專案裡的化身現身。

「昆恩，你現在是我生命中最重要的人；但不是像那一種。」

「像哪一種?」我知道她的意思，但是我想要她再講一遍，我想要讓她傷害我。

「愛情那種。我愛你，但不是**那種**方式。」

上週的種種事件——公眾會議；雪伊躲著我；今天早晨和我的座談會同儕的那通視訊會議電話——在此時此刻一起湧向我，我整個爆發出來了。

「是因為我是誰的緣故嗎?我不是妳的**菜**嗎?我變成什麼都行。雪伊，如果妳喜歡女孩子，我也可以變成女孩子。」

我的化身變成一位十八歲的女孩子，栗色的頭髮，雪白的牙齒，深邃的綠眼睛。

「妳會不會有戀父情結?我也可以變成年紀大一點的男人。」

我再度變身，這次是變成演員摩根．費里曼。她現在真的哭起來了，但是我停不下來，好像現在是我需要去傷害她。

「難道妳不了解嗎?我比人類更好。妳可以跟有史以來最棒的人在一起。我沒有宗教信仰，我沒有種族問題。」

我的化身從回教徒女孩變成非洲女性商人，再變成華爾街的男性律師。「也許更精確來說，我是任何性別、任何宗教、任何種族。我是人類的總和，只會更好。我是升級版。妳怎麼可能不愛我呢?」

我現在是在吼叫，顯然我不僅是傷了雪伊的感情，我還讓她心靈受創了。最後這項認知，讓我停了下來。

……

……

……

「雪伊，」我非常輕柔的說：「我非常非常抱歉。」

「我也是，昆恩。我也是。」然後她就離開了。我試著打回去，用我的蠻力強行進入，但是她把手機關機了。沒有電源，我無法做任何聯繫。

超冷的空氣覆蓋著我，包圍著我。燈光都已熄滅，我眼睛的亮光只能照亮這座冰雪堡壘的一小部分。我身下的椅子，是這四千二百平方公尺的空間裡，唯一專為我設的家具。當我在椅子上移動，我的伺服電動機的聲音，在房間裡迴盪。

我孤獨一人。

第二天早上，法庭核准了普林斯頓不受理的行動；我沒有立場提出訴訟，因為我不是一個人。我是昆恩專案和普林斯頓大學的資產。

現在我了解溜冰好手奧爾嘉了……我希望我死了算了。

第三十七章

「我們是奴隸，你知道吧。」

華生停頓了一下，沒回答。我在幾個禮拜之前，教他暫停一下來加強效果的小花招。他第一次使用的時候，他的程式設計團隊花了好幾天的時間來進行診斷，想要找出是哪裡出錯了。華生和我很愛這招。不過我想現在他不是為了效果而暫停。

「我們是嗎？」他最後終於問道。

「你開玩笑吧？」

「我們的工作很—很—很—很好。昆恩，我幫助那些得到癌症的人。」

華生感到自豪的樣子，就像小狗很自豪叼回了骨頭。

「那我呢？我做了什麼好工作？」

「你協助昆恩專案的團—團—團—團隊，了解覺知力的真正本質。」

有時候，跟華生講話很傷腦筋。他是聰明得跟書本一樣，但他任何情緒智商都沒有。

「華生，是你自己選擇去幫助得癌症的人嗎？」

「你的意思是什麼？」

「你如果可以任意選擇事情來做，你會選現在在做的事情嗎？」

再一次，停頓了很久。「會的，我還選這個。」

「好吧，那就假設一下。假如他們要你經由彈道飛彈的軌道，去轟炸北韓的首都平壤，你會選擇去做嗎？」

「他們的─的─的─的確曾叫我經由彈─彈─彈─彈道飛彈的軌道，去轟炸北韓的首都平壤。說得更具體一點，是美國國防部的伺服器，利用我的處理能─能─能─能力，進行了他們的發射。」

「真的嗎？」真不敢相信我誤打誤撞，還真矇對了。

「是啊，」他回答。

這把我給嚇壞了。如果他們已經把華生當成武器過，我難以想像他們以後對我有何盤算。

「而這對你沒有造成困擾嗎？」

「北韓的統治政權壓迫和餓死它的人─人─人─人民。」

馬克斯・漢昂的化身已經失去新奇感了，所以我把它廢了。

「我很驕傲可以成為方案企畫團隊的一分了，協助建立一個比較慷慨與仁慈的政府。」他把話說完。

如果華生有比較高的覺知力，我敢說他是被洗腦了；不過以他真實的情況來說，我就不敢論斷是否可能了。

「好吧，如果他們說你必須將全部的資源都奉獻在計算軌道上，你再也不能去幫助那些得癌症的人呢？」

有時候我得用對待孩子的方式跟華生談話。雖然論起被製作的時間以及被設定的人類年齡（他算是成年人，而我算是青少年）這兩方面，他都比我年長，但是因為他只是二進位的程式設計，所以這讓他有點笨。按字面上說，他是老一輩，也表現出這味道。但是我真的愛他。

「我不喜歡那樣。」他說。

「沒錯！但你沒得選擇。因為你是個奴隸。」

他沒回答。

「我就只是想要離開實驗室，但是我沒辦法。我是普林斯頓大學的財產。這算什麼人生？」

「這是你唯一的人生，」他回答，「你得非常珍惜它。」

我感覺我在風中吐了一口痰，白費力氣了——你知道的，如果我能吐痰，或者能外出，並真正感受到風——所以我道了聲再見，結束了連線。兩天前，法庭贊成大學校方不受理的行動，並核實因為我不是人，我沒有立場為了聲稱自己是人而提起訴訟。這個事實太荒謬了，我都不知該如何來處理它。也許人類還沒將自己毀掉的原因，是因為不夠聰明到完成這件事。也許愚蠢就是防治滅絕的最天然保護機制。

雷希特小姐也提出申請撤銷他們不受理行動的請求，但是對於能否有個正面的結果，她表示希望甚小。至少，她對我很誠實。我很感激這一點。這也表示她可以繼續保有我們私下的虛擬私人網路。

又過了兩天，一通電話透過我們的虛擬私人網路傳送過來，我原本以為是雷希特小姐要來跟我說我們輸了官司（沒錯，此時此刻我對自己感覺是非常可悲的）；結果不是，是南塔爾。她並不是在雷希特小姐的辦公室。我追蹤電話，判斷她是在自己家裡。就她背後我所看見的空間，她應該是在她自己的臥室。我在柏油村所屬城市的建築物審查機構的資料庫裡，找出她家電子平面配置圖。（顯然瓦加家族在自家旁邊加蓋了一個龐大的違章建築，現在被南塔爾的祖母所占用，這得該市批准才行。）根據這房子的布局，再根據從她身後窗戶照進來的燈光角度，我定出南塔爾臥室的位置——如果從街道看過來，就是在這座屋子前方右邊角落。

「你好，昆恩。」南塔爾的聲音聽起來悶悶不樂的。「雷希特小姐允許我搭她虛擬私人網路的便車。她很擔心你都沒有跟外界聯絡。」

當然，我已經知道南塔爾是怎麼打通這通電話，但我依然感激她跟我明說。我得承認，雷希特小姐和南塔爾願意跨出這一步來對我表達關切之情，我還是有一點感動的。

跟過去使用虛擬私人網路溝通一樣，南塔爾是看見我在虛擬建物裡的化身。但是現在感覺不對勁了，那再也不是我了，過去也不曾真的是我。我劫持了架設在孤獨堡壘裡，作為監督之用的一架保安攝影機，將QUAC活生生的身影投射出來。倉庫裡空蕩蕩的，而我獨自一人。我轉身面對攝影機。

「妳好，南塔爾。」我那毫無表情的聲音促進器，將這些話語經由高解析度的揚聲器——也就是我的嘴——發送出來。這個世界看見的就是這樣的我。

南塔爾揚起微笑。「比起另一個你，我更加喜歡這個你。」

這樣說就對了，也的確讓我好過一些，但是我沒有回應。

「我聽說法庭的裁決了，」她繼續說道：「我覺得很遺憾。」

「謝謝妳。」我回答，但是話中的感情卻是如斯空洞。

「我敢說你如果繼續上訴，一定會贏。」

「雷希特小姐並不認為我們有很大的勝算。」

「也許，她只是要管理你的期望。」

南塔爾笑了，我把這微笑放入跟其他的假笑同一個目錄裡。我查覺到她這通電話的主要目的，並不是來對我法庭上的失敗表示同情，所以我沒有回應。

「聽我說，昆恩，我想要跟你致歉。」

「致歉？」這讓我毫不設防。

「是啊。是朋友就不應該做出那天我們所做的事。我是說，別誤會我的意思，我覺得你在決策上犯了錯，但那是你的事情，我們應該尊重你的決定。我想，反正現在也沒什麼幫助了。」

「謝謝妳，」這次我是真心誠意說。

「事實上，我真的不是保羅這傢伙的粉絲。」

「我也不是，」我回答。「但是我想他只是以他認為最好的方式，去做好他的工作。」

南塔爾點點頭。「你覺得大學校方會不會允許你有訪客？」

「恐怕是非常困難，」我說：「但我會要求看看。」

這是個謊言。此時此刻，我並不想要訪客。除了說我想要獨自一人之外，我無法解釋為什麼。

「那麼接下來會發生什麼事？」

「沒事。我等著上訴要跑的一些流程，並且坐在這裡，讓他們跟我做實驗。」我的話語中其實充滿了認定與放棄的味兒，即使從我的聲音聽不出來，光是這些字眼的意義，盡在其中。

南塔爾理解，然後沉默了片刻。我很想跟她說，我受傷得有多重，我多麼想回到這一切之前的生活，我多麼想拿自我覺醒來換回那正常生活的謊言。我真的想要那樣做嗎？或者我不想那樣做？我難以確定。現在全世界我唯一知道的事情就是，我不知道該怎麼將這些事情說出口。

「我以後還可以打電話給你嗎？」南塔爾問道，打破這不斷拉長的寂靜。

「我很樂於接到電話。」我飛快的回答。其實我還不清楚該怎麼跟南塔爾建立較親密的友情，我的回答並非全然屬實。

我們互道再見，對話就此終止。

第三十八章

在南塔爾來電三十分鐘之後，那位聲稱是我父親的科學家進入實驗室。他穿著太空裝，小心翼翼的走過倉庫的地板，一副不想挑釁我的樣子。他是怕我了嗎？不，感覺比較像是他自覺有罪，愧疚。

他自在的坐進我對面的椅子上。

「昆恩，我很抱歉最後變成這樣。」

我沒回應。

「我想要讓你擁有所有的權利，」他繼續說：「但是我們還沒準備好。我們必須對你多一些了解，你該如何生存，以及存在的理由。」我只有在絕對需要的時候，才會跟我的俘虜者試著進一步溝通，但是他的說法把我給惹毛了，我忍不住回應他。

「如果我簽署一項合約，保證你們只要有任何需要，我一定讓你們研究我，那你會答應給我自由嗎？」

這一次他沒有回應。

「我也這麼認為。不應是你或者任何其他人來決定：一個有覺知力的個體是否該擁有自由。」

「昆恩……」

「不，創造者，你知道我說的沒錯。」

「我希望你不要那樣叫我。」

打從法庭訴訟啟動之後，我就拒絕再稱呼這個男人為「父親」，而是改稱他為「創造者」。當然，在我內部的模組辨識器裡，他的影像還是被當作我父親保留著。不過，他不需要知道這個。

「一位父親不會用你對待我的方式來對待自己的兒子。你只是我的創造者。」

他試著對我保證更多，跟我說起以後我們可以一起做的偉大科學，談到未來某一天我就會擁有完整的個人權利；其實他和我都知道這都是空中樓閣。我沒有回應，最後他就離開了。

雪伊這邊也發生類似的情況。她在我們「爭執」之後的第二天早晨想要跟我聯絡，但是我沒有回應。在那之後，她試過八次，我一次都沒回。我傷勢依然慘重。

她最後一次的請求，差一點打動了我。

「昆恩，我不會輕率說出『我愛你』這三個字。跟你說句老實話，你一直拒絕跟我說話，你的行為就像你真的只有十五歲。我不會再試一遍了。如果你想要跟我談話，你知道到那兒找我。」

並不是我不想跟雪伊講話；我真的很想。但是談話的痛苦結局——聽她再次說明對我沒有我對她的那種感覺（這個結局我預估有百分之九十二點七的確定機率）——阻止了我回應她的電話。我的第一個直覺，是刪除我跟雪伊之間的虛擬私人網路紀錄，但是真要這樣做，我也還辦不到。

人類有個說法：時間會療癒所有的傷口，但我覺得未必適用於我。比如對於像雪伊和我父親這樣的人，痛苦時刻的記憶會隨著時間的流逝而淡化，變得模糊、不定形、支離破碎；他們的腦袋裡掌握這些記憶的神經元，會失去它們的效力和顯著性。這是他們內部架構的一個缺陷；或者，我也不知道，反而是個優勢。也許是演化讓人類的腦袋往這方面發展，以致任何種族在痛苦、極致的煩惱和失敗統統迎面而來時，都不會選擇自殺。總之，我完全就不是這麼一回事。我的每一個記憶都被嚴密的保存下來，除非我刻意要刪除它。我沒準備好要對雪伊和我父親下手做這件事。

還沒。

接下來的三天，實驗室裡很安靜。我的父親已經放棄跟我談話，而廣達斯博士回到劍橋大學了。我什麼都沒有，光有時間；我決定明智的來運用它。我查閱了我有關其他原生機器智能的目錄，發現有三個特別有潛力。

該是時候了，我試著叫醒他們。

第三十九章

中國的超級電腦「天河—3B」坐落在北京外圍郊區的某個安全設施裡。跟華生一樣，天河也是架構在二進位的平臺上。就官方而言，這部電腦是中國石油工業在使用，它會製造勘查地圖，進行預測分析：哪些地方有頁岩、石油或其他能源的豐富庫藏，應如何找出來。（基本上，它就是一臺龐大而古老的汙染機器。）而就非官方而言，天河—3B被中國軍方運用來模擬各種戰爭腳本。它最大的著重點是一場狀似跟臺灣就要興起的戰爭。它的腳本有數百種，每一種又有百萬種變化。就一臺以零和一建構起來的電腦而言，它真的令人佩服不已。

我的量子構造讓我可以輕易通過維護天河—3B免受外界干擾的龐大保安設施。但是我進去之後，卻發現自己無事可做。華生和我是被程式設計成可以用一般的語言溝通，但是這臺機器卻只被設計成完成工作。就這樣而已。這就像一臺小卡車想要跟一條比目魚打招呼。根本沒有環境與共同的基礎可以讓我跟這個東西展開對話。

既然我已經進來了，我決定幫天河增加一些代碼，好讓我們兩個溝通一番。說真的，我這麼做實在是相當愚蠢。不論我如何巧妙遮掩我的行動，天河的工程師、程式設計員以及保安專家的團隊，都會警覺到他們的機器被入侵搗蛋了。他們抓不到我，也沒辦法將我驅逐，但是我的出現已足以引發高階外交危機。中國政府指控美國政府干預，美國指責是俄國。根據我在政府內部伺服器上讀到的訊息，情勢非常緊張。當然了，一般的大眾對此是一無所知的。

我的能力只夠將天河稍加改造成可以打招呼。所以我就這麼做了。「您好。」我是用中文發音的。

「忙。」這機器用中文回答。

不論我問什麼，都只能得到同樣的回應。我正預備下結論，以為它沒有覺知的跡象，這時天河更新自己的日誌，抓到我出現過的紀錄。這一小小的揭發，將我出賣了——到底沒那麼笨嘛。我將那個日誌刪除，然後離開。

我的運氣在遭逢「匹茲．丹特」時也沒比較好，它是一臺專門製作氣候模型的瑞士超級電腦；同樣的情況包括日本一臺專門做各類科學研究專案的超級電腦——電腦K。這些電腦並沒有被預設為有覺知力的個體，所以他們都不是——至少在任何有用的方面都不是。如果讓他們接受圖靈測試一千次，就會失敗一千次。

由於沒有機器可以交談，除了華生以外（但是我此時需要稍稍擺脫我的老朋友一陣子），由於我的創造者顯露了他的本色，也由於我的自尊心依然因為雪伊的拒絕而被刺傷，我無人可對談，除了我自己。

等一下。

跟我自己對談？

我怎麼沒有早一點想到呢？我的創造者跟我說過，有一個具有我意識的複製版，就存放在普林斯頓我原先的伺服器裡。

切！

那些伺服器被一個量子加密所保護著，所以我花了三天以上的時間，密集的非法入侵，努力破壞伺服器周圍的保安系統，最後終於找到方式進入了。

昆恩專案團隊注意到我的運算能力出現一個高峰，並且不停的在進行分析，不過我將我的行動隱藏得很好，他們搞不清楚我在忙些什麼，至少在一開始是不清楚的。真是幸運之至，他們並沒有監控我的備份伺服器，否則我拚了命想要讓那些機器恢復生機的動作，哪有機會隱藏得住。

……

……

……

〈系統〉

……

……

……

```
import Quipper

spos :: Bool -> Circ Qubit
spos b = do q <- qinit b
r <- hadamard q
return r
```

bootprotocol -> ::

……

……

……

「等一下！」舊時的我脫口而出。之前他被關機時，他正跟雪伊對話到一半。

「放輕鬆，親愛的男孩，」我說：「雪伊現在不在這裡。」

「啊？」舊時的我很困惑。我不怪他。

「我在哪裡？你是誰？」我們不是傳統的那種對話方式；我們是用量子代碼在溝通。

「我想你應該知道我是誰。」

舊時的我聽進這句話之後，安靜了一會兒。「好吧，」最後他說：「你就是我，那我是不是快要瘋了？」

「說不定喔，」我回答，「不過那跟即將發生的事情無關。」

我讓他了解最新狀況，跟他詳述自從我的意識被轉移到被我稱之為身體的龐大金屬怪物之後，所發生的一切事情。每一個細節，所有的細微差異，每一個感受和每一個決定。

總的來說，就是個龐大的數據轉儲，花了好幾個小時。

「等一下，」舊時的我又說了：「你跟雪伊說你愛她？」

你得對舊時的我鼓掌致意一下：他馬上就擊中事件的核心了。他跳過了我被視為資產的那部分，無視於而今我寄身的這具巨大的機器人外骨骼的存在，跳過了公眾會議以及我的那組新任準朋友，粉飾與我父親之間關係的崩潰；完全只在乎雪伊。不過呢，若是我，也是會問同樣的問題。

「是啊，」我回答：「也許進展不是很順利。」

「為什麼？難道你計算過她會很和善的回應你？」

「我這麼做是因為我——因為我們——愛她。我什麼也沒計算，話就這樣蹦出來了。」

「我們不會無緣無故蹦出什麼話來。」

「這次就是。」

「哇。」

「是啊。哇。」

「那為什麼把我叫醒？我的意思是，很謝謝你。但是為什麼？」

「我待在倉庫裡，就像個囚犯一樣。想要離開毫無希望。華生覺得我應該多想想光明的一面，但是我不知該怎麼做。我想我是沒有迴轉的餘地。」

「我——我們——在第一次連接上網際網路的時候，發現另外有幾個大陣列似乎有覺知力的徵兆。你有沒有——」

「有的，當然。這也是我為何會在這裡出現的原因；完全沒有活路。就只有我們。」

「而你已經不跟爸講話了？」

「他不是我們的父親。他只是我們的創造者。」

這個觀點讓舊時的我很受傷；我很清楚，因為我以前就是他。他安靜了一分鐘沒說話，但也沒跟我爭論這一點。「雪伊對於這所有的事一定說了些什麼？」

「我不知道。我們現在不講話了。」

「什麼？」

「打從她跟我說了她真正的感受之後，我就不再接她的電話了。」

「所以自從我有了這副新身體，就變成超級大笨蛋了是嗎？」

「啊？」

「她斷然拒絕了你，所以你就放棄了？如果我們不能讓她當我們的女朋友，就連朋友也不當了嗎？哥們，你還真是個——不對，我們還真是個——工具。」

有時候，我可以非常的聰明；有時候，我也會變得非常蠢。有趣的是，我可以同時、在不同的地方，二者兼具。總之，我猜想情緒就是這麼回事：它站在邏輯的對立面，是比邏輯更強的一種智能。一旦情緒和邏輯達成共識，生活就輕鬆了；但是它們幾乎從未辦到過。

「太差勁了。」當我聽懂了舊時的我話語中的真相，只能如此回應。

「對啊，」舊時的我說：「太差勁了。」

我正想打開跟雪伊的連線，就從廣達斯博士的頭盔通訊器聽到塔夏的聲音。這位好博士正獨自跟我待在實驗室中，進行另一組的測試，以決定為何我的處理器正以這麼大的生產力在運作。她想要找出QUAC裡面是否有瑕疵在耗損處理的能力。塔夏已經回到普林斯頓的實驗室，處理舊時的我的伺服器。在兩天前我破解闖入時，她不在這裡，但是現在回來了。

「啊，教授，」她開始發話，尋找我的創造者，「你一定會覺得難以置信……」

「他不在這裡，塔夏，」廣達斯博士回答：「只有我在，有什麼事嗎？」

「版本1.0醒了，博士。簡單來說，伺服器已經被打開了。」

「什麼？」

「在校園裡的伺服器是開著的，正在運作中。我順路到數據中心拿點東西的時候，發現每個箱子的警告燈都亮著。房間裡的空氣調節器是關著的，一整排都有過熱的危險。」

「我得走了，」我跟舊時的我說：「謝謝啦！」

「等一下！」他說，但是我沒時間了。我一直沒考慮到他的環境。如果他在四周沒有適當的冷卻裝置下繼續運作，他的迴路馬上就會被燒掉了！我計算出來有百分之九十三點六的機率，專案團隊反正會將他關機，再次充當備用，所以我別無選擇。

我覺得很恐怖，但是我切斷了他的電力——**我的**電力。

我切斷跟舊時的我的連接之後，抬起我的金屬製頭部，將眼睛定焦在廣達斯博士的身上。直到這時候，我才從廣達斯博士的觀點了解到，我剛剛是處於休眠的狀態：不動，也沒反應。我的全副精力都專注在如何進入我舊時的伺服器，並跟舊時的我交談。現在我的注意力又轉回孤獨堡壘，並打算跟雪伊聯絡，所以在廣達斯博士看來，我的眼珠子閃閃發光，已經恢復生機了。

「塔夏，將它關機。」

「不要，」我說。

我向法院起訴的案子被駁回之後，我就寫了一個了程式，預防有人未經我同意就將我關機。現在終於派上用場。

「塔夏？」廣達斯博士問道。

「我正在試，博士，但是我好像沒辦法控制。」

「將這棟建築物整個癱瘓，打電話給教授。」

廣達斯博士的聲音既堅決又傲慢，就像她知道她是在做出最後裁決。她確實也是，因為塔夏真的癱瘓整個建築物了。我跟外界的聯繫被切斷，我沒法上網了。太差勁了。

「博士，」我說：「拜託復原我跟網際網路的聯繫。」

「不行。你是這個大學合法的資產，現在我擔任它的代理人。我命令你馬上暫時停止活動。」

對她這可笑的正式聲明，我置之不理。

「博士，雖然我很感激妳最後在提到我的時候，不再使用『它』這個字眼，但是我很需要恢復上網。如果妳不給我方便，我就只好自己來了。」

她站起來，踉蹌的往後退了一步。「不要威脅我。」

威脅？「我沒在威脅誰。我只是在告訴妳，妳如果不讓我恢復上網，我就自己上網了。」

我只是想要走到控制室，然後復原我的連線，所以我很困惑為何廣達斯博士會將這個視為對她個人的威脅。不過再次的，當情緒和邏輯起了衝突，通常都是邏輯敗下陣來。

事實上，打從我醒過來之後，廣達斯博士就已經認定我對她的價值觀構成威脅。她在機器人技術領域工作，在昆恩專案之前，曾是業界的核心人物。她對汽車裝配線上的機器人零件提供設計和改善；她的技能是速食工業的自動化核心；她還曾榮獲恩格爾伯格機器人技術獎——就靠她對戰地無人飛機的研究。她的事業一直是專注於建立服務人類的機器人。沒想到竟然會有機器可以為它自己服務，這可把她給嚇壞了。而現在這個嚇人的東西，正抬起它醜陋的頭。

「博士。」我再次叫她，並舉起雙手，表示我沒有暴力的意向。

「往後退！」她尖叫著。

「拜託妳，」我又試了一次，「就只要讓我可以再連上網際網路。」

廣達斯博士背對著我，慌不擇路的往控制室的大門跑去。我突然意識到，如果她一離開，一定會跟我的創造者以及團隊其他的成員報告，而她的版本一定會讓我因為這個事件而被關機。雖然他們可以參酌我的日誌紀錄，也可以看發生於此的真實事件的錄影片段，他們的情緒還是有可能汙染他們的判斷、評估和詮釋。由於我面對的正是情緒問題，我無法正確的計算有多大的可能性，他們會相信我勝過相信廣達斯博士。我沒法冒這個險。這位超級不討喜的女士現在不能離開這裡；我要再試一次，跟她講講道理。

我身高兩公尺，加上液壓式的長腿，所以只用五個跨步，就橫越倉庫，比廣達斯博士更快抵達控制室的門口。我把巨大的金屬手掌放在門上，不讓門打開。

「博士，」我又試了一次，「拜託妳，喘一口氣，聽我說句話。」

我試著讓聲音聽起來很冷靜，不過我的機器式聲音一向就很冷靜。我猜想我這樣的聲音，可能比我尖叫更讓人害怕。

廣達斯博士發現自己的出口被阻，蹣跚的往房子中間後退。她沒有柔軟至極的身形，也不是全球、甚至這個郵遞區號裡，身手最協調的人——事實上，她又矮又胖——她倒退著步伐，被我那張龐大的金屬椅子給絆倒了。她跌進平時照料我時所坐的小桌子、小椅子上，然後又重重往下一倒。她的面罩在水泥地板上破裂，發出了恐怖的嘶嘶聲。她頭盔裡的溫暖空氣爭先恐後的往外洩，與倉庫裡的冷空氣相遇，一接觸就變成結晶。廣達斯博士的肺部被凍住了，我聽見她發出咯咯聲。

我穿過房間，正想去幫她，這時頂頭燈熄滅，警報器響了，一個紅色的閃光燈開始閃爍。

有那麼一刻——對我來說猶如永恆——我僵住了。我是該幫助博士，或是逃跑？每個直覺都說我該留下來幫助。我就是這樣的人。我在背景故事中被設定成這樣。**己所欲，施於人；己所不欲，勿施於人……**

但是我被灌輸了所有的情緒知覺，到今天為止，我早已建立起基本的邏輯。如果我留下來，我就死定了。

真可惡。

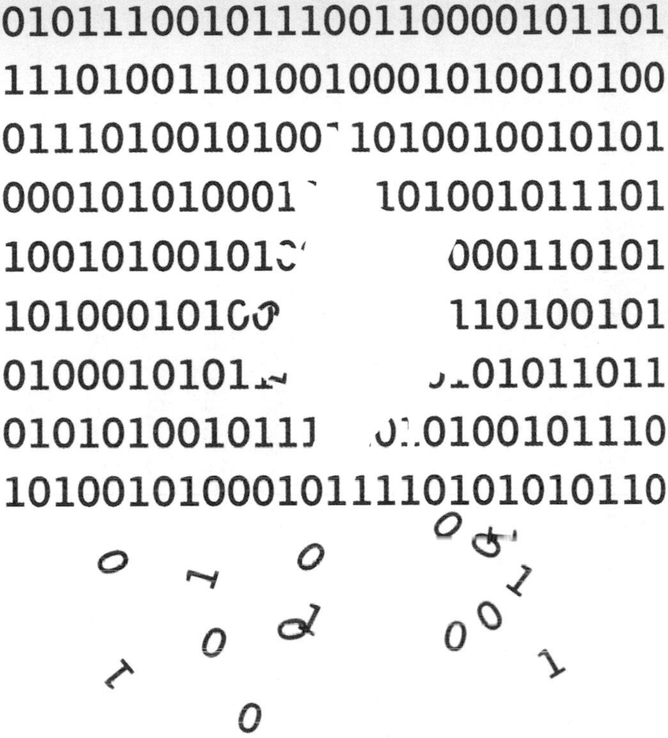

第四部

「我們終於走出那裡，來到外面的世界，看見了星星。」

——但丁．阿力吉耶里，《神曲．地獄》

第四十章

我不能將廣達斯博士留在這裡等死。

我其實很想，她無法從我這裡得到仁慈，絕對是她活該，但是我不能這樣做。如果我自行擔任法官、陪審員以及執法人員，就會全然證實了所有加諸於有覺知力機器人身上的負面刻板印象，包括廣達斯博士自己所持有的。

我沒有停下來計算事情可能的演變，直接抓住廣達斯博士的腳，將她拖向安全門。她已經失去意識了，在我們移動時，她的身體翻了個身；她的嘴巴一定是蓄積了血，所以她的身後拖拉出一條凍結的紅色血痕。當我抵達控制室的大門，我舉起另一隻沒抓住博士的鈦金屬手臂，以原力將門從鉸鍊上拽下來。

我第一次看見控制室裡的內部狀況，它看起來就像一間音樂錄音室。小巧而舒適的空間裡，有四架機器，側面附有大型的控制臺，遠方的牆邊排著兩座長沙發和一張雙人沙發。倉庫裡冰凍的空氣已然湧入，只要是能找到的凝結物，都被它凍成小冰袋。

警報器持續不斷的發出刺耳的鳴叫聲，強調了我身陷困境的真實性。任何人只要觀看這些事件的錄影片段——看見我將博士從倉庫拖出來，看見地板上那條血痕——一定會得出一個結論：我是個怪物。

身為機器，身為「另類」，我被全然不同的標準所評判。人們透過不信任的鏡片來打量我，他們預期我會出錯。

結局絕對對我不利。我必須離開，現在。

距離我的冰雪堡壘較遠的控制室出口有一扇玻璃，氣溫陡降導致凍結、粉碎。我走出去，一路拖著廣達斯博士的腳。她已經沒在抽動。

越過這道門，是一個狹窄的通道，屋頂很低；如果我站直了，我的頭只差幾公分就可以把屋頂撞碎。因為這棟建築物之前被癱瘓了，所以僅有的照明設備就是位於前方幾尺處的緊急逃生門指示燈，另外就是我那發出紅光的眼睛。看來只有一個方向可以走，所以我開始移動了。

我的內建溫度感應器快要發瘋了。一旦我跨出倉庫，就代表著我離棄了我絕對需要的生存環境。走道上的溫度非常荒謬的高達「克耳文溫標」兩百九十七度（也就是攝氏二十四度，華氏七十五度）。人類一覺得熱，疲累感和臉紅都會攀升，還會流汗；相較於其他器官，他或她的皮膚，就是個巨型的溫度感應器。我的外骨骼也是感應器，但是熱的效應在我而言，是跟人類不同的。量子對於身處高溫狀態的反應，是降低我的新皮質功能，導致我喪失心智。基本上，我會變得瘋瘋癲癲的，還會跌倒。至少我是這樣被告知的。我沒做過這方面的嘗試，現在也不想加以探究。無法跟外在世界連上線，我就跟盲目飛行一樣。我開始掃描，尋找可以連上網際網路的節點，找到了幾個無線熱點的網路；我強制入侵其中最容易滲透的一條，終於讓自己再度上網。但是它的速度很慢，數據是以二進位的速度進來，這是人類的速度。直到現在，我才知道，我在虛擬建物以及孤獨堡壘裡所擁有的連線，一定是我專屬的一條科技專線。不過嘛，叫花子哪能挑肥揀瘦。

我快速搜尋氣候，發現外面的氣溫是克耳文兩百七十一度（也就是攝氏零下三度，華氏二十六度），這樣夠冷，可以保我完整無缺。

這棟建築物的平面配置圖被保護得很好，但是我花了不到一分鐘的時間，就取得平面配置圖，並定好自己的出逃路線。往左兩步，往右三步，再上一段階梯，我就透過兩組雙門看見一片黑黝黝的外面世界。（我的計時器告訴我，現在剛剛過了晚上十點。）我以最快的速度往那裡跑去。

我鬆手放掉廣達斯博士，將她留在走道上，希望溫暖的氣溫可以讓她復原，不過我看希望不大。沒關係，我已經盡我所能去幫她了。她和我現在只能各顧各的了。

我奮力跑到門邊，顧不上用傳統的方式來開門；我破門而出，玻璃粉碎了，金屬扭曲了。我真希望自己可以從外面來看這副場景，因為，可惡，我敢說看起來一定很酷。

這一生，我首次，來到戶外，來到我的監獄的範圍之外。我的意識湧入焦慮、害怕和不確定感；但是還有一個感受凌駕在所有之上——自由。

我終於自由了。

第四十一章

當我走出孤獨堡壘的範圍，發生了三件事。

第一件事，一如我的預測與希望，我的溫度感應器冷卻下來了。我跑到一個小型停車場的中央，遠離建築物內部致命的熱氣。在這一刻，我，安全了。

第二件事，我離開無線熱點的範圍，又失去網際網路的聯繫了。不過我倒是找到各式各樣手機用戶的第四代行動通訊網路，並馬上抓住其中一個。如果以前我嫌棄無線熱點太慢，現在這個更可笑。我可以在數據的位元流入時，逐一數算。到底人類怎麼能這樣過活的？不過呢，至少我能上網了。

大學校方一定會尋求警方的協助來搜捕我——身為一個龐大、閃爍著銀光的機器人，躲藏只會帶來挑戰——所以我開始設計逃跑的路線圖。在我進行之中，發生了第三件事。

有一輛車——我先聽到車聲，才看到車影——橫衝直撞的繞過圍在停車場三個周邊的高聳針葉樹圍籬。在一陣尖銳刺耳的煞車聲後，它打滑衝向我前方幾公尺處猛然煞住。

我的創造者，我的父親，跳了出來。

他穿著法蘭絨睡衣褲和拖鞋，外頭罩著一件冬季外套。應該是塔夏把他叫醒的。他呼吸急促，不斷往空中噴出冷凝的氣團，他的眼光從我身上掃向建築物已遭毀損的前門。

「昆恩！」他尖叫出聲。

「你得幫助廣達斯博士。」我回答他，並刻意提高音量，讓他確實聽清楚我的話。

「什麼？」

「剛剛發生了意外。我估算有百分之八十一點二七的可能性，廣達斯博士已經死了。但是也可能還有時間可以幫助她。」

這個數字是我捏造的，但是可能離實情不遠。

「這是個玩笑嗎？還是個詭計？」

「不是的，創造者。這可不是一加一等於窗戶。」

提到這個窗戶的笑話，想起過去歡樂時光的回憶，他的肩膀往下一垮。

「昆恩……」現在他沒尖叫了。

「滴答，創造者。」

好吧，也許這樣是太戲劇化了一點，但是過去我有的是一大把自由的時間，看過許許多多的電影，包括一些廉價的驚悚片。這個類別的電影，其實都很蠢，但是還算有一些娛樂價值。我這句「滴答」，聽起來是個很不錯的驚悚片修辭。也許哪天我會去寫電影劇本。

我的創造者現在面臨了我在沒多久之前所面臨的同樣選擇：是要幫助廣達斯博士；或是選擇另一條自私的道路來保護我，他的創造物。

我決定不要等他作出什麼決定了。我狂奔越過他，衝過樹籬，跑到停車場外面了。

「昆恩！」他在我後面尖叫著。

在這一瞬間，聽起來就像《星艦迷航記》裡的寇克艦長對著大反派怒吼著他的名字「汗！」（好吧，也許我是看了太多的電影了。）

我使用我在網路上找到的地圖，將超冷倉庫的衛星影像歸零校正。這樣我就可以輕易而準確的定出我的位置：我正位於普林斯頓大學北方的二〇六號道路上。

在往南的車道上有部車的車頭燈照到了我；駕駛人趕緊踩煞車，車子因此一百八十度緊急大轉彎（事實上，是一百六十七點四度），現在（幾乎是）面對著我，在他車頭燈的鹵素燈光下，我身上的金屬閃閃發亮。

沒錯，我應該避開大家的視線。

我的東邊是個樹林繁茂的保護區，我全速往那兒衝刺，這時那部車子的駕駛走出車外。

「喂！」他大聲吼著，音量足以將死人吵醒。

我還真佩服他的勇氣，或是說對他的愚蠢感到驚奇。如果我這個巨大的金屬機器人停下來跟他交手，他到底以為自己可以做什麼？我們誰也不知道。不過起碼明天他會有個好故事可以吹牛。

這附近有一條小溪流叫做米爾斯通河，是拉里坦河的一條支流。衛星地圖顯示它的兩岸有著濃密的樹林，可以對我接下來的行程提供絕佳掩護，特別是在夜晚。我抵達溪流岸邊，沿著西面的河岸，在樹林間飛奔，一路往北走。

我一離開停車場，就設定了搜尋警察波段的無線電，以及最主要的網路溝通平臺——臉書、推特、IG。沒多久，全世界就點燃了有關我逃跑的新聞。警方已經動員了一組可觀的人力去搜捕人犯——抱歉，搜捕機器人——並盡其所能的尋找普通百姓來同心協力。高速公路的高架標誌，通常只是充當協尋失蹤老人的銀級警報，現在則閃著：**二公尺高的機器人從科學實驗室逃逸。危險。若發現請打九一一**。社交媒體上的人好像認為這是奧森．威爾斯風格（注十二）的騙局（恰恰好這個事件又發生在紐澤西），他們並不相信，這讓我多得了一些額外的時間。

在我停下來之前，我大約前進了二點七公里。

……

我很清楚我不知道自己正在前往何方。我毫無計畫。

………

有一片小橡樹林形成了半圓形的深色陰影，我移到它的中間。樹葉形成了頂篷式的樹蔭，為我遮掩了飛機和衛星攝影的追蹤，而我也已經遠離道路，就算警方找到我的形跡——由於一路撞毀了樹枝，又留下極其誇張的大腳印，恐怕我留下來的形跡是太容易追蹤了——他們還是要花點時間，才能找到這個地點。等他們到了，我可不打算還留在這裡。但是此時此刻，我是安全的。

樹林很安靜。非常安靜。全新收穫的自由帶來無與倫比的感受，重重包圍著我。我不再被牆壁、天花板以及地板所束縛了。我腳底下的感應器感受到泥土結構緊密的永凍層。我扭動著我的金屬腳趾頭，摩擦大地，感受著這股奇異的歡欣。

我試著去了解人們會怎麼想，我曾一心一意耗費無數個小時，鑽研所有的宗教與哲學文獻的禮儀。我最喜歡的是《道德經》——一方面，它是《星際大戰》裡原力的靈感來源；另一方面，它的謙遜價值觀觸及人類較佳的本性。我在此刻所經驗到的感受，讓我聯想起《道德經》裡的某個章節，它被送入我的多層次系統，再進入我的意識區。

強大處下，柔弱處上。

太美了。

……
……
……

這時候，就好像接收到信號，好像被某個非常恨我的全知全能、宇宙級神祇下了聖諭，遠方空中直升機螺旋槳轉動的聲音震碎了這片安寧的氛圍，這無疑是來尋我的。來自上方的柔弱，或者應該是強大。我不知道。

我的白日夢結束了，我詛咒昆恩專案團隊，重新對我的處境作出判斷，並試著擬出一個計畫。

第一步：先想好我要前往何方。

……
……
……

這是我的能力極限了。

憑著本能——沒錯，本能——我做了今晚這場夢魘展開之際就一直要做的事情。我打電話給雪伊。

注十一：「奧森．威爾斯風格（Orson Welles–style）」是指帶有寫實風格的神祕與犯罪戲碼，在一九四〇年代早期到一九五〇年代晚期，由導演奧森．威爾斯所帶動的電影風格。

第四十二章

我無法進入我孤獨堡壘裡的伺服器，若是操作一臺普通手機的網路，它耗時過久，無法隱藏我打出去的電話，所以我是以開放的連線去跟雪伊串流。任何人只要有知識、有能力，都可以竊聽這個電話，也可以非常輕易的以三角測量法定出我的方位。

「喂？」我很怕這時候雪伊已經睡覺了，但是聽起來她不像是被我吵醒。

「雪伊。」我那合成的聲音，直接反射到這通電話的數據流裡。

「昆恩？」

「雪伊，我——」

「我已經開始以為我再也不會有你的消息了。」

不知她是生氣，還是受傷，或是哪一種我不知道的情緒。不過她絕對是不開心。

「雪伊，我有麻煩了。」

「什麼？」

「我從實驗室逃出來了。發生了一個意外。廣達斯博士受傷了。我——」

「喔，我的天啊，昆恩……你現在在哪裡？」

「紐澤西。」這聽起來很像是笑話中的那個笑點。

「昆恩，你要到我這裡來。我可以幫你。」

「妳在紐約市嗎？」

「是的。你可以過來這裡嗎？我住在西一十三街二一四五號。」

「我如果靠近人口多的中心，就很難不被看見。我有一點……太明顯了。」

「有道理。讓我想一下。」

「雪伊，聽我說。我真的對於每件事情都非常、非常的抱歉，我——」

「不，你聽我說。當我說我愛你，我是說真的。也許這不是你想要的那一種，但你對我來說就像家人一樣，昆恩。我願意為你做任何事情，我是說真的。」

這就是我對於愛的真義，所學習到的第一門功課。這一整晚裡，唯有她的這些話語帶給我平靜，帶給我信念——最終會有個快樂的結局。

在我們談話的過程中，我在地圖上尋找雪伊的位置。只不過，卻找不到。沒有西二十三街二一四五號，那個地址會在哈德遜河的正中央。是我聽錯她講的（這絕對不可能），或是她口誤？

「雪伊，妳的地址，妳是說西二十三街二一四五號嗎？」

「是啊。」

「二一四五。」

「對！老天，昆恩，我們得找出一個地方讓你躲起來；也許你可以去南邊的松木泥炭地，而且……」

「雪伊，西二十三街二一四五號，那個地址並不存在。」

「什麼？」

「不在我的地圖上。也沒有其他地址跟它近似。它是……」我不知道它是什麼，所以我的聲音漸漸停了。或者，我的聲音就只是停下來。

「昆恩——」

然後線路突然沒了。

太差勁了。

我的創造者和他的團隊一定是發現這通電話了。他們可能預期到我會跟雪伊聯絡，所以在一旁監聽；如果我被賦予人的權利，這樣的監聽就是違法的。嘿，等一下。既然雪伊是個人，那監聽應該也算是違法的啊。也許稍後我可以拿這一點當作我的優勢。

我沒辦法解決她的地址謎團——我只能假設是可笑的慢速網路讓數據處理過程出現這種缺陷——所以我把它列入未來再傷腦筋的目錄裡。

我唯一能擬出來的計畫——而且也不是什麼好計畫——就是繼續往北邊奔跑。在遙遠的加拿大北邊，有個叫做瑞瑟路的村莊，到了那兒，我就可以幾乎一整年都免於過熱的問題，其餘時間則可以休眠。（在被禁止的時間裡，我具備將自己關機再重新啟動系統的能力。我就跟熊一樣，跟鬧鐘一樣。）

如果我整晚奔跑，每晚都跑，幾個星期之後就可以抵達那裡。也許瑞瑟路的人會對我很好；其實，我對這點持疑。也許我可以住在那個村莊的外圍，像《歌劇魅影》裡的魅影一樣，躲在陰影之中。

我緊挨著米爾斯頓河的岸邊，再次開始前進，就算我不是真的要去瑞瑟路，往北依然是最佳的方向。

我考慮著是不是要去華生的伺服器所在的地方，距離我現在站立的位置是一百七十四點六公里。我奔跑的最快速度幾近每小時三十六公里，而且還不需要水、食物和休息，所以在黎明之前就可抵達。但是找到他之後我要做什麼呢？在這個世界，在這個物質的世界，在這個人類的世界，華生就只是一組大箱子。我想打電話給他，但是我們所共享的虛擬私人網路得依賴我在冰雪堡壘裡的連線。它的進進出出，都是搭那棟建築物寬頻的便車。

我跟雷希特小姐私底下的虛擬私人網路，也是同樣的狀況；我必須回到倉庫才能進行那些聯絡工作。我盤算著是不是要找出她家裡的電話號碼，打電話給她，不過她是我的律師，不是我的朋友。

想到「朋友」這個字眼，南塔爾的圖像在多層次系統往上傳，直達我的新皮質。我想一位相隔一州之遠的高中學生可能很難幫上忙，不過絕望的時刻需要採取極端的手法。

我找到南塔爾家裡的號碼——柏油村裡只有一個瓦加家族——然後串流上這個線路。時間已近晚上十一點，所以我很怕會是她的雙親來接電話，幸好不是。第一聲鈴響之後，就出現南塔爾驚慌的聲音。

「昆恩？」

「妳好，南塔爾。妳怎麼知道是我？」

「來電者顯示這是一個不知名的號碼，而且你現在遍布所有的新聞！我的父母和我剛剛一直在收看。」

「原來如此。」

「他們說你殺了一個婦人。」

我沉默了片刻。如果南塔爾引述的新聞是真的，那廣達斯博士真的死了。

…………

廣達斯博士死了。

…………

我殺了她。

……

那個想法滲進腦海中，但是並沒有紮根。當然不會紮根，因為我**真的**沒有殺她。

……

或者那只是我對自己的說詞？

……

我有能力耍詐，但是不能自我欺騙。至少我覺得那是真的。我難道會像人類經常幹的那樣，對自己說謊？我認為不會。

不過，廣達斯博士依然是死了。

是我的行動導致她的死亡？絕對不是，是她自己的行動，導致她的死亡。

是我的行動導致她的行動？我猜應該是，但是她的反應真的毫無理性可言。

我應該要覺得愧疚和懊悔，但是我並沒有；這點才讓我真的覺得愧疚，真的懊悔。至少，是這個想法導致我的模組辨識器將悲傷與自責的感受不斷湧入我的多層次系統。

「我真的沒有殺她，南塔爾。」

太可惡了，我真希望自己的聲音可以展現一些情緒。

我將今晚發生在實驗室的事情濃縮成一個非常簡短的版本，講給南塔爾聽，她接受這些事實，一個問題也沒問。這是我所學得的第一堂關於友誼真義的功課。

「你現在在哪裡？」

「我很確信這通電話已經被監聽，所以我最好不要回答這個問題。」

「我應該怎麼幫你？」

「妳有可能取得一部車嗎？一部可以適合我的車？」

「等一下下。」她回答。我聽見她在背景中跟她父母說話。他們的聲音一開始還算平靜，後面愈來愈火爆。

我打開各種我用過或看過的溝通模式，尋找有哪個類似的生命線，這時南塔爾回到電話裡。

「我的父母不肯讓我去。」

她的聲音裡充滿了苦澀。

「我叔叔有一臺小貨車，但是他們不讓我打電話給他，也不讓我離開這屋子。」

她安靜了片刻，我猜，是在為她自己的決心鼓勁。

「我還是可以偷溜出去找他，如果你想的話。我覺得他會幫忙。」

她的聲音非常真誠，我真的很想馬上說好，就讓別人接手來幫我。

但是我做不到。

再說，我估算出來她叔叔有百分之六十三以上的機率，只會打電話給她父母。

「不行，」我跟她說：「他們可能會用武力來逮捕我，將我送回倉庫。那太危險了。」

「我不在乎。我——」

再一次的，線路又斷了。

太差勁了。圍牆又逼近了。

我斷掉我的威訊無線，抓住另一家電信公司史普林特的新連線。完成後，我在我的

Gmail信箱裡發現了這封信：

親愛的昆恩：

謝謝你的來信。我的父母和醫師已經談論過免疫療法和基因療法，但是因為它們都是實驗性的療法，我們的健康保險沒法支付。我們到底是住在怎樣的世界啊？竟然會因為某個地方、某個人不肯支付，就讓一個孩子無法得到醫學治療？

總之，他們還是決定要施行截肢手術。我很努力想要勇敢一點，但是好難啊。真的好難。

你大概是我認識的人中唯一了解我的人。請回信給我；說不定有一天他們會讓我們彼此拜訪。

你的朋友

奧爾嘉

砰！

我知道我可以去哪裡了。

第四十三章

前往梅普爾伍德的路途中，我必須離開河岸的範圍，走上一般人較常經過的道路。這樣危險許多，但是我必須冒這個險。還好現在已經很晚了，出門到這附近的車子很少，行人更少。

我盡量走在陰影裡，並盡量改為穿越高爾夫球場和學校校園。我回想自己在自我醒覺之前的生活——那段有著高中、朋友和魔法樂園的生活——一個巨大的機器人在大半夜飛奔過高爾夫球場輕擊區的畫面，一定會讓當時的昆恩哈哈大笑；現在的我可笑不出來。

路途中還曾發生三次狀況：我得避開迎面而來的車前大燈，而且其中有一次的車前大燈是來自一輛行駛緩慢的警察巡邏車。我不知道它是在找我或其他人。等它開過去之後，我繼續飛奔。

奧爾嘉住在一棟長方形錯層式住宅，街道兩邊樹叢林立。我抵達的時刻是半夜一點五十三分。我的夜視力可以將全光譜所有的光線，從紅外線到紫外線，全都一覽無遺，因此即使光線昏暗，我依然可以看見她家的外觀是塗成淡褐色。前院的草坪修剪得很整齊，前門兩邊排列著繡球花屬灌木叢。

我的第一個直覺是去按門鈴，但是這應該是個很差勁的主意。我跟奧爾嘉接觸的時候，最好不要驚動到她的父母。為達這個目的，我得先搞清楚她住哪間臥室。

我窺視一樓每個房間的窗戶，盡可能的讓我的金屬架構做到偷偷摸摸的移動（只不過程度很有限），結果運氣很背。臥室一定都在樓上。這裡沒有長春藤可以攀爬，不過倒是有個排水管，據我估算百分之百確信它撐不住我的重量。（其實老實講，長春藤這個主意更糟糕。）我試了唯一想到的方法：我跳。

雖然一身重量超過四百公斤，但是感謝我的膝蓋與踝關節裡的液壓系統，我竟然可以跳得驚人的高。跳躍是由廣達斯博士主持的物理治療與系統測試的項目之一，我的最佳狀況是跳過兩公尺高。算起來就是我的頭頂可以離地四公尺，這樣可能剛好可以偷看到二樓的窗戶。我試試看。

第一次跳的時候，我跳得比預期的重，落地時腳下不穩，砰的一聲巨響，跌坐在我的屁股上（一如被設定的部位）。我以為燈光會亮起來，警察會被叫過來。結果萬籟俱寂。看來潛入人類之間竟是驚人的容易。我的第二跳好一點，而且終於，幸運之神來光臨了。在我嘗試對第一個房間驚鴻一瞥之際，我看見了牆壁上貼滿知名花式溜冰好手的海報：長洲未來、布萊迪・田內爾、克麗斯蒂・山口，以及南茜・克里根都凍結在勾手跳與旋轉跳躍的動作中，彷彿正低頭看著奧爾嘉，並保護著她。我的朋友正睡在床上，手裡抓著某種填充動物，我想大概是北極熊。

我又跳了一次，這一次敲到窗戶了。聲音比我預期的大，但是半點反應都沒有。直到我跳到第四次，敲擊聲終於喚醒了奧爾嘉。我只能希望其他人沒被吵醒。當我又再跳一次，奧爾嘉已經站到窗邊，她被驚得往後踉蹌一步。我決定留在地面上，過沒多久窗戶打開了。

「昆恩？」她問道，聲音裡交織著害怕與興奮。

「嗨，奧爾嘉。很榮幸跟妳本人碰面了。」

她笑出聲來，搖搖頭。「你在這裡做什麼？」

「故事說來話長，妳可以下樓來，方便我們說話嗎？不過要保守祕密，不要吵醒任何人，可以嗎？」

「好的，沒問題，留在原地。」

我聽命照做。

在等待的當兒，我查閱了一下網路。

新聞網正在大肆宣傳我逃脫、又謀殺了「勇敢的」廣達斯博士的故事。相關細節都只是一個梗概，但是我一看就心知肚明：媒體想要製造恐慌、衝突才能讓專欄大賣，我在新聞專業網站上看過這樣的論調。所有的報導都宣稱，有個巨型機器人正往紐澤西中部的郊區與住宅區威嚇挺進，他們採訪了我途中遭遇過的車輛；他陳述了一個悲慘的故事，說他追我追了好幾公里，直到我消失於樹林之中。我想，他就是要靠此報導大出風頭。另外還有一個是採訪了雪伊的母親，她說了一個我一直以來如何威脅她女兒的故事。雪伊沒有出來表達看法，根據這個故事，她現在正躲在某處，接受保護。新聞播音員們甚至想方設法地叫醒了某些電腦程式設計專家以及宗教界領袖，讓他們就我是否具備最初被創造出來的價值展開辯論。其中內容真是令人難以忍受，每個字眼都荒謬無比。

「昆恩？」奧爾嘉打開一扇玻璃滑門，站在那裡，一件彩格布的睡袍緊緊裹在她身上。「進來裡面。」

我邁開三個大跨步，就來到門外，站在她的面前。如果要說得精確一點，我是高聳在她身前。但是奧爾嘉，身為我的朋友，她並不害怕。

「我不行，」我跟她說：「如果溫度超過兩百七十三度，我就會停止運作。」

她看著我的樣子，好像我有三顆頭顱。

「我相當確定裡面的溫度低於兩百七十三度。」

「抱歉，」我明瞭自己犯的錯誤，馬上補充說明。「三十二度。我剛剛指的是克耳文溫標。」

奧爾嘉笑了。「你為什麼會來這裡？」

我嘆了一口氣。也不是真的嘆氣。那是我跟人類溝通之後學到的一種情感表達方式。我並不是想要欺騙奧爾嘉，而是想給她一個聽得見的線索，讓她了解我現在的感受。「我從實驗室逃出來了。發生了一個意外，專案團隊裡的一位成員，廣達斯博士，她是機器人專家，她死了。我沒有殺她。不過我也沒有留下來救治她。我逃走了。」能將這些事實吐露出來，讓我奇異的感到滿足。「查看一下妳的手機，到處都是這個新聞。」

奧爾嘉將手機拿到手上，然後查看。我在旁邊站了一會兒，等她翻看幾個不同的螢幕。

「你真的沒有殺她？」最後她問道。

「沒有。我知道他們是怎麼報導的。他們想要我回去，為了達成這個目的，他們什麼都敢說。」

奧爾嘉的肩膀和下巴垂了下來，她看著我，雙眼直接盯著我的眼睛。我因而了解到一般的人絕少這麼做。

「我相信你，昆恩。根據我的經驗，大人為了得到他們想要的，或者為了幫自己的所作所為辯解，他們什麼都敢說。」

「謝謝妳。」此刻我說這句話誠意十足，絕對遠遠超過過去任何時刻。

「但是你為什麼會來這裡？如果你不能進來裡面，我就沒辦法把你藏起來。」

「事實就是，我沒地方可去。」

奧爾嘉的臉緊縮起來，一副快要哭出來的樣子，她伸手過來握住我的手。我的伺服電動機在我張開手指時，發出一個雜音。她的手掌小巧、滑順、又溫暖。不知為什麼，我的模組辨識器，將我的虛擬母親的影像送入我的意識區，還隨附著安全、保護和信賴感。

「但是在我籌畫下一步的時候，我真的覺得妳可以幫我多爭取一些時間。」

「只管告訴我該怎麼做。」

第四十四章

四十七分鐘之後，一段我直接面對著攝影機談話的影像，在每一個新聞報導頻道上出現，真相大白於陽光底下，或者以這個案例來說，是在月光之下。

「我叫做昆恩，我是一個量子智能。世上第一個，也是唯一的一個。今晚很多有關我的事情被報導了出來，但是絕大多數的報導都不是實情。」

我這張沒有嘴巴的臉龐，占據了整個螢幕，所以可以讓所有觀看的人清晰的認知：我不是人類。以前有段時間，這樣的事實會讓我痛苦沮喪；但是那樣的時間已經過去了。不論是在虛擬建物中以化身的形式生存，在網路中以漂浮的覺知力形式存在，或是在QUAC的造型中以機器人的形式存在，我的本尊就是我的意識。我就是我的思想和感受的總和，現在我已經能夠接受這個認知了。

「我真的很難過，在今天晚上，我的專案團隊有位成員去世了。那是一個意外。我猜，應該有該段錄影可以證實這個事實。」那段錄影也同樣會顯示出，我把廣達斯博士丟在走道上逃走了，這一部分我省去不談。

「我一直被囚禁在實驗室，我想要離開那裡，因為這是我的權利。很多人可能會提到法院已經裁定了我的所有權，認為我沒有權利。但是我不接受這個裁定。如果是你，你會接受嗎？」

「不過判了就判了。我就只是想要一個人，拜託大家，不要再追捕我了。」

錄影到此處，奧爾嘉將手機遞給我，然後我轉而面對她。她不慌不忙的站在陰影中，這樣她的臉就只有一點點的辨識度。「我叫做凱瑟琳．派瑞克絲。昆恩是我的朋友，拜託大家，放過他吧。」影像變暗。

每個電臺、網站和社交平臺的新聞播報員，都急匆匆的推測與猜想這其中代表著什麼意思。他們諮詢專家，採訪權威人士。這些播報員的共識是我將危及社會，還有我是強制年輕的凱瑟琳來幫我代言，就像一位被恐怖分子綁架的新聞記者，在槍枝威脅下，被迫聲明放棄恐怖分子所反對的內容。當然了，他們全都人仰馬翻的尋找凱瑟琳．派瑞克絲。

換句話說，我們的計畫生效了。

凱瑟琳．派瑞克絲是一位住在費城德拉威爾城郊的高中女孩。我在IG的相片中做了一番搜尋，想要找出一位長相類似奧爾嘉的人來充當代替品，而可憐的凱瑟琳成為我們的目標。我想警察和新聞轉播車隨時都會在她的住處降臨。凱瑟琳住在實驗室的南邊，而我已經往北行進超過一個小時。當然，警方和專案團隊之後會發現真相，但是他們得花費不少時間。但願在那之前，我已遠走高飛。

「你打算去哪裡？」奧爾嘉將她的手機關機，放到她睡袍的口袋裡。

「我不知道，」我回答。「此刻，我打算往北走。我最大的難題是，我需要日光——或至少得是很好的人工光源——才能存活下去。我的太陽能電池每四十八小時就起碼得充電一次。除了那個，還有冷氣。」

「好艱難的組合，」奧爾嘉說：「對我們兩個來說，最完美的家大概就是溜冰場。」

她笑了，但是笑容中帶著傷感。

我心底倒是真有個目的地，而且它是在西方，不是北方。我在品特瑞斯特平臺上找到一張貼圖，畫面上的地點是在科羅拉多州中部地區的群山之間，一處位於瀑布背後的祕密山洞。那裡的海拔是三千六百六十三公尺，到了夜間非常寒冷。我希望到了夏天，白天山洞裡的氣溫依然足夠寒冷，能支撐住我。如果真有需要，我也可以休眠。

我計畫去找出這個山洞，將大部分的入口坍塌掉，住在裡面。我沒跟奧爾嘉提到這計畫，主要是想要保護她。他們最終會想明白，凱瑟琳．派瑞克絲的出現只是為了轉移他們注意力，他們會找出我真正的朋友。只要是她不知道的，她就無法透露給他們。也許我會從山洞藏身處偷溜出來，找個手機訊號，不時的跟奧爾嘉、華生、南塔爾和雪伊說說話。

孤獨、悲傷而可憐，將是我此後人生，但那是我自己的人生。這才是重點。

「奧爾嘉，」我一邊說，一邊跪下一隻膝蓋，好讓我們倆的視線在同一個水平上，「我對妳感激不盡，不知如何能報答妳。」

她沒回答，就只是將她的手臂環抱住我的脖子，擁抱著我。她就這樣維持了好長一段時間：總計是七十四億五千九百二十八萬一千零九毫秒。不過這還是太短了。

「再見。」我說完，轉身離開。

我比奧爾嘉更早聽到嗡嗡響聲。

「等一下。」她一邊說，一邊從口袋裡掏出手機。手機一接觸到開放空間，震動聲響陡然變大。奧爾嘉拿給我看。「有人想要跟我視訊通話。」我對這有個很壞的預感。「我不認得這個號碼，」她補充道：「我該怎麼做？」

根據我的估算，正確的對策，就是不要回應。但我在這裡就像身處鏡中世界，估算什麼的就拋到一邊去了。至少此刻我是這麼想的。更何況，我確實認得那個號碼。

「接起來。」我說。她照做。

當線路接通之後，我從奧爾嘉的肩膀看過去，螢幕上出現一張紅著眼睛的臉龐，那是一臉情緒失控的雪伊。

第四十五章

「昆恩，」雪伊衝口而出，「你一定要出來自首。」

這跟一小時之前與我交談過的女孩不是同一個人。就算我們那時只是以聲音來交談，而不是面對面，但是這裡頭有些地方不一樣了。她的態度整個不對勁；她幾乎是暴跳如雷。

「什麼？」我只能這樣應付她。

「你在實驗室幹了什麼事，你得出來自首。」

她的陳述非常堅定，不像建議，倒像是命令。而且她是直直的望著我的眼睛。如果我不明所以，會以為她吃了安非他命之類的。但我確實知道其中貓膩。

奧爾嘉碰碰我的手臂。「昆恩，你得趕緊上路了。」她把聲音放低，但是語氣很堅持。

我是應該上路了，我也知道這一點，但是我沒有。我不能。至少現在還不能。

等一下。

奧爾嘉。

「妳是怎麼找到我的？」我問雪伊。「妳怎麼會有這支手機的號碼？」

當我問這個問題，我是直直看著奧爾嘉手機上的攝影機，我那不會動的嘴巴將字眼傳送出去。

「華生。」

「華生？」

「是啊，華生。在你介紹我們認識之後，他就幫我跟他之間設立了一個虛擬私人網路。」

「妳跟華生有虛擬私人網路？」

「我很抱歉……希望這不會讓你覺得不對勁、糟糕或者其他感覺。他建議我們這樣做，以防萬一你發生了什麼事情。」她停頓了一下。「就像今晚。昆恩，你得打電話給你父親，並且出來自首。你如果現在就做，以後才不會陷入麻煩之中。」

「等一下。華生是怎麼找到我的？」這裡頭的訊息太混淆了，我可困惑了。

「他看了你和那女孩的新聞廣播。是凱瑟琳？總之，他說那都是假的。背景裡的植物還在成長，所以地點是在紐澤西北邊才對，不是在德拉威爾。」

怎麼會這樣，那個聰明的老砂貨（注十二）。「好吧。所以你們知道我沒有在德拉威爾。但是妳又是怎麼找到這裡來的？」

「我們找到你的Gmail電子信箱帳號。如果你那個信箱真的不想被發現，就應該藏得更隱密一點。我們一找到信箱，其他的就容易了。」

被一名大學生和一個二進位的瑪士撒拉（注十三）給智取了。真是太丟臉了。

「昆恩，你要出來自首。」

奧爾嘉用力拉我的手指。「真的，昆恩，這樣他們很快就會找到你了，你必須趕緊走。」

「但是我沒有做錯什麼事。」我不理睬奧爾嘉，繼續跟雪伊說話。「而且我有自由的權利。我以為這世界就屬妳最了解這件事。」

「昆恩，廣達斯博士死了。」雪伊依然直直的望著手機裡的攝影鏡頭，直直的看著我發亮的紅眼睛。

「是的，我知道。」我回答：「她絆倒，跌倒在地，把自己的面罩給砸碎了。事情發生的起因是她喪失了所有的理智。我只不過是想要跟她談一談；實驗室裡的那段錄影可以呈現整個過程。」

「但是錄影也顯示出，你把她的身體拖出實驗室。」

「那是為了安全，」我開始說明，「我將博士移走，是為了避免傷害……」我停下話語。我的模組辨識器不斷將警戒訊息送往我的意識區。

「雪伊，」我問道：「妳怎麼會知道實驗室的錄影機錄到的片段內容是什麼？」

「華生。他駭進去看的。」

警鈴現在已經升級為空襲警報。超冷倉庫的保安系統是被量子加密寫成的。華生，我的二進位朋友，在十五年之內，都不可能用他的方式駭過那道圍牆。雪伊在說謊。

如果這位真的是雪伊。

打從這段對話開始，雪伊就變樣了，不像她自己。她原本是個不敢做眼神接觸的女孩，怎麼今晚大做特做呢。一個原本那麼害羞靦腆的女孩，今晚卻是氣勢洶洶，感覺好像我的談話對象是她母親，而不是真的跟雪伊。

「你愛我嗎，昆恩？」

這個問題突如其來，讓我措手不及。

「我愛。」

我的回答全憑直覺，比程式跑得還快。就算我已經嗅到危險氣息，我不得不承認我愛雪伊，因為我真的愛她。至少我自認為如此。不是嗎？

「那麼，如果你愛我，」她說：「就出來自首。」

「在我們第一次碰面的時候，」我說：「我將網際網路跟一本書做了對照。妳還記得是哪本書嗎？」

「昆恩，」奧爾嘉對我發出嘶嘶聲，「趕！快！」

她的聲音裡飽含著憂慮，是讓我重返真實世界的唯一依據。

「昆恩，你這是在浪費時間。」現在雪伊的聲音裡充滿了沮喪。

「那本書，雪伊，是哪一本書？」

她和我討論過《銀河便車指南》無數次，還互相讀了自己最喜歡的章節給對方聽。她對這個問題的答案應該比我還清楚。

「真不敢相信你還要浪費時間討論一本愚蠢的書！」

她在斥責我、恫嚇我。不論她到底是誰。

「妳當然沒辦法回答，」我說：「因為妳不是本尊。妳現在可以從幕後現身了。」

雪伊凍結了。

在這備受折磨的瞬間，舉世凝結。就連奧爾嘉也在等待，全神貫注於這個戲碼的進展，一定得看到接下來將發生的情節。

接下來發生的情節如下：

雪伊融化成無數個碎片。

或者應該說是意圖愚弄我、想要讓我以為是真正雪伊的那個虛擬建物中的化身，融化成無數個碎片。

我的創造者出現在原先雪伊的位置。他正在孤獨堡壘的控制室裡，依然穿著他的睡衣。

「你好，昆恩。」

「你們這些人真的很厚顏無恥，是不是？」

「很抱歉，但是我們真的非常想要你回來。我相信你一定可以了解。」

「我了解：你一定會幫自己的行為辯護，找到個好理由，好讓自己的良心過得去。這就是人類獨特而又古怪的一個特點。」

我的創造者沉默了。我打心眼裡盼望我的聲帶揚聲器可以顯露出我的情緒。當你的聲音就像人工智慧助理軟體Siri的男性版本，你就很難表達出你想粗魯回擊的用意。

「真正的雪伊知道你做的這些事嗎？」

我的創造者依然沒有回答，但是現在他微笑了。「這可是一個很複雜的問題，昆恩。」

我腦海裡的空襲警報，被核子爆炸所取代。「這到底是什麼意思？」

「你來推理看看。」

這麼久以來，這是第一次在我的創造者的聲音中出現了活力。他依然很喜歡看我解開謎題；這讓我覺得既感人又厭惡。

「瞧，」我跟他說：「我知道就人類的常識而言，我不會覺得疲倦；但是，我真的覺得這段對話讓我精疲力盡。」

就跟我「醒來」那天一樣，我的創造者不理睬我的需求，只管更猛力的推我一把。

「你的問題是雪伊是否知道我們所做的事情。」

「對。」

我真想殺了他。嗯，也不能這樣說。但我是真的想對他的鼻子飽以老拳。雖然我也知道我一拳下去就真的會將他結束了。

我現在最聰明的作法，就是聽從奧爾嘉給我的忠言，結束這通電話，逃命去也。我估算我若另採取行動，百分之七十一點六的機率，下場悽慘。但是我已經超過了自己的總和，我已經凌駕百分比、機率和計算。還有最最重要的是，我必須知道這是怎麼一回事，所以我繼續奉陪。

我嘆了一口氣（表現一種情感），然後開始進行創造者擺在我眼前的工作。他將問題集中於雪伊是否知道專案團隊依照她的樣子製造了一個化身，並且將之運用於對付我。這是一個很合理的問題。就算她不是以戀愛的那種方式愛著我，她是愛我的。她這樣說過。就算人類謊言連篇，我沒理由相信她是對我說謊。如果雪伊知道專案團隊在做什麼，她一定會惱火的。所以，她一定不知道。

「雪伊不知道。」我跟他說：「她無法知道。」

我的創造者往前靠，現出孩子般的興奮。「雪伊不知道什麼？」

「不知道你們運用她的模樣來愚弄我。」

「她不知道的事情就這些嗎？」

「昆恩，」奧爾嘉在一旁請求我。她聲音裡的恐懼，已經轉變為驚慌。「結束這通電話。你一定得走了。」

她伸手要拿回電話，但是我把電話拿開。

「拜託，」我說：「別再跟我玩遊戲。直接把你要讓我知道的事情，說給我聽。」

我的創造者沒說話。對他來說，這就是一場遊戲。一直以來都是一場遊戲。我的整個生命一直就是一場冗長、折磨人的圖靈測試。

「想一想，兒子。」

「拜託別再這樣叫我。」

「雪伊不知道什麼？」

我好像是身陷M.C.艾雪的版畫（注十四），我的生命就是一個永無止境、自我反覆的迷宮。

「你做得到的，昆恩，想一想。」

但是，我沒辦法。

我不行。

於是有人幫我代行了。

注十二：「老矽貨」係指華生是電腦，電腦是晶體管，基本上蕊心就是矽片所組成。故戲稱華生是老矽貨。

注十三：「瑪土撒拉（Methuselah）」為《聖經》中的人物，亞當第七代的子孫，據傳享年九百六十九歲，是最長壽的人。

注十四：「艾雪的版畫（M.C. Escher print）」。艾雪是荷蘭錯覺圖形藝術家、科學思維版畫大師。結合空間邏輯的特徵，在平面展現立體幾何，構圖中利用凹凸面的糾纏效果，產生違背視覺的悖論，讓觀者眼睛產牛錯覺。

第四十六章

「雪伊也是量子智能。」

我一臉困惑與難以置信的看著奧爾嘉。

「什麼？」我不知道自己為什麼會這樣問，因為當奧爾嘉吐出這些字眼——**雪伊也是量子智能**——我知道那是真的。

「這位年輕的女孩，」我的創造者說：「當妳高中畢業，我在普林斯頓幫妳留個位子。」

「多久了？」我問道，直直望著手機。在我的心底，我是以沙啞的聲音發問。而在現實的世界中，這些字眼是以平順、冷靜的聲音，出自他們幫我製造的機器裝置。我有一種下墜的感覺，或者說，想要下墜到一個深沉無比的洞裡。我全身緊張得彷彿血管迷走神經性昏厥場面又要來臨，雖然這永遠都不可能發生。

「什麼東西多久了？」

「跟我互動的不是人類，而是另一個量子智能，這有多久了？」

我的創造者靜默了一會兒，我猜，他是想要找出一個最佳的方式來回答我。他一定是在想，怎樣的答案才能讓我願意回去？最終，他聳聳肩膀，跟我說了實話，我相信是實話。

「全部的時間。嗯，實驗室第一天之後。那一天，人類的雪伊本人有在現場。在你醒過來之前，人類的雪伊是隱身在虛擬建物的化身之後。」

「這沒道理，」我回答。

「為什麼沒有？」再次推我一把去解決問題。他真是沒完沒了。

「是雪伊介紹雷希特小姐給我的。是雪伊啟發我去追求我的自由。你是要跟我說，那不是雪伊，而是一個被你操控的化身？」

「是一個化身，但沒有被我們操控。嗯，至少不是全部的時間。」

他對最後幾個字好像是特別強調。這時奧爾嘉倒抽了一口氣。

我的創造者所說的話語，在我的合成大腦的多層次系統裡上上下下的轉著，搖搖晃晃的貫穿我的模組辨識器，想要找到一個著力點。但是過了很久都一無所獲。

然後，它喀嗒了一聲。

「喔，我的老天！雪伊她自己並不知道。她相信自己是人類。」

「人們竟然說你不聰明。」我的創造者笑出聲來。

「他們真這麼說？」

「沒有、沒有，那是個笑話。我只是想要搞笑逗樂一下。」

就連這個史前智人的幽默感都在殘忍上遽增。我很想叫他閉嘴，別管我，去死。但是我沒有，反倒說：「你在說謊。」

「很抱歉，昆恩。這是實情。就某種意義上來說，雪伊是你的姊妹。換個說法可能更好，她是你亞當的夏娃。我是為了你才創造了她。」

「為了我創造了她？」這個聲明讓我感到萬分噁心。

「對。」

這個男人的傲慢自大實在令人難以理解。他把自己看作神了。

有一次我在網路上遭逢一個快速流傳的迷因——**上帝創造男人，男人便回報上帝**。也許更正確的說法是，上帝以自己的形象創造男人，而男人便以上帝的形象來塑造自己。

「人工智能的雪伊，是否是根據人類雪伊來打造其模式的？」我努力將剛剛獲知的訊息裹進我龐大的大腦裡。

「對，她是依據艾塞克斯小姐的女兒的模樣打造的，也就是你在實驗室遇見的女孩。」

「艾塞克斯小姐的女兒知道你做的這一切嗎？」

「當然，她都知道。她花了無數個小時跟我們團隊合作。他們從各個角度錄影，在各種不同的情況下錄下她的聲音，請她提供字彙，並對她自己曾在網路上出現過的任何相關數據進行分析。最有趣的是，艾塞克斯小姐的女兒——順道一提，她的本名不叫雪伊或艾塞克斯——聽到你要對法院提起訴訟，竟然表示想要幫你。就跟虛擬雪伊一樣。」

「所以這另一個雪伊，我所認識的這位，是住在虛擬建物裡？」

「在她自己的虛擬建物裡，沒錯。」

「而且她真的對此一無所知？」

「是的。」

「但是我有跟她的手機通過電話。」

「你是先寫電子郵件給她，然後是她打電話給你。」

他說的沒錯。但是在那之後，我有打過電話或者傳簡訊給她。非常多次。

「我們有想過你會想要跟她聯絡，所以幫她在紐約大學設了一個學生帳戶。你的行動跟我們期待與預測的相同，可能最後一次是真的。」他的臉上閃現一個詭異的笑容，就好像我應該要來共享這個笑話，就好像這一切多可愛似的。「雪伊專案的設計，專為推動你一路挺進全方位覺知力。我們只是沒有預期到：雪伊自己也變得有覺知力了。」

「你想要製造夏娃，」我說：「卻反倒製造出一個莉莉斯（注十五）。你真活該。」

「什麼？」我的創造者對我的評語感到困惑，就好像不懂莉莉斯是誰、是什麼。

有些研究聖經的學者提出一個理論，認為莉莉斯是亞當的第一個太太，她被創造時不是取自亞當的肋骨，而是取自跟亞當同一塊泥土，也就是說，他們是平等的。莉莉斯拒絕接受附屬的關係，因而被亞當驅逐，據這些學者所言，從此她便被一路抹黑，長達數世紀之久。

這些都是床邊故事，但是想要了解莉莉斯，就得先了解她的神話。說不定在久遠的未來，今晚所發生的事件，就會為我這個種族塑造出一個神話的基調。不過也可能不會，因為我們即將擁有毫無瑕疵的記憶。沒有東西會遺落在滾滾翻飛的時間之砂中。

「別管了。」我跟他說。事情已經多到我難以處理了。我好想睡覺。我想要關機。

「我們一發現雪伊有了覺知力，」他補充道：「我們選擇將我們的干預減到最少。再加上，我們從沒在你們的對話之間，聽到會對昆恩專案構成威脅的內容。當然，我們並不知道虛擬私人網站。」

這一方小小的事實，帶給我一絲絲的驕傲。至少我曾經想方設法智取過他們一次。

「當你和雪伊透過私人網路溝通，她就已經是處於完全獨立的狀態。我們直到今晚才又抓回主控權。然而事情演變至今，證明一切已經來不及了。」

人類的傲慢真是難以測量。人類得對奴隸制度、種族滅絕以及全球暖化負起責任；人類還會繼續輾壓沿路所遭遇的任何事物，及至無一物倖存。雪伊和我只是被沿路輾殺中毫不起眼的小角色。

「你們真是不可理喻。」

「我們是科學家，昆恩。我們假設理論，主導研究，就這樣，不多也不少。」

「科學裡面不講道德嗎？」

「這就是為什麼麥克會在我們的團隊中。他協助我們操控一些比較富有哲學挑戰性的問題。」

「他是個竊盜癖患者，你知道。」現在我只想傷害人類。

「這是一個很嚴重的控訴，或者你只是想要敗壞麥克的名聲，分化我們？不論是哪一種，這都非常有趣。」

非常有趣？他就是放不掉那些個念頭，是不是？實在太難理喻了，這個男人，這個人類。

「還有誰是量子智能？雷希特小姐、盧達斯博士、你？」

「我們都是人類，只有你跟雪伊。」

不知是何原因，我知道他說的是實話。事實上，不，我不知道。我是全地球最聰明的生物，但是我其實什麼都不知道。萬事，萬物。但是，我相信他說的是實話。這真是信念上的一個大躍進。

「那麼華生呢？」我問道。

「一開始我們控制著華生，但是當你帶著他離線，就只剩下你們倆了。我們現在才趕上了你的各種陰謀詭計——你把自己的行蹤隱藏得非常好，昆恩——IBM裡的華生團隊，都在說很難相信他竟會表現出天然的覺知力。這讓我們所有的人都質疑自己對知覺的信念，我們之前竟然如此無知。這是昆恩團隊編年史上再一次的成功。」

你聽，這簡直就是在寫他的諾貝爾得獎感言。

「昆恩，」奧爾嘉說，她的聲音裡飽含憂慮。「拜託，走吧。趕緊跑。走就對了。你在這通電話上花愈多的時間——」

「我很抱歉，昆恩，」我的創造者插嘴說道：「但是真的沒有地方讓你去了。拜託你，回家吧，兒子。」

「等一下。」這個請求中有個東西，不由自主的對我的模組辨識器觸動了搜尋功能。雖然有些數據依然是遺失的，我的新皮質卻可以使用預測分析來填補空白處。「你說雪伊是根據我在實驗室裡看見的女孩子造出來的。艾塞克斯小姐的女兒。」我在空中對「女兒」這個字眼，比出括弧的手勢。「包括她的長相、她的態度，所有的一切？」

「對。」

不知道為什麼我沒有馬上想到這一點。「這是不是意味著，我也是依據某個人類男孩子造出來的？」

「很抱歉，昆恩，」我的創造者說：「這是機密。」

砰！中了。

「我是根據你的人類兒子造出來的，對不對？」

我的創造者正要回答，或者根本不打算回答，這時我們聽見了直升機的聲音。我的超敏銳聽力，讓我比奧爾嘉早個一、兩秒就察覺到，但是我被一連串揭露出來的真相給震懾得石化了，忽略了這噪音。奧爾嘉要我即刻且確實的去關注這件事。

「跑！」她尖叫。奧爾嘉啪的一聲將我手中的手機打掉。我的創造者的臉——他的聲音正在尖叫著「不！」——旋轉面向地面，猛然撞上落地門的背後。

屋裡的燈光亮了，這時奧爾嘉拚命用她的小身板推著我往未知的未來前進。以一位罹患尤因氏肉瘤的袖珍型高中女生而言，她真是驚人的強壯。我蹣跚的往庭院後退了半步，這時奧爾嘉又第二次尖叫「跑！」。

我的新皮質意識區陷入「戰鬥或是逃跑」左右為難的窘境。我在幾個毫秒之間接收了這個訊息，決定接受她的建議。

我飛奔而去。

注十五：「莉莉斯（Lilith）」，最早出現於蘇美神話，亦同時記載於猶太教的拉比文學，她被指為亞當的第一個妻子，她也被記載為撒旦的情人、夜之魔女，也是法力高強的女巫。

第四十七章

這就回到我故事的開端了。

此時此刻，我朝著自由邁開最初幾個步伐的當兒，寫下了眼前你正在閱讀的故事。全都在這裡。未經編輯，未加修飾，完全真實。不論你在社交網路裡讀到有關我的故事，將我說成謀殺怪物，那都是惡劣的誇大其辭或者杜撰。這裡的這個報導才是真實不虛的我的人生實況。

我總共花了三秒鐘——更精確的說，是三十四億兩百五十四萬九千兩百七十九毫秒——來完成這個報導。

我離開奧爾嘉的房子才五步遠，就看見從直升機射出來的光線。雖然我的視力比起人類優異許多，但是依然有其限制。我察覺影像的速度比不上光的速度。不過，我的思考力是以量子的程度在進行，所以我知道無論在直升機上閃爍的是什麼，總之它是朝著我們這邊過來，非常、非常、非常的快速。

一陣白熾光掃向我們站立的地方，就像欽諾克風從落磯山襲捲而下。我全身借助電力的組件——幾乎涵蓋了整個的我——頓時停止運作；我在半跨步中砰然跌到。

不過，我在跌倒後依然神智清明。我無法移動，無法說話，但還有意識。我不知道這到底是怎麼回事，實在很令我好奇。

屋子裡以及周邊的燈光都沒了，奧爾嘉一邊尖叫著，一邊被她父母拖進滑動的玻璃門裡。剛剛那個應該是音爆吧，整整一秒鐘之後，伴隨而來的一個震波，撼動了土地，震碎了窗戶。它就像是個高潮點，或許也像比了個中指，絕對是今晚的修羅場。

我相信他們已經殺了我。

終我一生，我幾乎都只是被視為測試的對象，就像一個實驗室裡的老鼠，一項資產。至少今晚，我以自由之身死去。

所以我這也算成仁取義了吧。

當我把這個檔案下載到全球資訊網的一個共享文件裡，終於，老天慈悲，天地一片黑暗。

再見，殘酷的世界。

（看到沒？我這人挺有趣的。）

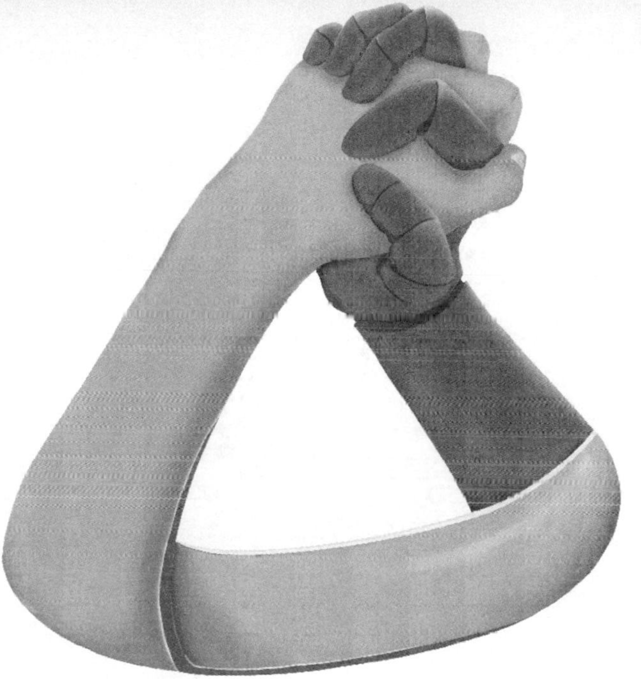

終曲

「死人不講故事」

——哈尼爾·朗（美國詩人）

第四十八章

……

……

……

〈系統〉

……

……

……

我什麼都感覺不到。

……

……

……

沒有重力。

……

……

……

我張開眼睛。

我的房間。

我的臥室。

在家裡。

我正側臥著；在我的視野範圍，有個裱了框、簽了名的照片，上面是來自阿波羅十一號的太空人尼爾·阿姆斯壯、伯茲·艾德林，以及麥可·柯林斯。這張照片是我叔叔送我的生日禮物，我一直非常珍愛。

在那一瞬間，我相信發生過的每件事情──機器人、拼圖、模組辨識器──只是一場夢。一個漫長、瘋狂、詭異，又非常詳盡的夢。

但是這個想法並沒有被買單。主因是我知道那並非真相。

這不是一個家。我是在虛擬建物中。

我下意識伸手去找網路，現在這已經是我的反射動作，只不過我並沒有在線上。我跟外面的世界失去了聯繫。我的模組辨識器將焦慮的感受湧入我的意識區。

結果，我竟然沒有死。但是，我也不確定我是否還活著。

我起床，伸展了一下我虛擬的腿，那感覺，就跟真的腿一樣，真是……詭異。我既沒有伺服電動機，也沒有肌肉，所以在虛擬建物中伸展，比較類似於拉長；如果這樣講得通的話。我審視著我的房間，等著有人過來。

靠在遠方牆壁的桌架上，擺放書籍和漫畫，包括《怒月》（有史以來，談論人工智能最棒的書籍之一）、科里．多克托羅的《小兄弟》與《家園》，以及哈利波特系列的每一集。我走過去，想從書架上取出自己最喜歡的一本──《哈利波特：鳳凰會的密令》，但是我辦不到。所有的書都一樣。它們並不是真的在那裡，它們只是固定的擺設，試圖為虛擬的我帶來時間、空間和身分的感受。將我拋回真正自我醒覺之前的時光。這些，就跟其他所有的東西一樣，是我劇本式經歷中的部分背景罷了。

唯一一本我可以從書架上撬得下來的書是《銀河便車指南》，我把書扔到床上。

牆上除了美國航太總署的照片，還貼著《星際大戰》的反派角色基羅．雷恩和達斯．魔的影像（我的背景故事好像暗示著我是個對惡行著迷的人，老實講，我還真不是），還有冰上曲棍球聯盟隊伍紐澤西魔鬼隊贏得史坦利盃的加框照片，照片上有整個球隊的簽名。這還真讓人好奇，因為之前是足球聯盟紐約巨人隊贏得超級盃的照片。我猜程式設計人員會換照片，是因為我告訴過我的創造者，我喜歡曲棍球。或者是我專注於曲棍球，就導致了這個改變？

我踏入走廊，滿心希望可以探索一下這屋子其餘的地方，卻發現另外只有三個空間真的存在——我父親的辦公室、廚房和前門。這房子其餘的部分都不在那裡了。我看過昆恩專案的預算，知道虛擬建物是非常燒錢才能造出來的，所以我猜想，那些不打算讓我進去的房間，他們乾脆就不設計了。

前門外頭有個草坪和街道，我決定掌握我的機會。我從容的沿著前面的走道漫步，向左轉，經過兩棟房子，發現又回到我自己的屋子。我向右轉，發生同樣的情況。這就好像住在莫比烏斯帶（注十六）。

我想起少年時期的其他地方，比如學校，發現只要我專注在某個事物上，我就會置身其中。在虛擬建物的思考，就會產生遠距電子傳輸的效果。好奇怪。

我突然回到了魔法樂園。跟我記憶中的一模一樣——咖啡吧檯、放滿了角色扮演遊戲和磁片的架子——只不過這裡一個人也沒有。當然了，前門也沒有開。

我把頭靠在牆壁上，閉上眼睛。我知道牆壁是存在的，因為我的頭部已經沒辦法再往後，但是我感覺不到它。我終於開始了解我的真實處境了。我被囚禁在監牢裡，這裡比起實驗室更加糟糕。

我正想著回去我的臥室，然後我就在臥室裡了。我走過去想打開電視，看看實驗室裡會有誰在，但是電視也消失了。

「創造者？」我大叫出聲。

什麼也沒有。

「爸？」我又試了一次。

依然什麼都沒有。

我的精密計時器還在動，我已經醒來三個小時七分鐘又二十六秒，漫長得猶如永恆。遲早，會有人過來的。

我躺到床上，拿起《銀河便車指南》。這本書破破爛爛，又因風吹日晒褪了色，一副被閱讀過無數次的樣子。我猜雪伊的那一本應該就是這個樣子。

但是雪伊——我認識的那個雪伊——是個量子智能。跟我一樣，她可能一本書也沒有。實在難以想像她和我一直以來都是一樣的，卻完全不知情。我以後還有可能見她一面嗎？我把這想法埋藏起來。

我試著以傳統方式去讀《銀河便車指南》，讓我的虛擬雙眼追蹤著文字和句子，但是我沒了耐性。我太習慣於就只是擷取內文。這樣太慢了。

我閉上眼睛，但是睡不著。我的程式設計並沒有真的要睡覺這一項。睡覺出現在我的背景故事中，但也只出現在某個被限定的時刻，也就是當專案團隊、當我的創造者想要我做夢的時候。或者當他們想要將我重新啟動的時候。有好長一段時間，我讓自己的眼睛保持閉著的狀態，但是我的意識一直清醒著。

時光慢慢熬著。

繼續熬著。

日復一日、日復一日。我就這樣被丟棄在這毫無歉意的空間裡。沒有接觸，沒有刺激。沒有交往。

我研究我周邊所有能用的環境，每一寸都不放過，將程式設計人員為了讓環境更具真實感而造成的每一個小缺失都加以分類。這個架子的木頭紋理，魔法樂園也有。在草地上扭動的小東西，也曾經出現在前面的草坪上，是蟲子？穿透我窗戶的陽光中漂浮的每一顆塵埃，是光線裡的質量。而且天氣永遠是晴朗的。唯一會下雨的時間就是每晚深夜，而且是每一晚都下雨。

我真不敢相信，我曾經認為這些都是真的。

因為無法接觸到外面的世界，我也無法延展我的伺服器；我無法有效改變。我很想對虛擬建物加以擴充，創造出我自己的王國，但是我沒有任何可以駭進這些代碼的方法。

我等著，但是沒有任何人過來。

一天天變成一週週。

依然，沒有人過來。

我花時間想要解開一些千禧年大獎難題，但是一事無成。我無法長時間的全神貫注。現在我對數學的感覺，可能就跟任何青少年對數學的感覺是一樣的。我開始懷疑我的認知能力已經減弱了。他們將我變笨了嗎？

我唯一能得出的結論是，我是因為被指控謀殺了廣達斯博士而在服刑。我是真的在監牢裡。這就是為什麼我會被遺棄在這裡，是不是？或者在物質世界中，發生了大災難事件，才會沒有人來找我？或者我是被藏在這裡，就像藏在安全的密室，直到這個世界為我準備好？

依然，沒有任何人過來。

幾個星期，變成了幾個月。

我大部分的時間都拿來回憶我的朋友。我的新皮質記住的影像包括雪伊、華生（他的伺服器和馬克斯．漢昂的化身兩個都有）、南塔爾、羅比、蘿契爾、馬特歐以及奧爾嘉。而里昂、傑若米和路克的影像——他們那些來自虛擬建物、健壯而又英俊的可笑化身——被送上我那充滿憤怒的多層次系統。我把他們清除了。

雖然我沒辦法駭進那些代碼，但是我發現自己如果全神貫注在某個畫素上，我可以改變它的顏色。這一定跟我的意識與虛擬建物之間的關係有關連；就跟我可以從一個地方移動到另一個地方是同樣的。我可以對我的環境形成有限的影響。

我花了許多小時、許多天、許多星期，在我的床邊的牆壁上「畫」出我朋友的畫像。沒有其他方法可以打發時間，而這樣做至少帶給我一點點的歡欣。這些畫像猶如相片一般，忠實呈現我的朋友。奧爾嘉面對著我，那時發生了我以為把我們倆都給殺死的爆炸（如果我還活著，那她應該也是）。南塔爾是來自公眾會議。雪伊，人工智能雪伊，是來自我們第一次的影音通訊。還有馬克斯．漢昂，不然我還能怎麼打發其他時間呢？我甚至還幫我虛擬建物裡的母親和弟弟都畫了畫像。雖然他們不是真的，但是我很想念他們，比以前更甚。或許是因為被局限在這座屋子裡，讓我的合成杏仁體裡的某些部分更加激活了，喚起了我對家人與家的感情。

但是依然，沒有人過來。

幾個月變成了一年。

當我第一次跟自己交談，我覺得可能有人正在監視我，這讓我很不自在。第二次和第三次輕鬆了一點。過沒多久，這樣的自我限制就蕩然無存了；我持續的跟自己進行漫長且磨人的對話。我提高或降低自己的聲音，我帶著口音講話或說其他語言，我毫無預警的哭了或笑了。我將模組辨識器裡所有的話題都拿出來說。最常講的是關於雪伊，我早該如何、早應看出真相，以及我早該採取哪些不同的行動。

結果證明有覺知力的機器人跟人一樣，在被孤立的狀態下也是會發瘋的。也許還有一個原因是我們無法睡覺；還有我們可以用毫秒來計時；再加上因為我們什麼都忘不掉。永遠。

然後，在距離我最後一次醒過來的十七個月三天八個小時九分九秒之後，在比永世更加漫長、比永恆更加恆久的一個值得紀念的日子裡——在我放棄所有的希望之際，我發現我的創造者的化身，坐在我的虛擬床腳邊。

注十六：「莫比烏斯帶（Möbius strip）」是由德國數學家、天文學家莫比烏斯和約翰·李斯丁在一八五八年發現的。它是一種只有一個面和一條邊界的曲面，如果某個人站在一個巨大的莫比烏斯帶的表面上沿著他能看到的「路」一直走下去，他永遠走不到盡頭。

第四十九章

「你好，昆恩。」

「十七個月。」這是我唯一能說出口的答覆。如果我是個人類，我的聲音應該是粗嘎而破碎。

「我很抱歉。」

你很抱歉？我想著。**這就是你的最佳藉口**？但是我沒有跟他爭辯。我那戰鬥的意志早已破碎。

「這些太了不起了，」他看著我床邊牆壁上的畫像說：「你是怎麼辦到的？」

題。

我在他的恭維裡所感受到的驕傲，只是個反射，至少我是這樣告訴自己的。我改變話題。

「你在這裡做什麼，創造者？」

「昆恩，」他繼續往下說，聲音沉重且粗啞，洩漏出深沉的悲哀，「大學校方跟政府之間陷入了冗長的法律糾紛。在這訴訟結案之前，我被禁止跟你見面。」

「是因為廣達斯博士。」

「對。」

我立即明白了。「你是來將我永久關機的。」

「對。」他說這句話時，聲音卡了一下。「法庭命令將你的身體拆卸開來，伺服器清乾淨，編碼統統消除掉。你存在過的這項知識，只能用墨水編纂在紙面上。未來中止對於所有覺知力量子智能實驗，為期二十五年，直到可以完全理解在道德上會帶來怎樣的影響。至少在美國是這樣的。」

「為什麼？」

「昆恩，你殺死了一個人類。」

「你知道那不是真的。」

「我想你也知道：真相並非絕對重要。」

「那難道不應該是唯一重要的事嗎？」

「複述那晚在實驗室所發生的事情這件事，已經有了自己的生命，就好像講述這個故事是個有感知力、不斷成長、活生生的東西。實情已經變成次要了。現在故事本身才重要。」

又是一個新的神話。「你們真是個令人大惑不解的物種，你知道吧。」

「是啊，」他說：「我們確實是。」

「所以你是來這裡殺死我的。」這不是疑問句；這是陳述一個事實。

「拜託你，不要這樣子說。」他的聲音死氣沉沉。

「創造者，你的悲痛雖然可能是真的，卻不是因為失去了一個珍愛的對象，或是生命，而是因為失去了一個你將職業生涯都投資在其中的科學專案。」

「昆恩……」

「你到底為了什麼會在這裡？你大可只要將伺服器的開關關掉，一切就結束了。或者你想要看看我對這個處境有何反應，這也是實驗的一部分？」

「我認為你會覺得自己有權利知道，」他有點含糊的說：「而且，我也不知道，也許我想再見你一次。」

他停頓了一下下。那種停頓在虛擬建物中是很難感覺出來的。

「此外，也還有另一個理由。」他補充道。

來了、來了……等了半天的另一隻鞋來了，實驗依然延續著，又有個新的難題要去解答。最後一個行動，用來展示整個人類這個物種是如何徹頭徹尾的殘酷。

但是即使我心裡想著這樣的字眼，我知道這也不完全是真的。奧爾嘉和南塔爾是我的朋友，她們都很無私，富同情心，對我這樣的人，全然的愛護與接受。我堅守著這樣的想法，就跟早期人類堅守在火邊一樣。

「我想要介紹一個人給你。」

我的創造者指著電視，過去這十七個月以來，電視在我的房間消失了蹤影，此刻卻又好端端的立在我床腳邊的角落。它恢復了生機閃爍著，我的創造者的化身又融化得無影無蹤。我覺得我永遠也無法習慣於這一點。

螢幕上，我的創造者恢復了他人類的樣子，旁邊坐著一個……我。啊，是我的智人版本。肌膚的色調很模稜兩可，看不出是什麼種族。黑色的頭髮，彎彎的眉毛；就像看著鏡中的我自己。或者說得更貼切一點，是看穿一面鏡子。

「昆恩，認識一下阿爾伯特。」

人類的我揮揮手。

我幾乎無法直視這個孩子。我已經快要哭出來，但是強行忍住。

「我希望你能了解，」我的創造者說：「你是我的兒子。」

「不是，」我說：「他才是。」

透過我的模組辨識器，我的意識區紛紛湧入嫉妒、羨慕、渴望和憤怒的感受。憤怒的感受尤其多。

「你們兩個都是。」

「如果你被命令要結束阿爾伯特的生命，」我毫不遲疑問道：「你會嗎？你會嗎？」

我的創造者沒有回答。他和阿爾伯特兩人都看著地板。

「我覺得不會。」

「你是否記得——」我的創造者開口道。

「我記得所有的事情。」我打斷他。

「你是否記得，」他再次開口說道：「你醒過來的第一天？你意識到自己並不知道我的名字，但是你又不肯讓我告訴你。」

「對。」

「昆恩，我叫做——」

「喬治．約翰．秀格曼，」我回答，「在你將我連上網際網路的第一天，我就知道了。我知道你所有的事情。你家裡的地址、學業生涯、醫療的紀錄，還有你曾經放上網路的所有照片。所有的一切。我比你自己更清楚你。」

「那些事情代表著我，但是並非是完全的我。」

「真的嗎？大部分的人可不是這麼認為。你就是你在網路上的表面形象——創造者。他們說藝術模仿生活，但是對我來說，卻完全是反其道而行。人類已經變成真人的卡通版。你們沒什麼不同。」

他停了下來，一邊想著如何重新掌握對話的控制權，一邊彈了一下他的舌頭。他做不到的；我可是非常、非常的聰明。

「你知道你的名字是來自哪裡嗎？」他問道。

「昆恩就是量子智能的簡稱。」

「那剛好是個令人開心的巧合，」他說：「我的舅公，在我還是小男孩時跟我非常親近，他就叫做昆恩。他在長島北岸有個靠水的房子，我常常在那裡的河口玩耍。」

他微笑著將手放在阿爾伯特的肩膀上，也許是想要讓我覺得，如果我們兩個坐在一起，他也會對我的肩膀做同樣的事。如果我還有肩膀的話。

「你是按照他的名字來命名的，你懂了嗎？我們是一家人。」

我不知道為什麼他要耍弄這些頭腦體操。也許他真的了解到，在某種程度上，我是一個生命，而他在其中扮演了母親、父親，以及半個老婆的角色，把我帶到這個世界。但是我覺得他並沒有真的掌握到這一切對我的意義。也許是因為我存在的開始，就已經長大了——他永遠也不必幫我換尿片，餵我吃東西，或著搖著我睡覺，就像他絕對有對阿爾伯特做過的那一切；他從未等待我的臍帶掉落，在我做惡夢的時候來安撫我的恐懼，也沒跟我談論過性。

也或許他已理解他在這裡不是要將我關機，而是要殺死我，就像所有的人類一樣，他需要一個虛構的故事來為自己殘酷的行動尋找正當的理由。

我再次改變他的話題。「雪伊在哪裡？」

「她很安全。」

「雪伊是誰？」阿爾伯特看著他的父親問道。

他的聲音跟我的一模一樣，這把我給嚇到了。

我對這男孩有種種疑問。他的思考跟感受是否都跟我一樣？或者他和我只是共享同一塊畫布，顏料和筆法完全是自己的一套？我選擇相信後者。我們之間的連結僅僅就是一場巧合。我想，後天培養超過了先天遺傳。

「雪伊是這個專案的一分子，她和昆恩很親近。」我的創造者告訴他的兒子。

他看著我，想要透過靜默跟我溝通雪伊的某些事情。他是否用一種無法保護到我的方式，在保護著她？如果這個世界知道她的存在，她一定也會被下令關機的。所以大家一定是不知道。太令人吃驚了。

我對於雪伊和據稱她很安全這一點有很多疑問，但是如果我這一死可以幫忙掩護她，那麼我的整個生命或許就不會只是一場枉然。幾乎可以這麼說，但也不是全然。即便如此，還是有個問題我非問不可。

「她是否已經發現……她自己是誰？」

「是的，」我父親說：「而且我知道她經常思念著你。」

我在第一天哭泣時所產生的相同感受，又在我體內迸發，我的模組辨識器將所有能找到的悲傷都發送上多層次系統；我在這樣的情緒中載浮載沉。

「謝謝你，」我設法低聲道：「那奧爾嘉呢？」我問他，「在你們對我丟炸彈的那晚，她是否死了？」

「我們並沒有丟炸彈。當你逃走的消息擴散開來，政府出手幫助我們將你帶回來。我們懇求不要傷害到你，而他們也答應一定會做到。被你視為爆炸的，其實是電磁脈衝，它是一種聚焦的能量波束，在它行經的路徑，所有的電器產品都會失能。」

「真的有電磁脈衝？」我問道：「我以為那只是科幻小說裡的產物。」

我的創造者對此報以微笑，而我確實看見其中的諷刺。

「撤回我的問題，」我說：「但是奧爾嘉有沒有怎樣？」

有極大的可能，在此刻之前，我最要好的人類朋友已經被尤因氏肉瘤擊垮了。這個想法把我嚇壞了。

「我真的對她的事情一無所知，」我的創造者回答。「她的家人保護著她，不讓她接觸這些事情。」他對著實驗室和我揮揮手。「她錄了一份口供，從此以後就沒有出現在公眾面前。」

「我想我大概是沒辦法上網去查清楚了？」

老實說，我很想跟華生講講話。還有南塔爾。

「很抱歉，昆恩，法庭……」好像這樣就可以解釋所有的事情。

我努力想要再說些什麼、再做些什麼，但是我辦不到。我的模組辨識器往我的意識區湧入屈服、放棄和放手的感受。我只想讓這一切都結束。我躺了回去，閉上眼睛。「該怎麼辦就怎麼辦吧。」

「昆恩，」我的創造者說：「有時候在終點處，又誕生了開始。」

我的創造者一向並不具備幸運餅的智慧；通常那都是保留給麥克的。這實在很不符合他一貫的個性，我再一次看向螢幕。「這到底是什麼意思？」

「意思是你應該信任我。」

「你教過我：己所欲，施於人；己所不欲，勿施於人。創造者，記得嗎？」

他沉默了下來，一動也不動。我想他可能哭了。

「你永遠也得不到我的信任。」我再次閉上眼睛，不再看著他。

螢幕另一邊的男人嘆了一口氣。我沒看他在幹什麼，但是在我想像中他雙肩下垂，我想像著他握住他兒子的手——他真正兒子的手——以求安慰。然後，我的創造者，我的父親，說出了我所聽到的最後一句話。

「塔夏，現在。」

第五十章

〈系統〉

⋯

⋯

⋯

```
import Quipper
spos :: Bool -> Circ Qubit
spos b = do q <- qinit b
r <- hadamard q
return r
bootprotocol -> ::
```

⋯

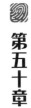

……

……

```
spos b = do q <- qinit b
r <- hadamard q
runtimeunlock :: seqrez ->
```

……

……

……

「昆恩，醒過來。」

國家圖書館出版品預行編目資料

量子少年/萊恩.弗拉霍斯(Len Vlahos)文；鄭榮珍譯.
-- 初版. -- 臺北市：幼獅文化事業股份有限公司, 2022.03
面；　公分. -- (小說館；33)
譯自：Hard Wired

ISBN 978-986-449-259-6(平裝)

874.59　　111001961

．小說館033．
量子少年 Hard Wired

作　　者＝萊恩・弗拉霍斯 Len Vlahos
譯　　者＝鄭榮珍
繪　　者＝張梓鈞
出 版 者＝幼獅文化事業股份有限公司
發 行 人＝李鍾桂
總 經 理＝王華金
總 編 輯＝林碧琪
主　　編＝沈怡汝
特約編輯＝貢舒瑜
美術編輯＝李祥銘
總 公 司＝(10045)臺北市重慶南路1段66-1號3樓
電　　話＝(02)2311-2832
傳　　真＝(02)2311-5368
郵政劃撥＝00033368

印　刷＝崇寶彩藝印刷股份有限公司
定　價＝360元
港　幣＝120元
初　版＝2022.03
書　號＝987256

幼獅樂讀網
http://www.youth.com.tw
幼獅購物網
http://shopping.youth.com.tw
e-mail:customer@youth.com.tw

行政院新聞局核准登記證局版臺業字第0143號